KRYSTYNA KOFTA

ZŁODZIEJKA PAMIĘCI

KSIĄŻKA. Biblioteka przeczytanych książek jest jak magazyn porzuconych kochanków. Większości nie biorę drugi raz do ręki. Stoją spokojnie, czekając na sądny dzień, gdy trzeba będzie je odkurzyć. Rzadko trafia się bohater czy autor, z którym mogę żyć w twórczej monogamii, homo- czy heteroseksualnej.

Gdy czasem książka spadnie z półki, podnoszę ją ze zdziwieniem, przecież czytałam, dlaczego nic nie pamiętam?

Spotykam na ulicy mężczyznę, którego przez lata czytywałam w łóżku przed zaśnięciem. Był wybrany spośród wielu, a zostało z niego tylko nazwisko, nie ma nawet tytułu.

Siedzę w pracowni ograniczonej podwójnym murem, białą ścianą i cegłami książek stojących na półkach, od podłogi po sufit. Czy to nie nonsens, pośród tej szarańczy słów pisać jeszcze jedną powieść?

Ten sam rodzaj absurdu pojawia się w nie zadawanym nigdy pytaniu, za każdym razem, gdy kobieta ma urodzić dziecko. Do tylu istnień dodać jeszcze jedno?

SZPARGAŁY. W papierzyskach zapakowanych w kartonowe pudła szukam fotografii, listów, dokumentów; zawsze korzystam z prawdziwych, a jedynym powodem jest to, że istnieją.

Wybieram losowo, z zamkniętymi oczami, ślepą ręką, palce przerzucają koperty, wreszcie wybierają jedną. Wygrała żółta koperta ze zdjęciami, z napisem Matka-Pogrzeb, nigdy dotąd jej nie otwierałam. Obejrzę te fotografie, gdy nadejdzie czas.

Teraz wyciągam podkolorowaną kartkę pocztową, na tle niebieskich i różowych chmur budynek podobny do opery stojącej do dziś w mieście, w którym się urodziłam. Sześć kolumn greckich, przy czwartej, licząc od lewej do prawej, wisi zegar, jest za pięć wpół do trzeciej, patrzę na mój kwarcowy zegarek, byłam tego pewna, jest za pięć wpół do trzeciej. To wystarczy, by zająć się tą kartką. Do wejść prowadzą szerokie schody, na placu wielki ruch, kręcą się kobiety w długich sukniach, mężczyźni w cylindrach, żołnierze, a może policjanci w czakach. Po obu stronach schodów na postumentach lwy, przy nich nadzy ludzie; są tak mali, że nie rozróżniam płci, po lewej chyba mężczyzna na szeroko rozstawionych nogach, trzyma lwa za grzywę. Karta wysłana pocztą polową dwudziestego grudnia 1916 roku do mojego ojca Bernarda Wegnera przez jego ojca, Franciszka Wegnera. Pisana gotykiem, kopiowym ołówkiem, bardzo czytelnie.

W kartonie zaplątało się moje zdjęcie. Musiało wypaść z albumu. Na odwrocie swoim wyraźnym pismem ćwiczonym w gotyku ojciec napisał: Bogna – pierwszy dzień szkoły.

Znów dłoń błądzi w papierach, aż trafia na czerpany papier. Skąd w tym plebejuszu zamiłowanie do pięknej papeterii?

Czytam list na pożółkłym papierze, jak sprzed stu lat, mimo że ta historia zdarzyła się bardzo niedawno. Pisany patologicznie drobnym pismem, pochylonym w lewo. Litery przewracają się do tyłu, jedna pada na drugą, ze wstydu przed słowami, na które się składają.

Nie mogę oprzeć się wrażeniu, że myszkuję w cudzej przeszłości, że listy należą do innej kobiety.

Leżąc na grubym materacu, nakrytym białym jak obrus prześcieradłem, pyta młodego mężczyznę: czy mogę wykorzystać twoje listy w powieści, bez nazwiska, bez imienia? nie będziesz miał nic przeciwko temu? zgadzasz się? I dotyka złotego łańcuszka ze świętym Krzysztofem, kołyszącego się nad jej twarzą.

Mężczyzna nie odpowiada.

Milczy.

Znika.

W dłoni trzymam list. Odkładam go na stos.

Na stos materiałów do powieści.

REŻYSER. Młody zdolny, pyskaty i wyszczekany jak głodny wilczur na krótkim łańcuchu, ma przyjść dzisiaj, żeby omówić ostatnie szczegóły. Nie wie jeszcze, co postanowiłam.

Mówi. Zanim książka się ukaże, będziemy mieli gotowy scenariusz; napiszemy go w miesiąc, oczywiście harując od świtu do nocy, a jak trzeba, to także i w nocy, ma się rozumieć, za godziwe pieniądze. Gdy powieść pojawi się na rynku, my od razu zaczynamy kręcić. Jest producent, jest szmal. Aktorzy ugadani. Ekipa do zebrania w tydzień. Tyle wyrzucił z siebie przez telefon w ciągu piętnastu sekund. Telefonował z samochodu, że już jedzie, zbliża się, nadciąga, nieuchronny jak ulewa.

Co mam mu powiedzieć? Jak zacząć? Słuchaj, wszystko się zmieniło, nie chcę literatury akcji, teraźniejszości. Prawdziwą bohaterką jest teraz Pani Pamięć.

– Pani Pamięć? Kto to w ogóle jest? Kogo to interesuje? Po pierwsze, jest za stara, to wielki minus, dziś stawiamy na młodość, teraźniejszość, na karierę, na sukces! – powie mi, jak każdy człowiek mediów.

Co mu odpowiem? Że pamięć, z reguły bierna, leniwa, przebrzmiała, podda się liftingowi i prawom rynku, by odnieść sukces? Będzie dynamiczna na miarę dwudziestego pierwszego wieku? Ze swoim dziewiętnastowiecznym bagażem w niemodnym kuferku czeka na wyrok. Spokojnie, mówię sobie. Bez pamięci nie ma Internetu, nowego Boga, którego wyznawcą jest także reżyser. Ożenimy naszą wiecznie młodą pamięć naturalną ze sztuczną, czyli Internetem, bo czym on jest, jeśli nie słabym naśladownictwem pamięci? Może będzie to udany mezalians, jak w przypadku moich rodziców – Anieli z domu Schönmyth i Bernarda Wegnera.

Gwałtowny dzwonek. Drugi. Trzeci. To nikt inny, tylko *deus ex machina*. Wpuszczam go do pokoju, mówię od progu: chcesz, przyniosę coś zimnego do picia? Zrobiło się gorąco. Chce się napić, ale zamiast czekać na mnie w pokoju, na co po cichu liczyłam, żeby zyskać jeszcze kilkanaście sekund, wpada do kuchni i chodzi za mną krok w krok. Bije od niego żar jak od rozgrzanego polowaniem zwierzęcia. Zwierzęcia, które poluje. Reżyser wciąż poluje, najpierw musi zdobyć pieniądze, potem zapolować na liczącego się operatora, najlepiej z pierwszej dziesiątki, wreszcie na wziętych aktorów, którzy są na medialnym topie. Z tego, co mówił przez telefon, wynika, że już to wszystko upolował.

Nie wiadomo dlaczego mimo upału ma na sobie długi płaszcz z czarnej skóry. Jest rozpalony, kipi energią. Przysiada, jak ruchliwa mucha, na kuchennym krześle, ale zaraz wstaje i zaczyna chodzić dużymi krokami, tam i z powrotem. Przystaje przy oknie. Zastyga w półruchu, ma uniesione ręce, przechyloną głowę. Obserwuje pijanego, który czepia się parkanu. Tamten chwyta kolczastą gałąź róży, kaleczy się boleśnie, przekleństwa sypią się na plątaninę ciernia. Reżyser odwraca się, podchodzi do mnie. Kończy jakąś myśl, która powstała, zanim zaczął ze mną rozmawiać.

– Minęły te czasy, kiedy trzeba było pisać o Żydach tylko dobrze, a o Niemcach tylko źle. Pod tym względem nie jest już czarno-biało. Masz szczęście. Jeden kochanek twojej matki może być Niemcem, drugi Żydem, ty masz kosmopolityczną naturę.

– Moja matka nie miała kochanków.

– Mówiłaś, że matka bohaterki będzie miała.

– Bohaterka to nie ja, czy to do ciebie nigdy nie dotrze? – mówię, ale on już nie słucha.

– Trafiłaś na porę niuansów, musisz jednak pisać tak, żeby producent był zainteresowany, bo to on daje szmal i chce, żeby mu się to zwróciło. Najlepiej pisz od razu pod rynek niemiecki. W retrospekcji dobry Niemiec, źli Niemcy, dobrzy Żydzi i zły Żyd. Współcześnie mąż bohaterki, intelektualista, może mieć pochodzenie żydowskie, kochanek to nasz prosty chłopak ze wsi, płatny morderca najlepiej niech będzie z rosyjskiej mafii, zawsze to wygląda groźniej, Niemcy też się ich boją. Ten Tabaka jest dobrze narysowany, ale to płotka. Groteskowa postać. Uważaj, żeby nie przesolić, bo wtedy cię skreślą. Jeśli uda ci się wejść na rynek niemiecki, zyskamy szansę na sprzedaż filmu. Zrobisz szmal i zyskasz sławę. Będziesz wygrana – mówi do mnie. Pije sok.

– I ja też – dorzuca po chwili.

DŁUGI SKÓRZANY PŁASZCZ pachnie tranem. Reżyser wciąż jeszcze go nie zdjął, mimo że minęło co najmniej pół godziny. Skąd znam ten płaszcz? Blond włosy, białe brwi, rozwodnione niebieskie oczy, wysoki, szczupły, właściwie kościsty, na długim nosie okulary w cienkim złotym druciku. Kogoś mi przypomina. Skupiam się na przypomnieniu twarzy, nic z tego, ułomna pamięć męczy mnie, przeszkadza w rozmowie.

– Skąd masz ten płaszcz? – pytam.

– Kupiłem na bazarze. Autentyczny esesmański, popatrz, jaka mięsista skóra! Nawet guziki są prawdziwe, jednego brakuje, ale nie muszę zapinać się na ostatni guzik. Chcesz przymierzyć?

– Nie, nie.

– Co, boisz się? Nie ma czego, właściciel od dawna ziemię gryzie.

Idę znów po soki, on za mną, wracamy, siadamy przy stole.

– No to co chciałaś mi powiedzieć?

– Że trochę się zmieniło od czasu, kiedy rozmawialiśmy – odzywam się wreszcie.

– Nic nie stoi w miejscu – mówi. – Rozumiem, że do akcji wkracza twój nowy kochanek i pisanie znów się odwlecze.

– Czyś ty oszalał? Teraz? Kochanek?

– A co, niemożliwe?

– Niemożliwe.

– Myślałem, że to ten twój...

Ucinam końcówkę, zamykając mu usta dłonią. To niewiele pomaga. Wybełkotał imię i nazwisko. Mam ochotę zakleić mu szeroką taśmą usta, założyć kajdanki i przykuć łańcuchem do kaloryfera. Trafił dobrze. Jest lepszym obserwatorem, niż myślałam. To był mój kochanek, ale krótko. Gatunek: jętka jednodniówka.

– Jak kulą w płot – mówię kłamliwie.

Jestem zadowolona, że wymienił tamto imię i nazwisko, a nie to, które trzymam w tajemnicy. Nie może go znać, nikt go nie zna.

Śmieje się, całuje wnętrze mojej dłoni. Zło, tylko zło go pociąga, cieszy się, że poznał mój grzech.

Wyrywam rękę. Tamtej nocy okoliczności tak się ułożyły, że pragnęłam namiętności, choć tylko przez chwilę. Jestem trochę speszona, zaczynam więc mówić o filmie.

– Broń mnie Boże przed retrospekcją w filmie, w powieści i w życiu. Pamięć to nie retrospekcja.

Już widzę ten film. Leżę kolorowa na białym jak obrus prześcieradle, rozpostartym na grubym materacu, mój kochanek ma na sobie tylko złoty łańcuszek z krzyżykiem; brązowe włosy mokre z wysiłku opadają mu na czoło. Nad nami przepływa w zwolnionym tempie babka Sabina Schönmyth, w tle pastelowy ogród odróżnia się rozbielonymi kolorami od barw teraźniejszości.

– Dlaczego nie? Podoba mi się taka retrospekcja. Nadaje wymiar tej miłości, nie?

– Nie, żadnej retrospekcji, nie zgadzam się. Zamazane wspomnienia, płynące w zwolnionym tempie postaci na łące, nie zniosę tego. Może jeszcze zrobisz wspomnienia sprzed wojny stylizowane na czarno-biały dokument?

– Nie, to ograne chwyty, ale te pastelowe ogrody, z babką płynącą nad kochającą się parą, to zrobię, zobaczysz, że ci się spodoba.

Już to widzę. Kochanek z twarzą rozmazaną pożądaniem, z rozcałowanymi ustami bez wyraźnych granic, z ciałem gotowym do miłości. Albo wściekły, z zaciśniętymi wargami i zwężonymi źrenicami, po ostatniej kłótni przyciska mnie do ściany, jakby chciał, żebym w niej zniknęła. Kochanek nie ma nawet imienia. Nie przechodziło mi nigdy przez gardło plebejskie imię. Ma tylko zawód, jest kierowcą.

– Łóżko umierającej babki nakłada się na materac kochanków. Babka jest czarno-biała. Co? To ci się podoba? – pytam.

– Oczywiście, pięknym skrótem pokazane co trzeba. Miłość i śmierć przenikają się w tej scenie.

To fałsz do potęgi, nieskończony fałsz. Prawda, że babka miała na sobie czarną suknię, jej twarz była biała, a szal falował na krześle niby welon. Welony zawsze falują, kiedy się obok nich przechodzi. Gdy wchodzę do pokoju, falują firanki dotykane wiatrem. Nie dalej jak tydzień temu śniło mi się falowanie firanek, było tajemnicze, budziło niepokój, zwłaszcza że łopocząc, odsłaniały ciemność za otwartym oknem, a ta ciemność nie była całkowita, coś w niej zamajaczyło namiastką światła i zgasło. Potem pojawiły się one obie. Przemknęły z jednej strony na drugą, widziałam je w ciemnym lustrze. Przecież nie powiem reżyserowi, że to ma wpływ na moją powieść.

Ludzie wprowadzający retrospekcję do filmu nie mają snów, nie mają pamięci. Kłamią. Poduchy, na których wspiera się babka, są aksamitnoczerwone, a ściany obite aksamitem w kolorze wina. Jeśli myślę o babce Schönmyth, ona jest tam u siebie, i jednocześnie tu, z nami. Daj mi Boże pamięć czystą jak kryształ.

– Zmieniła się bohaterka mojej powieści, jest nią teraz Madame Memory. Łaknę przeszłości. Kochankowie schodzą na drugi plan, słyszysz?

Reżyser patrzy mi w oczy z tak bliska, że błękit jego tęczówki się rozlewa. Twarz znajduje się o dwa milimetry od mojej. Oddycham z ulgą, te dwa milimetry są mi potrzebne. Nikt oprócz niego nie ośmieliłby się tak bardzo zbliżyć swojej twarzy do mojej, gdyby nie usprawiedliwiała tego namiętność, pocałunki, gdy ich pragnęłam. Z ciekawości poddałam się kiedyś terapii polegającej na zbliżeniu do całkiem obcych, czasami wręcz wstrętnych mi ludzi. Zgadzałam się na głaskanie, ocieranie się, ale to był tylko gwałt z przyzwoleniem.

Odchylam się z fotelem do tyłu i śmieję się. Wyobrażam sobie, jak moje zdania zostaną przełożone na obrazy, jak będą kaleczyły pamięć. W nocy usłyszę okropny harmider. Opisane w scenariuszu postacie przewrócą się w rodzinnym grobowcu Wegnerów, a także w grobach Schönmythów. Na kolaudację filmu oczywiście wszystkie duchy przyjdą razem ze mną. Wloką się za mną wszędzie. Odziedziczyłam tę wątpliwą przyjemność obcowania z duchami po babce Schönmyth.

Dialogi zazgrzytają między zębami, rozmiękną na podniebieniach i językach znanych aktorów, udających mnie, moją matkę i ojca, babkę Schönmyth, Małą Pachnącą, ciotkę Rzepową, kuzynki i Leonka. Och, małego Leonka nikt nie zagra. Dziecko na ekranie to najgorsze, co mogłoby mnie spotkać. On i ja jako dziewczynka pod stołem w tej wielkiej jadalni!

Jeśli opiszę rodzinną tragedię czy zbrodnię i nadam jej metafizyczny wymiar, to mało kogo zainteresuje. Liczą się fakty. Mózg na chodniku, policjant się na nim pośliznął. Kałuża ciemnej krwi długo wysychała, bo była bardzo głęboka. Sięgała do cholewki policyjnego buta. Opis znęcania się nad ofiarą zaczyna się już na pierwszej stronie gazety. Reżyser musi iść z duchem czasu. Zabójca też ma poczucie misji telewizyjnej, więc opowie o tym, co zrobił, obiektywnie, jakby mówił o kimś innym, kto wykonywał te wszystkie czynności pod dyktando samego diabła. Poda liczbę zadanych ciosów, opisze zachowanie ofiary; zwija się z bólu, dostaje drgawek, potem nieruchomieje, ale gdy on zadaje jeszcze jeden cios, taniec bólu rozpoczyna się od nowa. Żadnej skruchy. Odpowiedzialne, wyważone aktorstwo. Świadomość wielomilionowej widowni. Liczy się prawda i strach: to mogłem być ja.

I satysfakcja: to nie byłem ja!

Mówię reżyserowi o tym wszystkim dość chaotycznie. Nie będę brała udziału w wyścigu okrucieństwa. Pokażę inny świat. Okrutny, lecz na ludzki sposób. Zło, za które człowiek wtedy odpowiadał. Moja własna pamięć i ta ukradziona rodzicom, babce Schönmyth, nauczycielkom francuskiego, starym ludziom z pensjonatu, pamięć będzie bohaterką tej powieści.

– Do czego ty zmierzasz, co chcesz osiągnąć? – pyta reżyser.

– Chcę, żeby noumen zamienił się w fenomen, jak woda w wino.

Marszczy czoło, zastanawia się, jak zadać pytanie, żeby nie wydać się ignorantem. Niepokoi go słowo „noumen".

– Przecież film uogólni twój szczegół, to będzie nasze wspólne autorskie kino.

– Powieść nie może być kinem.

– Na czym ci zależy, co chcesz pisać?

– Literaturę faktu metafizycznego – mówię kpiąco.

– No to z Bogiem, możesz pisać do szuflady. Chociaż można jedno z drugim pogodzić, dodaj do tego, co się dzieje teraz, trochę wspomnień z dzieciństwa, tych najostrzejszych, i wszystko będzie okay. Dlaczego zmieniasz to, co było dobre? – pyta.

– Stało się tak z powodów, których nie zrozumiesz.

– Ja nie zrozumiem? – Reżyser sapie z niezadowolenia.

– Pamięć! Też mi bohaterka. Chociaż, posłuchaj, jeśli w twojej pamięci znajdzie się parę drastycznych zdarzeń...

– Wuj Staśku się powiesił.

– Na czym?

– O Boże mój, na drzewie.

– To banalne. Musisz wymyślić coś innego.

– Nie mogę wymyślać pamięci. Ona istnieje, żyje, to grzech ją kreować.

– Z takim podejściem nie masz na co liczyć. Ja mam czyste sumienie, powiedziałem ci, co masz robić.

– Nawet mnie nie zapytałeś, czy chcę, żebyś zrobił z tego film.

– To jasne, że chcesz.

– Wszystko byłoby dobrze, gdyby nie aktorzy – mówię reżyserowi, zdając sobie sprawę, że wybrałam zły adres.

– Jak sobie wyobrażasz kino bez aktorów?

– W tym problem.

Akurat dzwoni telefon. Wybawiciel. Cztery dzwonki. Podnoszę słuchawkę. Uśmiecham się. Słyszę głos, którego nie spodziewałam się usłyszeć. Reżyser nastawia ucha. Podchodzi do mnie, staje blisko i mówi głośno, tak żeby ktoś po tamtej stronie usłyszał: to jednak kochanek.

– Muszę kończyć.

Głos pyta, co to za pajac.

– Popisuje się. To dziecko – odpowiadam.

Głos całkiem niedziecięcy, mówi tamten.

– Reżyser – dodaję, jakby ten fakt wyjaśniał wszystko. – Zadzwoń później – mówię i odkładam słuchawkę.

– Ciekawe, kto ci da szmal na film o pamięci – ironizuje reżyser. – Nie masz pojęcia, jakie to upokarzające, prosić, pukać, przekonywać. To zajęcie nie dla ciebie.

– Poszukam.

– Słuchaj, a może ty uwiodłaś kogoś z dużą forsą?

– Może.

– Poza tym nikt z nazwiskiem nie zagra w filmie o Pani Pamięci.

– Bądź spokojny, zagrają wszyscy. Babka Schönmyth, Aniela, Bernard Wegner, ciotka Rzepowa, kuzynki, pies Molly, Mała Pachnąca, stare nauczycielki francuskiego. Wujek Staśku zagra wisielca. Zagra także Leonek, choć nie chciałabym, żeby wszyscy się dowiedzieli, co działo się pod okrągłym stołem nakrytym długim obrusem, podczas wakacji, na których byłam dawno temu, w dzieciństwie, jeszcze przed nową erą. Mogę cię zapewnić, że oni tylko na to czekają, żeby się pokazać.

– To amatorzy, teraz stawia się na profesjonalizm – mówi z całym przekonaniem, nie pamiętając, że prawie wszyscy są duchami, że dawno już umarli.

– Nie bój się o nich, będą grali, jak im każę.

– Ciekawe, jak będzie wyglądała Pani Pamięć.

– Widzisz w tej roli jakąś aktorkę?

– Nie widzę.

– No więc widzisz.

– Widzę.

– Zastanów się dobrze, przyjadę pojutrze. Na razie nie puszczam pary o tym, co tu zaszło. Nikomu. A już zwłaszcza producentowi. I ty też nic nikomu nie mów.

– Bądź spokojny, ja rozmawiam ostatnio wyłącznie z duchami. – Śmieję się. On śmieje się także.

– Słuchaj uważnie, co mówią. Będą z tego dobre sceny w retrospekcji.

Wymierzam mu za to szybki cios pięścią w splot słoneczny. Niby żartem, ale zwija się z bólu. Potem żegnamy się czule. Raz, dwa, trzy, policzek prawy, lewy i znów prawy. Zapadły w dusze te pożegnania.

– Nie stronię od wyzwań, a coś tak antyfilmowego, z PAMIĘCIĄ ANTYBOHATERKĄ, coś, co w zasadzie nikogo nie interesuje, może w sposób paradoksalny stać się hitem, gdy nastąpi przesyt kinem akcji, a jaskółki tego już są. Trzeba tylko wiedzieć, jak ugryźć Madame Memory, tak, to może być świetny tytuł, Madame Memory!

Kończy już za drzwiami. Nie wiem, czy mówi do siebie, czy jeszcze do mnie, czy może już do producenta. Nie jestem pewna, bo słyszałam stłumiony gwizd malutkiej lokomotywy, dochodzący z kieszeni jego długiego skórzanego płaszcza.

MADAME DEPRESJA. Przyszła jak zawsze, w najmniej spodziewanym momencie, nie była zaproszona i nikt jej nie oczekiwał. Chyba już należy do rodziny, skoro może składać nie zapowiedziane wizyty. Ciotka, przed której nieświeżym oddechem pierzchają dzieci.

Gdy zjawiła się po raz pierwszy kiedyś, dawno temu, wydawało mi się, że przyprowadziła ze sobą przyjaciółkę, Madame Śmierć. Sądziłam, że z tego, co ze sobą przynosi, nikt nie wyjdzie żywy. Teraz już wiem, że przychodzi sama. Włazi we mnie tak głęboko, że nie mogę jej sięgnąć, a pieprzone ego czerpie z niej jak ze studni bez dna.

Piękny mamy dziś dzień, szare niebo, ciemne gałęzie na jego tle. Na łysym drzewie czarna wrona niespokojnie kręci łbem. Ktoś przełączył obraz za oknem na czarno-biały. Żeby choć jeden promień światła. Czasem miewam takie światło w sobie, ale nie dziś. Gapię się na ten widoczek z ponurą satysfakcją, bo w końcu słońce i barwne kwiaty są tym samym, czarno-biała czy w kolorze, depresja ma taką samą siłę.

Ostatnio było wiele szarych dni. Tam gdzie przez cały rok świeci słońce i ludzie chodzą po ulicach w towarzystwie własnego cienia, mają pewność, że istnieją. Chociaż gdy mnie Madame złapała kiedyś w pełnym słońcu, cienisko wlokło się za mną z takim wysiłkiem, jak oporna, wyrywająca się dusza.

Nienawidzę listopada prawie tak samo jak kwietnia.

Listopad ze świętem nieboszczyków to miesiąc wypełniony ciągłą świadomością nieskończonej ilości ciał gnijących pod ziemią.

Ostrożniej chodzę, staram się lżej stawiać stopy, wiedząc, że depczę po umarłych.

Oto wspaniała, cudownie kompostująca wszystko natura, i Bóg, patrzący na to z obojętnością maszyny o laserowych oczach.

Nareszcie odkryłam, co mogą znaczyć słowa mojej matki Anieli Wegner: Bóg jest wszędzie, widzi wszystko.

Stworzony na podobieństwo telewizyjnego obrazu, Pan składa się z nieobjętej ilości punktów, w rozszerzającej się i oddalającej, jak horyzont za polem babki Schönmyth, przestrzeni wszechświata.

Dlatego może być wszędzie, w każdym momencie, bo jest wszystkim. Jest obserwującym, ale tkwi także w obserwowanym, widzi wszystko i wszystko wie, nie będąc widzianym.

Kosmos jest olbrzymim wirtualnym ekranem, na którym wyświetlają się nieskończone ilości światów.

W tej pinakotece przechowują się przeszłe i przyszłe historie. Przeszłość wyświetla się na telebimach, w boskich serialach historycznych i wielkich filmach katastroficznych. Wszechświatowe dokumenty z przebiegu ewolucji, kosmiczne i światowe megahity z wojen, i mikrohity z najnędzniejszego nawet, pojedynczego życia. Boskie seriale, mydlane opery, horrory, kawałki sensacyjne, dramat obyczajowy, czarny kryminał, komedia, kino pamięci, kino familijne; wymieszano wszelkie możliwe gatunki, panuje tu wściekły postmodernizm. Są także filmy o rodzinie Wegnerów i Schönmythów, wiecznie skłóconych, walczących ze sobą teraz już tylko na popioły.

Bóg jest wszędzie, widzi wszystko, a ja, złudzenie boskie, tkwiąc w jednym miejscu, oglądam wirtualny świat zachowany we własnej i w cudzej pamięci.

Siedzę w swojej dziupli, zdawałoby się w całkowitej izolacji; mimo że tego nie chcę, docierają do mnie okrutne wieści. Każda gazeta codzienna i świecący ekran telewizora pokazują mi, czym – niczym jestem. Wyrzec się czytania, oglądania – nie, nie mogę. To nałóg udręki. Widzieć, by wiedzieć. Dawka z roku na rok staje się większa. Narkotyk coraz silniejszy. Już nie marynia, nie hasz, nie amfa. Dziewicza heroina jest bohaterką tego romansu. Nie mogę się od niej uwolnić. Strach przed wizją mniejszy niż strach przed ciszą. Próby kończą się fiaskiem. Wielka przegrana w teleturnieju. Przegrana jest moją wygraną, znów uśmiecham się do reklam.

A mimo to kocham najbardziej parszywe i depresyjne dni. Kalekie uczucia i pokryty wrzodami mózg. Całkiem dobrze znoszę wyleniałe wraki ludzkie wlokące się ulicami, ciemne typy w bramach.

Wytrzymuję nawet we własnym towarzystwie.

Kocham swą nienawiść, która kogoś o słabym charakterze mogłaby pchnąć do morderstwa. Szczęściem nie ulegam impulsom, zabić mogłabym jedynie z premedytacją, czując smak zemsty na języku. Często zamieniam się w policjanta. Mój ideał to Brudny Harry. Czytam codziennie w gazetach o ludziach, którzy dręczą ofiary, torturują, obcinają języki, głowy, skaczą po twarzach, masakrują je. Czytam i pragnę, by przestali zatruwać swym oddechem świat. Hasło na łopoczącym sztandarze mojej jednoosobowej demonstracji brzmi: „Tylko zemsta".

Gdy byłam mała, zawsze zabijałam w myślach. Czasami zdarzał się cud i ktoś taki umierał. Cieszyłam się i dziękowałam Bogu za to, że pomógł mi w zbożnym dziele oczyszczania świata. Śpiewałam hymn ku czci Serca Jezusowego i szłam do kościoła złożyć podziękowanie. Przy bocznym ołtarzu, tam gdzie ludzie wieszają wota albo zapalają świece na intencję. Pamiętam, jak łudziłam się, że to za moją sprawą ojciec koleżanki z klasy zdechł naturalną śmiercią, mając pięć i pół promila alkoholu we krwi. Przedtem jednak zdążył przetrącić jej kręgosłup za nieposłuszeństwo. Odmówiła pójścia do sąsiadów po pożyczkę na wódkę. Dlaczego, Panie, nie powołałeś go do siebie wcześniej? – pytałam rozżalona. Dlaczego nie wtrąciłeś go do piekła, zanim podniósł nogę od krzesła na tę biedną małą? Byłam wdzięczna choć za to, że odszedł. Gdy odwiedziłam ją w szpitalu, zobaczyłam, że jest naprawdę szczęśliwa, leżąc w prawdziwej pościeli na łóżku i jedząc trzy razy dziennie. Zadowolona jak nigdy dotąd.

Oczekuję na powrót miłości niczym na zbawienie. Czekam na nienawiść niczym na zbawienie. Madame Depresja, moja chrzestna matka, dotknęła mnie już przy urodzeniu swą zatrutą różdżką ponurej czarodziejki. Teraz ma prawo zamieniać moje uczucia w kamień. Gdy kapłan wygłosił formułę, ja ciebie chrzczę w imię Ojca, i Syna, i Ducha, szepnęła: będziesz nosiła drugie imię po matce chrzestnej, która kocha cię i pozostanie ci wierna; potem pocałowała mnie rozpalonymi ustami w czoło.

Bogumiła Depresja Wegner.

Dlatego jako niemowlę w wiklinowym łóżeczku, wodząc oczami po białym niebie sufitu, pogrążona w smutku, tęskniłam za ciepłym oceanem w brzuchu matki, jedyną przestrzenią i jedynym czasem, kiedy tamtej nie było.

Ludzie obdarzeni łaską wiary modlą się, sądząc, że Bóg im pomoże. Co za pycha myśleć: jestem ważny dla Pana, będzie interweniował w mojej sprawie. Traktują Boga jak przekupnego urzędnika, a modlitwę jak koniak dla lekarza, żeby uważnie przeciął czyrak na tyłku.

Patrzeć i widzieć to moja zasada, od której nie ma ucieczki, nawet wtedy, gdy nie chcę zobaczyć, zasłaniam oczy dłonią, odwracam głowę, a i tak widzę dzieci maszerujące z zaciśniętymi pięściami i karabinami, ćwiczące defiladowy krok. Już po chwili mają zabandażowane głowy; jedno z nich trzyma w dłoni własną skrwawioną stopę. Widzę, choć nie chcę.

Wystarczy depresja, żeby pogrążyć się w ciemnościach i w skupieniu obracać myśl o bezsensie wszystkiego, czego się dotkniesz. Myślę o tym, że nie może być lepiej, może być już tylko gorzej, gdy zapuka starość. O tym, że trudno pracować, coraz trudniej porozumieć się z ludźmi, coraz częściej uciekam w chorobę i w sen. Można by się bez żalu z tym pożegnać.

Ale ja tego nie zrobię. Nawet teraz odrzucam morderstwo dokonane na sobie. Wyręczać kogoś? Nie ma sensu.

Wystarczą spustoszenia, jakie czyni czas, by widzieć, że nie warto się męczyć, bo wybawienie jest już blisko. Dość mam kłopotu z naprawianiem tego, co on zniszczy. Codziennie rano patrzę bez lęku w lustro na dwie bruzdy w kącikach ust. Jedna oznacza skłonność do uśmiechów, za drugą, tę głębszą, odpowiada ironia. Skłonność odziedziczona po ojcu. Nie umiem bez niej żyć. Nie oszczędzam też siebie. Nawet w depresji słyszę ten ironiczny głos. Nawet na cmentarzu, kiedy opłakuję kogoś, kogo kocham, słyszę skrzeczenie tej starej papugi. Gdybym to ja leżała w drewnianym piórniku, skrzekliwy śmiech wydobywałby się poprzez wieko. Twoja ironia cię przeżyje, powtarzam sobie, i wierzę, że tak będzie.

Depresja jak rak, im wcześniej atakuje, tym jest groźniejsza. Bardziej krwiożercza. Teraz nic nie jest straszne i ostateczne. Nawet Madame Depresja ma swój koniec.

Taki dziś dzień, że nawet wróble cicho świergolą. Jest im zimno, powietrze wilgotne, choć nie ma wielkich mrozów. Lodowata wilgoć przykleja się do ciała jak mokra szmata.

W moim pożałowania godnym stanie jestem dla Boga więdnącym liściem. To mnie wkurza, Bóg to zeszłoroczny śnieg.

Wspominam go z żalem. Gorąca wiara z dzieciństwa mogła roztopić najgrubszy lód. Nie ma jej, straciła moc, choć śni mi się jeszcze w noce pełni księżyca. Wychodzi z ukrycia w pełnym blasku i mami swą siłą.

Matka i ojciec przez lata całe pracowali na to, bym czuła się pępkiem wszechświata, a teraz przychodzi zasmarkana depresja i pokazuje gównoprawdę. Gdy nadchodzi, sama dla siebie staję się zbutwiałym liściem, pomiatam sobą i czuję się upokorzona.

Chcę się uzbroić w siłę, nie dać się bezsilności. To, co widzę, o czym wiem, co czytam, obrzydza mi Boga. Chyba że byłby On przyrodą, nagłym radosnym deszczem, który spada na wysuszoną ziemię, czerwoną tęczówką słońca, błyskającą pomiędzy lekkimi powiekami chmur. Żeby choć jeden promień – ale nigdy go nie ma, gdy jest potrzebny.

Obojętności boskiej przeczy Madame Memory. Wspomnienie, które – jak zgodnie twierdzą uczeni badający pamięć, i moja matka, Aniela Wegner – nie może być moim, a jednak pieszczę je w swej pamięci.

– Nie możesz tego pamiętać, Bogienko, to po prostu wy-klu-czo-ne.

Słyszę, jak dobitnie podkreśla każdą sylabę.

– Nikt nie pamięta tego, co działo się przed jego urodzeniem – dodaje.

– Co z tego, że nikt nie pamięta, skoro ja pamiętam – mówię do matki niezbyt grzecznie.

Ciekawe, że zwykle miała poczucie odrębności naszej rodziny od reszty świata w wąskim, najwęższym sensie tego słowa; ojciec, ona, moi bracia i ja, te osoby wymieniała, ale myślała z pewnością także o babce Schönmyth, gdy mówiła: wszyscy to wszyscy, a my to my. No więc nieraz jej tłumaczyłam, że wszyscy to wszyscy, my to my, a ja to ja.

Pamiętam, jak mną zakołysało, pamiętam wielki huk, wstrząs i wysoki kobiecy głos, krzyczący, że coś płonie. Poczułam ten wstrząs, ale bez lęku; nic się nie zmieniło, zakołysało mną tylko i znów wróciła cisza. Nawet nie zdążyłam się przestraszyć.

– Nie wmówisz mi, że słyszałaś, jak krzyczałam, że nasz dom płonie. Nie mogłaś rozumieć słów, byłaś wtedy wielkości myszy. Nie znałaś jeszcze żadnego języka. Spałaś w łonie – przekonywała mnie matka, gdy poruszałam ten temat.

Pamiętam najpiękniejszą, podarowaną chyba jednak przez Boga przestrzeń, pamiętam łagodne kołysanie, gdy nie czułam swego ciężaru, jedynie otulające mnie ze wszystkich stron wilgotne ciepło. Pływałam w nim, mała ryba, połknięta przez wielką. W wypełnionej ciemnym oceanem niszy nigdy nie spotkało mnie nic złego. Przypuszczam, że umiem być szczęśliwa właśnie przez pamięć tamtego nie odmierzanego czasu, który był nieskończony. W zawieszeniu, przed wyjściem na świat, wtedy i tylko wtedy, nie miałam świadomości śmierci, była w tym błogość.

Szukam ciągle tamtej zamkniętej przestrzeni, śpię z kołdrą nasuniętą na głowę, usiłuję rozpaczliwie odtworzyć mokre ciepło, leżąc w wannie, zanurzona po szyję w letniej wodzie. Gdybym się zsunęła niżej, pozwalając się przykryć wodzie, zwijając się na kształt rogala, może mogłabym osiągnąć tamto szczęście. Ciepło ogarnia mnie ze wszystkich stron. Osuwam się na dno. Tracę ciężar. Zaraz jednak wysuwam głowę, opieram się rękami o chłodny brzeg wanny.

Teatr dla samej siebie, przedstawienie jednego aktora, wewnętrzny monodram, odgrywany dla myśli i w myślach; to tylko udawanie, że chcę powrotu tam, skąd przyszłam, gdy nie mam pewności, iż jest to możliwe.

Wyłaniam się z wanny, jak Wenus z okrągłym brzuchem i zbyt ciężkim tyłkiem, wyskakuję na zimną szachownicę podłogi i ruchem skoczka, owinięta białym ręcznikiem, zbliżam się do lustra. Szach. Król jest nagi, bezbronny, można go atakować. Mat. Unoszę ręce w górę na znak poddania. Ręcznik spada na czarno-białą szachownicę. Patrzę uważnie na rozgrzane ciało. Biodra za szerokie, brzuch zbyt wypukły, ramiona okrągłe, szyja byle jaka, piersi za ciężkie; talia pozostała cienka, a więc pornografia, proszę pani, mówię, odwracając się tyłem i patrząc przez ramię na wielką pękniętą dynię. Wkładam czarną bieliznę; zmniejsza obłości. Pończochy, długie, trzymające się na udach tylko dzięki szerokiemu mankietowi z koronki, ukrywają nierówności skóry. Przybliżam twarz do lustra. Szach. Nie dopuścimy do mata. Zmarszczki przy ustach wyraźniej dziś widać. Pod oczami niebiesko, jak zawsze po nie przespanej, długiej nocy. Na czole dwie pionowe proste równoległe, do których od dawna się przyzwyczaiłam, są wieczne.

Powinna pani, musi pani, czy próbowała pani? To mówi kosmetyczka. Wyłącza dyszący wapozer. Nakłada na gorące policzki chłodną papkę. Brunatna glinka, potem algi.

Ceramidy, grasica myszy. Na szyję gorąca płynna parafina. Leżę schowana pod maską kompresu, jest mi ciepło.

Zasypiam; śnię o ciepłym oceanie, unoszę się pośrodku nieskończoności, nie na falach, tylko pośrodku oceanu wód dookoła, i mam pewność, że cała ta nieskończona wodna przestrzeń należy do mnie. Jak cicho, jak cicho. Szmer czyni tylko światło promienia, rozcinające wodę.

Zostawiłam kobietę zamkniętą w sześcianie niepokoju na zewnątrz. Uleciała jak dusza z martwego ciała. Oddycham skrzelami, lekko, z ulgą. Wiszę. Nie boję się starości. Może być pieszczotą pozbawioną erotyzmu, czystą przyjemnością nie świadomego niemowlęctwa, powrotem do ciepłych źródeł, istnieniem bez konwulsyjnych dreszczy.

Na mnie już czas. Muszę wreszcie wyjść z tej półmartwoty ciała i ducha.

Gdy szłam do banku, nagle poczułam, że tracę równowagę. Na ulicy musiałam się oprzeć o chropawy mur. W uszach ciśnie, w głowie wiruje, czuję, że zanosi się na coś złego, jak na deszcz. Trwam parę sekund w zawieszeniu. Przeszło. Robię dwa niepewne kroki, niczym dziecko dopiero zaczynające chodzić, potem ruszam szybko, wprawnie, bez wahania.

Zamiast do lekarza poszłam do kosmetyczki. Leżę długo na łóżku i pozwalam jej obrabiać górną połowę mego ciała. Twarz, szyja, ramiona, dekolt. Kark. Napięte, sztywne mięśnie.

Zręczne, uważające palce, mocne jak dłonie zmyślnego kochanka. Płatna miłość. Uczciwie zarobione pieniądze. Niewinne pieszczoty.

Nie chcę iść do lekarza. Ginekolog-gwałciciel. Odwlekam wizytę.

Dziś jest lepiej, pocieszam się. Byłoby całkiem dobrze. Gdyby nie chwilowa utrata równowagi. Usiłuję zagłuszyć głos rozsądku, nakazujący pójście do tego wymoczka doktora.

Ulga i oddech pełną piersią; jeszcze raz się udało przezwyciężyć zapaść. Przeczuwam, że nadchodzący okres może być ciężki. Zapomniałam już, jakie to wspaniałe, chodzić bez zawrotów głowy, rozluźnić mięśnie stężałe jak stal, szczęki bolące od zaciskania. Iść spokojnie, patrząc na nogi, przez brzydkie, błotniste miasto. Patrzeć w okna. Spokojnie, leniwie, z paroma złotymi w kieszeni. Patrzeć na piękne przedmioty, brać je do ręki, oglądać pod światło i przypominać sobie ich historię.

Poszukiwać na niebie światła i myśleć inaczej, chociaż nic się wokół nie zmieniło. Żeby wreszcie Ten Ktoś nacisnął klawisz pilota i przestawił mój program na tamten poprzedni.

Depresja endogenna. Nikt nie może znaleźć jej przyczyny w realnych zdarzeniach. To tylko chemia, powtarzają znawcy przedmiotu, jakby to cokolwiek wyjaśniało. W taki sam sposób mówią o miłości. To chemia, zapachy. Wszystko wtedy staje się proste: ktoś kocha –

chemia; ktoś zabija – chemia. Trzeba tylko dojść do istotnej przyczyny, do braku albo nadmiaru pierwiastka czy minerału. Połknę odpowiednią dawkę i będę uzdrowiona. Pod warunkiem, że w to uwierzę. Na razie naprawdę czuję się lepiej.

Bóle mięśniowe, mawia masażysta, charakterystyczne są dla kobiet wyzwolonych, na Zachodzie robi się tego typu badania. I pyta, czy czuję całymi dniami ciężar na plecach?

Moje plecy dźwigają niewidzialne ciężary w niewidzialnym plecaku.

Jeden kamień to strach.

Drugi – troska o utrzymanie rodziny; nie chodzi tylko o pieniądze, to byłoby proste, lecz o powściąganie gwałtownej reakcji, kiedy mój mąż gada jak nakręcony mechanizm, nie pozwalając sobie przerwać, nie słucha, co do niego mówię, gdy domaga się ode mnie posłuszeństwa, bardziej stanowczo niekiedy niż moja matka.

Trzeci kamień jest wielki. To ciężar samotności. A moja samotność złożona jest z tego, czego pragnę, i z tego, co odrzucam.

– Panie Sebastianie, czy przyjmie mnie pan dzisiaj? – pytam zmęczonym głosem.

– Dobrze, zostanę dłużej.

Święty Sebastian, piękny młodzieniec ze wzniesionymi w górę oczyma, męczennik ze strzałami utkwionymi w nagim, muskularnym ciele.

Czekam w miniaturowym holu. Na stole kilka starych kolorowych magazynów, wymiętych i zaplamionych niczym pisma porno znalezione w sypialni chłopięcego internatu. Słychać odgłosy klaskania. To dłonie pana Sebastiana biją brawo o czyjeś pośladki. Po kwadransie z białych drzwi wychodzi wymasowane młode ciało na długich nogach. Chwila przerwy. Sebastian myje się.

Odprężający masaż pomaga na bóle karku i pleców, zgiętych w jarzmie cholernej prozy.

Masaż jest całkowicie aseksualny, lubię sobie powtarzać może aż nazbyt często. Przecież myjąc się, nie mówię sobie, że mycie pozbawione jest erotyzmu – to niepotrzebne. Leżąc na łóżku kosmetycznym, czuję wyraźne dreszcze.

Fakt, że nigdy dotąd nie rozbierałam się do naga i nie leżałam wyciągnięta z ramionami pod głową przed mężczyzną, z którym nie łączyłby mnie stosunek erotyczny. A ten mężczyzna, z którym nic mnie nie łączy, ma prawo dotykać całego mojego ciała. Zakazane jest tylko jedno miejsce.

Ostatnim razem, na początku sierpnia, Sebastian spóźnił się z powodu korków w mieście. Czekałam na niego w pobliskiej kawiarence pod parasolem. Podjechał białym mercedesem beczką. Miał na sobie białe dżinsy i jasnoniebieski T-shirt. Wyglądał jak opaleni mężczyźni z komediowych seriali sensacyjnych. Żar tropików. Długie ciemne włosy opadały mu na ramiona. Na nadgarstku prawej ręki błyszczał złoty łańcuch, drugi, jeszcze grubszy, lśnił niczym obroża na potężnym karku bokserskiego czempiona. Na małym palcu Sebastian miał sygnet. Czułam się jak podglądaczka, która zobaczyła go całkiem nagiego.

Dzisiaj przyjął mnie w koszuli z krótkim rękawem. Rozpiął ją i, masując mi stopy, przyciskał je nie do materiału, lecz do swej owłosionej piersi. Szkoda, że od dawna już nie mam zielonej niewinności. Życie byłoby piękne i proste, myślę obłudnie.

Miał mnie masować godzinę, masuje półtorej. Ten człowiek ugniata tygodniowo około dwudziestu ciał. Widziałam kobiety, które do niego przychodzą. Młode, jędrne, stare, grube, chude, piękne, brzydactwa.

Dlaczego sapie właśnie nad moim brzuchem, zbyt wypukłym, dlaczego dotyka moimi stopami swoich piersi, pociera je o włosy? Moja matka znała odpowiedź na takie pytania. Musiałaś go sprowokować, mówiła, i nie można jej było niczego wytłumaczyć.

Nie chcę rezygnować z tej godziny urlopu od świata.

Może się mylę, chyba jestem przeczulona. Jego twarz zbyt blisko moich powiek. Czuję jej ciepło. Zapach mięty. Przyśpieszony oddech może być wynikiem zmęczenia, masuje tak długo.

— Panie Sebastianie, czy nie czas już kończyć?

PUSTKA. Bardzo późna noc po bardzo złym dniu. Od popołudnia dzień upokorzenia i beznadziejności. Zaczęło się jak zwykle od bzdury niewartej wzmianki. Chodziło o sposób pokrojenia sera do piwa, nie w kostkę, tylko w pałeczki, a może odwrotnie. Nie pamiętam już, czego chciał on, czego ja. Najpierw były dobitne słowa, wykład na temat krojenia sera, wyższości kostek nad pałeczkami czy odwrotnie, bo naprawdę nie mogę sobie przypomnieć, kto za czym optował. Potem ja zupełnie przestałam mówić. Kroiłam część sera w pałeczki, a część w kostkę. Każdy będzie mógł jeść to, co woli, powiedziałam. Wtedy zaczął krzyczeć. Wykrzykiwał obelgi pod moim adresem. Nigdy dotąd nie słyszałam z jego ust takich słów. Przestałam kroić. Stałam z nożem w ręku i patrzyłam na niego zimno. Teraz myślę, że moje spojrzenie musiało być lodowate, bo miałam ochotę wyjść, trzasnąć mocno drzwiami, aż wyleciałyby z zawiasów, i więcej nie wrócić. Stałam jednak nadal. W pokoju spało dziecko. Nie jest już małe, za dużo rozumie. Trzeba było skończyć te krzyki. Nagle poczułam silny ucisk na ramionach i pchnięcie na ścianę. Wiem, że nie o ser tu chodziło, lecz o władzę absolutną.

– Uważaj, jeszcze chwila, a nasze małżeństwo stanie się historią – powiedziałam, płacząc.

Nigdy dotąd nie wypowiedziałam takich słów, ale też jeszcze nigdy nie miałam pięciu sinych odcisków palców na ramieniu. Była wielka awantura, prawdziwa burza z piorunami, zza okna wtórował nam hałaśliwie ukośny deszcz. Ulewa urwała się raptownie, a ja przestałam czuć wściekłość. Rzuciłam nóż na stół i poszłam do pokoju, zdziwiona nagłym spokojem; przestałam płakać. Ani jednej łzy. Stało się coś nieodwołalnego. Wewnętrzna równina, gdzie zamiast powietrza jest pustka, zamiast ziemi rozpacz, na horyzoncie zaś majaczy las pałeczek z sera.

Boję się. Czuję lęk przed tym, co niezrozumiałe. Leżę długo bezsennie, nie poruszając się, by nie zbudzić śpiącego obok, najbliższego mi człowieka. Nie mogę pojąć tego, co się stało, ani tego, że on może po tym, co zaszło, tak spokojnie spać.

Przeszło, minęło, nie kłóćmy się, zrozum, że mam już rajzefiber, po raz pierwszy rozstajemy się na tak długo, nie chcesz ze mną jechać, nie wiem, co mam o tym myśleć, powiedział zasypiając.

Nie wiesz, bo nie chcesz wiedzieć, masz agresję pod skórą, wybuchasz wściekłością bez żadnego powodu, muszę od ciebie odpocząć, może długie rozstanie nas uratuje, odparłam.

– Noc przed odlotem to nie jest odpowiednia pora na takie rozmowy – rzekł karcąco.

– Nigdy nie ma odpowiedniej pory – mruknęłam, ale sama także nie miałam ochoty mówić dalej.

Leżałam bez ruchu, żeby pozwolić mu zasnąć. Niech się wyśpi przed podróżą. Przytulił się do mnie przez sen.

Objęłam go, ale nie dokończona rozmowa toczy się dalej w mojej głowie. Otwarte oczy penetrują ciemność. Wstaję z ciepłego łóżka i, drżąc z zimna, idę do swojego pokoju.

Słyszę wiatr. Zewsząd otacza mnie przenikliwe zimno. Trudno mi pisać, bo ręce mam skostniałe, chociaż to jest najcieplejszy pokój i jest już wiosna. Owijam się chustą z wielbłądziej wełny. Jak ze zwierzęcia, przepływa z niej do mnie włochate ciepło.

Wszystko, co żywe, stało się tej nocy obce. Żywi ludzie, z krwi i kości, nie dorastają do idealnego świata zmarłych, gdzie ja, umarłe dziecko, którego już nie ma, trzymając za rękę ojca, siedzę na kanapie u ciotki, nie wiedząc, że ta utrwalona na fotografii chwila tak urośnie i będzie znaczyła tak wiele.

Siedzę oparta o ramię ojca, z zasznurowanymi sztucznie wargami, nie wiem nic o śmierci; zaledwie trochę, tyle co nic – wiem o samotności. Nie rozumiem ani matki, ani ojca, choć ich kocham i nienawidzę, na przemian.

Z ulgą myślę tej nocy o śmierci. Tak myślę, chociaż jeszcze przedwczoraj śmiałam się i kochałam życie bez umiaru i potrzeby uzasadnienia, śmierć zaś budziła tylko strach i sprzeciw. Nigdy, aż do dzisiejszej nocy, nie pomyślałam o niej z ulgą. Zaczynam powoli rozumieć starość i umieranie.

Od pewnego czasu w snach zanurzam się w dawnym życiu. Tam istnieję i, budząc się, mam wrażenie powrotu. Któregoś dnia nie wrócę. Dziś wcale mnie to nie martwi. Chciałabym umrzeć spokojnie, tak jak babka Schönmyth. Bez chaotycznego strachu, przygotowana w każdym szczególe do porządku śmierci. Mam nadzieję, że dziedziczy się po przodkach geny umierania.

Chociaż tamten świat, ze snów, starych fotografii i z mojej pamięci, też był mi obcy. Może oprócz najwcześniejszego dzieciństwa. W domu się dusiłam. Brałam nogi za pas i uciekałam ze świata rodzicielskich zakazów. Dopiero patyna litościwej pamięci ukształtowała nasze dawne życie na sposób idealny.

Liczę na to, że po dziewięciu miesiącach rozstania, kiedy to zdążymy już trochę dla siebie umrzeć, zapanuje między nami podobna harmonia jak ta, która panuje w moich wspomnieniach.

Nie wolno ci narzekać, to grzech, masz co jeść, masz dobrego męża i udane dziecko, jesteś zdrowa i prosta, mówi moja matka, ciesz się tym, żeby cię Bóg nie pokarał.

– A dlaczego miałabym być garbata? – spytałam ze śmiechem.

– Bo niektórzy są garbaci. A jednak dziękują Bogu, że żyją – wyjaśniła mi.

Śmieję się. Wyprostowałam pochylone plecy. Jestem zdrowa. Nic mnie nie boli oprócz zranionej dumy. Pałeczki sera! Kostki sera! Pieprz się sam, mój panie!

Idę do kuchni, otwieram lodówkę. To prawda, mam co jeść. Robię sobie dużą kanapkę z serem byle jak ukrojonym, ani w kostkę, ani w pałeczkę. Gruby, nieregularny plaster, przedarty palcami na pół. Jem z apetytem.

To ja. Mam własne imię i nazwisko. Nie jestem niczyją częścią, nie jestem niczyją połową. Dwie dopasowane połówki jabłka. Dobre małżeństwo. Dwie idealnie dopasowane połówki rozpaczy, dwie lewe ręce. Są takie chwile, są momenty dopasowania, ale one zdarzają się mężczyźnie i kobiecie nie tylko w małżeństwie, mój drogi mężu. My dwoje nigdy nie będziemy całym, zdrowym jabłkiem, zawsze tylko dwiema przylegającymi do siebie częściami. Robak nas toczy, raz jedną, raz drugą połówkę. Drąży swoje tunele. To boli, bo nienawiść boli, ale to jabłko ma świetny smak!

Biorę drugi kawałek rozerwanego plastra sera, smaruję go masłem i wracam do łóżka. Jest wygrzane. Mój mąż leży na wznak, lekko pochrapuje. Widzę jego twarz w świetle latarni świecącej wprost w okno, niczym księżyc w pełni. Przyklejam memu mężowi kawał sera na czole, a on mruczy niezadowolony, że coś śmie zakłócać jego sen przed podróżą.

– Daję ci ostatnią szansę – mówię po cichu, całując go w ucho.

SENS ŻYCIA. No więc wyleciał dziś w południe. W tej chwili siedzi w brzuchu ciężkiego ptaszyska i przelatuje ocean. Zjada obiad, ogląda filmy, pije drinki, spokojnie przegląda gazety. Rozmawia, konwersuje, peroruje. Nie ma czasu pomyśleć o mnie.

Boję się. Obrzydliwe korzenie, którymi wczepiłam się w życie. Rosną cicho, zdradliwie pod moją świadomością, aż przychodzi moment zagrożenia, kiedy czuję plątaninę sięgającą w głąb nieświadomości. Myślałam, że strach to krzew, a to drzewo.

Po wysokim spokojnym niebie leci samolot, a moje myśli podążają za nim, okrążają go jak stada małych czarnych ptaków.

Zamiast pisać rozpoczęty romans, poddaję się sentymentalnym strachom, zagłębiam się w ostatecznościach. Skaczę tam i z powrotem po ekranie komputera, przelatuję fabułę, która nic mnie nie obchodzi. Zdania obce, słowa nie moje. Czytam szkielet powieści, częściowo wypełniony, jak rysunki w książeczkach dla dzieci. Zamiast pisać, siedzieć na tyłku, kolorować, co zostało do pokolorowania, zagłębiam się w katastroficznych obrazkach, natrętnie atakujących umysł. Przeczucia, koszmary, kłucia serca, bezradność. Wydaje mi się, że po każdej kłótni czuję to samo, ale nieprawda. Czuję wściekłość i pustkę, jednak bez lęku. Teraz strach wysusza mi usta i garbuje wnętrzności.

Przysięgam, że jeśli mój mąż szczęśliwie wróci, wyłoni się wreszcie z brzucha ptaszyska, uradowany, jak nowo narodzony, z torbą przez ramię i walizką wyładowaną prezentami, zmienię się. Będę tolerancyjna, wyrozumiała, nie będę się go czepiać o głupstwa. Pałeczki? Proszę bardzo. Kostki? Pokroję każdy ser, jak będziesz chciał. Nie tylko ser, poszatkuję swoją duszę na cieniutkie piórka, jak cebulę do śledzia, i podam ci ją na zakąskę do wódki. Zapomnę, że mam wybujałe poczucie miłości własnej i cierpię na przerost ambicji. Zapomnę o wolności, o którą walczyłam od urodzenia i którą cenię ponad namiętność, miłość i nienawiść. Zaprzestanę potyczek o słowa i na słowa. Będę potulna jak czarne jagnię prowadzone do rzeźni.

Dręczy mnie kac moralny, bo wiem, że robię z siebie przedstawienie. Czuję pragnienie źródlanej wody.

Sytuacja bez wyjścia. Nie mogę przecież sprowadzić tego ptaka na ziemię. Nic nie mogę zrobić. Tylko czekać. Przeczekać. Żałuję, że doszło do kłótni.

Szczęściem ranek przed wyjazdem męża był dobry. Odczynił złe uroki. Miłość w łóżku zawsze pomaga.

Opadły z nas wzajemne niechęci. Ulotniła się agresja. Potem śmiech. Długi wspólny śmiech, gdy opowiedziałam mu o posmarowanym masłem plasterku sera, przyklejonym w nocy do jego czoła. Swoim zachowaniem przypominamy lumpowskie pary, co to kłócą się, biją po mordach, a gdy ktoś wezwie policję, leżą w łóżku już w najlepszej zgodzie.

A jednak każda rozkosz jest pożegnaniem, zostawiającym po sobie smutek. Śmierć i miłość, jedna obok drugiej, istnieją tak blisko, jak dwie piersi, które poznać się wzajemnie mimo stałego sąsiedztwa nie mogą. Przeklęta depresja znów ślini się na mój widok. Chce mnie pożreć. Żeby tak osiągnąć zimny spokój, niechby nawet umrzeć, byleby nic nie czuć. Złudne nadzieje, oszukiwanie się, że śmierć jest spokojem.

Śmierć, ta cesarzowa wszechludzi, mimo że tak dobrze znana, broni się przed nami, jakby była osobą, jakby chciała, mogła, wybierała. Trudno uwierzyć, iż to tylko katabolizm, i po wszystkim.

Podczas depresji śmierć staje się Bogiem. Nie pozwala mi pisać, bo wie, że pisanie to przedłużanie życia słowem, chce zgodnie ze swoim przeznaczeniem zamienić żywe słowa w atrapy. Dlatego mąci umysł nad kartką papieru i przy ekranie komputera. Dalekie czy bliskie, pisanie jest życiem, jest, tak samo jak śmierć, nieśmiertelne, choć krócej, krócej.

I – jak śmierć – bez życia istnieć nie może.

Nad dojrzałą miłością śmierć szybuje nieuchwytna niby dusza i nieubłagana, nawet miłość nie pozwala o niej całkiem zapomnieć, może ją tylko trochę przyćmić, przesłonić.

Noc była okropna, wiatr budził mnie. Za oknem różowa poświata i jasność, ale jakaś brudna. Ani to zmierzch, ani świt. Łuna świateł nad miastem, rozjaśniona leżącym śniegiem.

Dusza ludzka jest niematerialna, niewidzialna i nieśmiertelna. Cóż jednak zrobić, kiedy stoi za oknem, wyje i moknie, a wiatr przewiewa ją na wskroś? – zapytałam siebie pośród nocy, nagle przebudzona wyciem wiatru i jego waleniem w szyby.

Wstałam, zapaliłam światło, ale nie otworzyłam okna i nie wpuściłam jej do środka. Cholera wie, co to za jedna. Dusze moich rodziców i krewnych nie wyją nikomu pod oknami. Są widzialne, przychodzą cicho i mówią, co mają do powiedzenia. Wyjrzałam jednak, bo od razu po przebudzeniu miałam wrażenie, że naprawdę stoi tam w strugach deszczu, a przecież dusza to nie zmokła kura.

Zasnęłam mocno nad ranem. Obudziłam się nagle, od razu przytomna, z resztką snu, w którym czterej mężczyźni w przyciasnych szarych garniturach – ramiona i bicepsy wypychały im rękawy – roznosili komunię świętą, podeszli do mnie i położyli mi hostie na powiekach. Czułam lekki opłatek na zamkniętych oczach.

Wyprawiłam syna do szkoły, piję herbatę i siedzę nad notatkami. Myślę. Zanim zacznę pisać, słucham *Kantat solowych* Bacha. Głos ma brzmienie kojące, co nieczęsto zdarza się sopranom. Miękko wpływa do ucha, nie raniąc powietrza.

Czy ja naprawdę polubiłam samotność? Gdy zostaję w domu sama, siadam przy biurku, chodzę po pokojach i wysupłuję z kłębka różnokolorowych myśli te, o które mi chodzi. Staram się, ale nie jest to łatwe, bo cisną się odrzucane, nie kochane, wtrącone do piwnic. Wyciszam je, czasami to bardzo długo trwa. Przychodzi wreszcie oczekiwany moment skupienia się na myślach pisanych. W myślach. Trzeba je schwytać i przepisać. Ten moment zadziwia mnie tak samo jak codzienne przebudzenie.

A więc żyję, powtarzam sobie co rano bez słów, a więc myślę!

Spływa na mnie boskie poczucie niezależności od świata, będące zarazem diabelską zależnością od słowa.

SŁOWO. Nawet niemieccy żołnierze dziwili się, że to dziecko tak wcześnie mówi – matka z dumą opowiadała tę historię każdemu, przez długie lata.

„Jest piękny wrześniowy dzień. Świeci słońce, więc życie ma pozory normalności. Ulicą idzie kobieta z wózkiem. Niemieccy żołnierze przyglądają się jej. Myśli kobiety i żołnierzy są zbieżne w jednym punkcie, w znaku zapytania, kiedy wreszcie skończy się wojna.

Na wózku siedzi mała dziewczyneczka w kapeluszu z rondem i przez cały czas mówi. Komentuje wszystko, co widzi.

Niemiecki żołnierz pyta kobietę o wiek dziecka. W grudniu skończy roczek, odpowiada matka płynną niemczyzną. Żołnierz kręci głową z niedowierzaniem. Dziewczynka nie przestaje mówić, pytać i odpowiadać sobie samej. Ludzie odwracają głowy i śmieją się, jakby nie było wojny.

Kobieta mówiąca po niemiecku to moja matka, a ja siedzę w spacerowym wózku i gadam bez przerwy. Komentuję świat, jakim go widzę i jakim się domyślam. Więc kim mogłabym zostać, jeśli nie tym, kim jestem?"

Gdyby tak jeszcze ludzie uśmiechali się, czytając to, co piszę, jak tamci podczas wojny śmiali się, słuchając mojego gadania! Jeśli kiedykolwiek napiszę autobiografię, to będzie się tak rozpoczynała.

Na razie jednak trzeba pisać współczesny romans, bo czas nagli, termin oddania się zbliża, zaliczka przejedzona, konspekt scenariusza zaakceptowany, trzeba powieść podzielić na sceny i obrazy, a ja nie mogę. Włączam *Koncerty brandenburskie* i słucham muzyki bez wyrzutów sumienia, całkowicie odprężona i już znów szczęśliwa, bo znalazłam to, czego szukałam.

Chcę pisać, żeby napisać, czytać, żeby wiedzieć, cierpieć, żeby docierpieć, kochać, żeby przestać. Żyć, by umrzeć, i szukać, żeby znaleźć. Dziś znalazłam sens przy pochmurnym niebie i resztkach brudnego śniegu; gdy wyszło blade słońce, wydobyło go spod ziemi w postaci białego dzwonka na anemicznej łodydze. Wiatr nim poruszył, a wtedy dzwonek zadzwonił bezgłośnie sensem.

OKRES PRZEJŚCIOWY. Od kilku dni porządek dnia i nocy jest całkiem zaburzony. Zasypiam o czwartej rano, śpię długo. Nadeszły dwudziestostopniowe mrozy. Dzień jest za krótki. Zaczynam lepiej rozumieć zwierzęta. Ich zimowy sen.

– Mam wrażenie, że serce bije miarowo, tak jak trzeba, ale przy nim porusza się coś miękkiego. Królik albo inne małe zwierzę. Uwija się, ociera, dotyka serca pyszczkiem, popycha je, jakby było wahadłem starego stojącego zegara. W nocy umieram, a w dzień, gdy widzę śnieg w słońcu, wychodzę odetchnąć świeżym mrozem; czuję, że wypełnia mnie szczęście i ciepło. To miotanie się od szczęścia do nieszczęścia, wśród chorób i śmierci, przypomina taniec wariata na cmentarzu. I tym jest w najgłębszej swej wymowie, czy nie mam racji, doktorku?

– Nadszedł trudny okres przejściowy i musisz sobie z nim poradzić.

– Czy tracę płeć? – pytam.

– Wszyscy się starzejemy. – Doktorowi wydaje się, że odpowiada wymijająco.

– Sądziłam, że to późne dojrzewanie, a to znamiona starości. Ale dobrze, bo starość sprzyja pracy.

– Jakie są objawy?

– Napięcie na czole, którego nie sposób rozluźnić, suche, siniejące usta, zimne dłonie, stygnące stopy. Wizje śmierci, swojej i najbliższych. Pojawiają się bezczelnie w jasny dzień, w pełnym słońcu, coraz bardziej realistyczne.

– Co jeszcze czujesz?

– Niepokój nieznany dotąd w takim wymiarze.

– Kto cię najczęściej odwiedza?

– Reżyser, matka, babka Schönmyth, ojciec, mały Leonek, dziennikarze, przyjaciel.

– Czego pragniesz?

– Chciałabym mieć własny, zamknięty przed wszystkimi pokój, nie w domu, w innej części miasta, żeby nikt nie wiedział, dokąd chodzę. Siedzę sobie w kimonie na łóżku, bo ze sprzętów jest tam tylko łóżko i lustro. Rozważam wszelkie możliwe światy do mojej powieści. Mogą być smutne, radosne lub nędzne, ale nie dręczą małością słów odbijających się od ściany do ściany i wszystkich wzmagających poczucie udręki realnych sytuacji, które wciąż się powtarzają.

– Dlaczego w kimonie?

– Dlatego, że jedwabne kimono wkładam zawsze po kąpieli, na nagie czyste ciało. Jest dla mnie strojem odświętnym.

– Chcesz uciec od ludzi?

– Wiem, że to źle, kiedy jest mi dobrze samej, ale co mam poradzić, jeśli wtedy lżej oddycham, a królik ocierający się o serce przynosi mi błogość. Pierwszy raz uciekłam z domu, byle gdzie, przed siebie, kiedy zamiast ręki na zgodę podałam zaciśniętą pięść.

– Męczą cię sny?

– Po jednej z wielu kłótni, ani gorszej, ani lepszej niż inne, śniło mi się, że wchodzę do naszego domu, gdzie wszystko jest takie samo, pianino, na nim kwiaty, na czarnym fotelu przerzucona przez oparcie moja sukienka. Wszystko tak jak było, ale mam podejrzenie, a właściwie pewność, że to inne mieszkanie. Otwieram drzwi do sypialni, czuję miękki opór, nagle wprost na mnie wyskakują trzy koty, wielkie jak tygrysy. Ach, więc to koty, myślę, dlatego nie ma tu myszy, to koty, a nie pułapki. I co ty na to, doktorku?

– Na razie weź to. – Doktorek podaje mi szkliste koraliki hormonów, żółte i niebieskie. – Bierzesz przez dwadzieścia jeden dni, robisz tydzień przerwy, i znów to samo. Poczekamy na efekt.

Zaprawdę, zaprawdę, powiadam wam, trudna jest przemiana kobiety w człowieka. Drogo kosztuje, ale przekonamy się, czy warta była swojej ceny.

Schodzę w dół do piwnic, coraz niżej, a upływający czas przybliża mnie do katakumb, gdzie przy wyszorowanych stołach siedzą stare kobiety. Nie ma tu ani jednego mężczyzny. A może to tylko istoty pozbawione płci? Nie. Same stare kobiety. Wymyte podłogi. Zapach prania i prasowania. Skończyły się porządki. Pora na odpoczynek. Na ścianach wiszą wielkie płaskie telewizory. Na każdym ekranie inny serial. Kobiety śmieją się, włączają w dialogi aktorów. Nie widać po nich nieszczęścia. Przed snem modlą się, zerkając na ekran: daj, Boże, zdrowie, daj siłę, żeby znieść chorobę, daj zdrowie, żebrzą namolnie jak cygańskie dzieci, od których nie można się opędzić, daj złotówkę, daj złotówkę, daj. Pozwól obejrzeć jeszcze jeden odcinek, jeszcze tylko jeden.

Stoi tam też moje biurko, sprzątnięte jak nigdy dotąd, czeka, aż siądę i zacznę pisać na komputerze. Nareszcie spokój, jakiego nie ma tam, skąd przychodzę. Chcę tu zostać, ale coś ciągnie mnie w górę.

Wbiegam po schodach coraz wyżej i wyżej. Tutaj znajduje się bezcielesne królestwo myśli. Nie liczy się ciało, w którym uwięziona na zawsze mieszka moja wolność.

W drodze do piwnic spotykam mężczyzn na półpiętrach. Jeszcze ten raz, jeszcze następny. Szybkie pocałunki, krótkie spięcia w ciemności. Krok w dół, krok w górę, schodzę i wchodzę. Uwalniam się. Zbiegając w dół, wbiegam pod górę. Coraz wyżej i coraz niżej. Wreszcie zatrzymuję się zmęczona na progu głębokiej piwnicy, stare kobiety śmieją się, przywołują mnie do siebie. Uchylone drzwi odsłaniają następny pokój. Wydaje się pusty. Zaglądam tam. Cała ściana po prawej stronie jest wielkim oknem, za którym przepływają chmury. Dopiero teraz widzę stojące z boku małe, zupełnie nagie dziecko, spoglądające w dół. Jest mi gorąco. Zdejmuję sukienkę i staję obok w samej bieliźnie. Dziecko podaje mi rękę. W dole miasto. Samochody, tramwaje i autobusy wloką się w korkach. Jestem na dnie, i patrzę na miasto z góry, z perspektywy zatrzymanego w locie ptaka. Dziecko zniknęło, obok mnie bezszelestnie wyrósł ochroniarz w kominiarce z dziurami na oczy i czarnym kombinezonie. Wskazuje na okna z niebiesko świecącymi ekranami. Gestem rąk, dłońmi w czarnych rękawicach wskazuje miasto na dnie przepaści.

— To wszystko może być twoje!

MADAME MEMORY. Byłam już w połowie, kiedy wszystko się zmieniło. Tamta książka miałaby wzięcie. Film także. Wiem to. Wystarczy patrzeć w oczy kobiet, dostrzec brwi uniesione jak jaskółcze skrzydła, by wiedzieć, że te rzekomo przyjmujące z pokorą swój los osoby mają mordercze myśli. Moja bohaterka nakłada fałszywy uśmiech na twarz jak ceramidową maseczkę. Nie jest jaskółką, więc nie może ulecieć, musi w czasie wizyty tkwić na kanapie obok męża. Przed każdym odezwaniem się drży ze strachu jak nierozgarnięta uczennica wywołana do odpowiedzi przez surowego nauczyciela. Porzucone gdzieś w polu marzenia o spokoju i czułości puchną i bolą.

Moja bohaterka wyrywa się z klatki z kolczastego drutu. Nawet jeśli był to tylko miękki, złoty drucik.

Miłość, nienawiść, rozstanie, oszustwo, namiętność, zdrada, zbrodnia, powrót. Najpierw mąż w dalekiej podróży. Żona podczas jego nieobecności spędza czas z kochankiem, młodym, zajętym nią bez reszty mężczyzną. Chodzi jej po głowie myśl o rozwodzie. Nie po to jednak, by utonąć w nowym związku. Zasmakowała w wolności, w nieznanej, czy raczej zapomnianej przez lata małżeństwa, wolności stanowienia o sobie. Wypowiadania myśli i słów bez cenzury, dobrej zabawy z ludźmi bez obaw o przywoływanie do porządku. Nikt jej nie poucza, nie wytyka braku logiki, nikt nie zabrania mieszania wszystkiego ze wszystkim w lekkiej rozmowie. Znów może zmieniać temat w środku zdania, porzucić nudny wątek. Nie musi zrezygnować z dygresji po to, by dobrze wypaść w ocenie męża, wciąż czuwającego nad logiką jej wywodu. Chodzi mu o to, żeby najzwyklejsze rozmowy przypominały dyskusje uczonych, jedyne, w jakich czuje się bezpiecznie. Podczas takich spotkań towarzyskich myśli bohaterki jazgoczą, przeklinają, wyszydzają. Pojawiają się obrazy ze snów na jawie o wolności, godności; siedząc na kanapie, eksploduje długo powstrzymywanym śmiechem, mówi do swojego pana i władcy, nie mogąc przestać się śmiać, ty, ty, ty, głupio mądry, pryncypialny kutasie, encyklopedyczna zakało towarzystwa, intelektualna gnido.

Nabiera powietrza i wypuszcza je, plując, tak jak robiła w niemowlęctwie na widok kaszki manny, nalewa sobie kielich wina i wypija duszkiem beznadziejne stołowe wino francuskie ósmej kategorii.

Gdyby zrobiła coś takiego chociaż raz naprawdę, ale nie, siedzi sztywna, z sercem walącym, jakby nie wiadomo co się działo.

To się już skończyło. Zostało zapakowane w paczkę, wysłane w przeszłość. Nie ma, nic nie zostało z tych lęków, które wydają się jej teraz początkiem ciężkiej choroby. Swobodne oddychanie, dawny śmiech i pewność siebie zamiast lękliwego spojrzenia w chmurne czoło, w oczy bez blasku i uśmiechu, w wykrzywione złośliwymi słowami usta; mąż lubi ją pouczać zwłaszcza w obecności sparaliżowanych słuchaczy, nie zwracając uwagi na zmącony klimat. Mówi, że jej punkt widzenia w omawianej kwestii jest całkowicie niesłuszny, bo niezgodny z tym, co on sam uważa. Ona obraca w żart jego słowa, stara się wyjść z twarzą, zachować godność, choć oblewają ją siódme poty, wstydzi się, że świadkowie tych scen odgadują jej upokorzenie. Wstydzi się także za niego, że jest taki zasadniczy i sztywny, jak widelec do nabijania wszelkich nielogiczności.

Gdy wyjechał, inaczej oddychała. Wychodziła coraz częściej z domu, zabierała dzieci do kina, na koncerty, a potem na pizzę. Kupowała im to, czego pragnęły, rzeczy niezdrowe, w złym guście, a w dodatku pozwalała w piątki i soboty dłużej oglądać telewizję. Wtedy gdy powinny już spać. Czasami wynajmowała opiekunkę i wychodziła na kolację do przyjaciół. Dziwiła się, jak szczerze, jak inaczej rozmawiają z nią samą. Było ciekawie, coraz ciekawiej. Co dzień krok dalej. Krok dalej w myśleniu. O zapomnianych i niedostępnych rzeczach.

Młody kochanek pojawił się niczym komiksowy rycerz z filmu o podróżach w czasie. Ona cofnęła się o dobrych parę lat. On wykonał skok na głowę w przyszłość. Co noc posuwali się o krok dalej, aż poczuła czołem chłód ściany.

Mimo papuzich i fosforyzujących barw kiczowatego seksu w scenariuszach namiętnych nocy, mimo upajania się wolnością w jej życiu wciąż czegoś brakowało.

Miała dużo czasu. Dotąd nie pracowała, prowadziła dom, wychowywała dzieci. Zapomniała już, że ma wykształcenie. Pamięta, co odpowiedział mąż, gdy parę lat wcześniej skarżyła się, że jałowieje i że chciałaby zająć się czymś interesującym: poza domem będziesz mogła do woli flirtować, o to ci chodzi? Pamięta te słowa, bo ją ugodziły boleśnie. Nie miała wówczas ochoty flirtować. Jeszcze nie wtedy. Dzieci były już duże, chodziły do szkoły, przedpołudnia miała więc wolne. Nie zgodził się, by mu się wymknęła. On, ten superman, miał prawo decydować o wszystkim. Ona o niczym, co dotyczyło jego.

Jak do tego doszło, jak mogłam doprowadzić się do podobnego ubezwłasnowolnienia? – pytała samą siebie podczas bezsennych nocy i kajała się jak kiedyś w kościele: moja wina, moja wina, moja bardzo wielka wina. Teraz układała w głowie wielkie plany, była już kimś innym, albo raczej była znów sobą.

Przestała czekać na listy od męża. Pisała rzadziej. Wreszcie zapomniała nawet odpisywać. Gdy telefonował, mówiła zdawkowo o domu i dzieciach, nie ujawniała nic z tego, co zaszło, jakby to była wielka tajemnica, mimo że jeszcze wówczas nie miała kochanka. Gdy się pojawił i na dobre zakotwiczył w jej uczuciach, stała się milsza, ale musiała się wysilać, by powiedzieć coś przyjemnego.

Była zadowolona, ale nie czuła się szczęśliwa. Tęskniła do wspólnej przeszłości z całym pesymizmem kobiety przegranej, z pewnością, że nie uda się wskrzesić tamtego, od dawna już nie istniejącego mężczyzny. Po powrocie do domu z seansów erotycznych czy innych towarzyskich przyjemności, kiedy kładła się do łóżka i gasiła światło, ożywały sprzęty, przypominały czyste zbliżenia, nie znajdowała innego słowa na określenie tamtej miłości, niewprawnej, mało perwersyjnej, bez przebieranek, po prostu ona i on, para ludzkich zwierząt. Tęskniła za miłością, jak za kimś bliskim dawno umarłym, nie mając nadziei na spotkanie inne niż we śnie.

Pierwsze zdziwienie po powrocie męża zmieniło wszystko. Był inny, czuły, uważający, stęskniony. Mijały tygodnie, nie wracała jego podskórna agresja. Inaczej mówił. Rozmawiali o tęsknocie.

Kochanek domagał się jednak swoich praw. Rutyna spotkań przypominała dawny przymus małżeńskich wizyt, a potem budziła nudę i niesmak.

Sceny odgrywane aż do dna brutalnej namiętności stawały się coraz bardziej męczące. To, czego pragnęła, gdy było słodką zdradą, co nazywała romantycznym wyuzdaniem, zaczynało ją śmieszyć. Pragnęła zerwać z młodym człowiekiem, ale on uważał, że dzieje się tak dlatego, że ona boi się męża. Postanowił sam pójść do niego na męską rozmowę i przeciąć dawne więzy. Ona powstrzymywała go, tłumacząc, że trzeba zaczekać ze względu na dzieci, że sama delikatnie rozwiąże całą sprawę. Kochanek, naiwny smarkacz, zgodził się, uwierzył. Kobieta była świetną aktorką. Znów musiała grać, tym razem odtwarza postać z innej sztuki. Jednak grała już w innej manierze. Grała na zewnątrz, chroniąc własne wnętrze.

Pośrodku, między tamtą zalęknioną uczennicą patrzącą niepewnie w twarz męża przed i po każdej wypowiedzianej kwestii a rozpustną kochanką, trzymającą w silnej garści smarkacza bez kompleksów, siedziała w przeczuciu własnych powtórnych narodzin, zwinięta jak embrion w jaju, goła, jeszcze nie porośnięta puchem świadomość. Kobieta mówi sobie, że musi tylko zrobić porządki, sprzątnąć to, co przeszkadza.

Zna z dawnych czasów, jeszcze ze szkoły niejakiego Tabakę. Jesteś głupi jak tabaka w rogu, powiedział kiedyś nauczyciel historii, i ta ksywa przylgnęła do drobnego blondyna, o szklistych oczach wciąż zakatarzonego dziecka. Szła za nim przez całą szkołę i dalej. Przykleiła się na zawsze. Powlokła go jak nowa skóra, była samospełniającą się przepowiednią pieskiego losu. Dużo palił, więc ci spod celi uznali, że dlatego ma ksywę Tabaka. Stał kiedyś na czatach, miał tylko pilnować, dać cynk, kiedy ktoś pojawi się w polu widzenia, stał i stał, nikogo już nie było, gdy gliny go zwinęły. Zamieszany w morderstwo. Mimo że nawet nie był w tamtym domu. Wystawili go. Nie widział starego dziadka ze zmasakrowaną twarzą. Odsiedział połowę kary, sprawował się dobrze. Lubiany przez więźniów i klawiszy, tak jak kiedyś przez uczniów, klasowy wygłupek. Uczynny, zawsze gotów pomóc. Zawsze w dobrym humorze, pogodny jak włoskie niebo. Wsiąkł w ruchliwą profesję bandyty drugiego planu. Sam nic nie planował, przyłączał się do różnych skoków, czasem dawał kolegom z pierwszej linii namiary kogoś bogatego, jeżeli ten nastąpił mu na odcisk. A podpaść Tabace było bardzo łatwo, bo miał honor zamiast charakteru.

Bohaterka w czarnej peruce i ostrym makijażu, w sukni, jakiej nigdy by nie włożyła, gdyby była sobą, idzie ulicą śmierdzącej przypalonymi frytkami dzielnicy.

W ciemnych oknach szyb wystawowych nie rozpoznaje samej siebie. Myśli o tym, jak nieprzezroczyste, a za to ciekawe zrobiło się jej życie. Kryje się podwójnie, potrójnie, w różnych postaciach.

Znajduje Tabakę w dawnym mieszkaniu. Został w tym samym miejscu, gdzie kiedyś mieszkał z rodzicami. Mało się zmienił. Blond kosmyk na czole jak dawniej, nowa jest tylko mała okrągła tonsura na czubku różowej głowy. Szkliste oczy pływają w gęstszych łzach. To będzie kosztowało, ale po starej znajomości da się coś zrobić, obiecuje Tabaka.

Po tygodniu kochanek znika bez śladu. Czarnowłosa kobieta spotyka się z Tabaką w małym barze naprzeciw szkoły, do której kiedyś oboje chodzili. Podaje mu pieniądze w kopercie. Nikt nie zwraca na to uwagi, nie muszą zachowywać ostrożności, to bar ubogich ludzi, żadnych awantur, strzelaniny, nigdy chyba nie było tu policji, może kiedyś pogotowie, gdy jakiś bezdomny zasłabł w cieple przy pierogach. Nic z filmowej scenerii policyjnych seriali, bardzo dobrze obmyślona historia, na którą nikt nie zwrócił uwagi. Kobieta nie pyta, nie interesuje jej sposób wykonania, zapłaciła za rezultat końcowy, a nie za konkretny pomysł. Nikt o tym nie wie, nikt nie pyta, nikt nie udziela odpowiedzi.

Wraca do domu pogodna, z twarzą wygładzoną spokojem kobiety, która dla uratowania małżeństwa zrobi wszystko.

Koniec filmu.

Intryga zawiązana, postaci wymyślone, ślady prawdy psychologicznej z mojego życia zatarte. Wspaniały materiał na scenariusz.

Tylko że nie mogę go pisać.

Tłumaczę sobie, że to wyzwanie, profesjonalne podejście jest niezbędne, trzeba stłumić wątpliwości. Nie mogę, odrzucam ten pomysł, po prostu nie mogę, trudno. Nikt nie lubi zwracać zaliczki, ale nie mam wyjścia.

WIZYTA. Pośrodku nocy w ciemnym lustrze przemykają dwa cienie. Zaciskam powieki, a gdy po chwili je unoszę, widzę czarne pochylone sylwetki, cienie postaci przebiegają z prawej strony na lewą. To moja matka i babka Schönmyth; dotąd przychodziły pojedynczo. Dziś zjawiły się z wizytą, obie w kapeluszach. Widać to sprawa wielkiej wagi.

Udają, że nie widzą, co tu się dzieje, że nie czują dwuznaczności sytuacji. Wyobrażam sobie, co to byłby za lament, gdyby matka przyszła sama. Na szczęście jest z nią babka, która do późnej starości lubiła te rzeczy, jak to określał ojciec. Może duchy widzą tylko osobę, do której przychodzą z interesem, pocieszam się. Nie wysuwam ramienia kochanka spod swojej głowy, ale na wszelki wypadek przykrywam prześcieradłem nasze przeplecione nogi. Szczęściem on, zmorzony miłością, śpi jak dziecko.

Matka z pewnością myśli o różnicy wieku. Pościel jest skłębiona, a moje syte ciało leży bezwładnie. Na stole wielki bukiet irysów. Ten romantyczny smarkacz przyniósł całe naręcze. Stoją w olbrzymim secesyjnym wazonie, pokazując chorobliwie fioletowe, cętkowane języki. Dyszą słodkim zapachem zgnilizny.

– Wynieś je stąd, bo możesz się rano nie obudzić – mówi matka złowieszczo. I zaraz dodaje: – Boże! Prawie dwadzieścia lat od ciebie młodszy, mógłby być twoim synem, nie wstydzisz się? – Jednak nic się nie zmieniła.

– Daj spokój, Aniela, nie zrozumiesz jej – łagodzi sytuację babka Sabina.

– Pewnie, że się wstydzę. Moje ciało nosi już ślady starości, widziałaś, bo przecież byłaś tu, prawda? Siadłaś na brzegu łóżka i gapiłaś się. Proszę bardzo, jeśli odpowiadają ci takie pornorozrywki, możesz się przyglądać, nie mam zamiaru zwracać na ciebie uwagi i nie pozwolę się szantażować. Zawsze mówiło się, że jesteś skromna i wstydliwa, a teraz przychodzisz tu jak zboczony podglądacz. To ty powinnaś się wstydzić – podkreślam z naciskiem.

– Możesz być pewna, że nie patrzyłam na was ani przez sekundę. Ja chcę twojego dobra. To związek bez przyszłości, który przyniesie ci tylko cierpienie.

– A co ma przyszłość? Co nie przynosi cierpienia? Miłość, wierność? Czy ty, wierna i oddana ojcu, nie cierpiałaś bardziej niż ja? A może nie ma śmierci, która zabierze ci tego, kogo kochasz? Grzech to zemsta człowieka na Bogu za śmierć; mam zamiar grzeszyć tak długo, jak długo mi sił starczy.

– Posuwasz się za daleko, nie wolno ci tak myśleć – włącza się babka Schönmyth.

– Nawet dobro czynione ludziom zabarwione jest pychą: muszę pomóc temu biedakowi, dać monetę żebraczce, choremu na AIDS, muszę naprawić to, co ty zepsułeś, Boże.

– Zawsze odwrócisz kota ogonem, Bogienka, jesteś winna, grzeszysz, a obciążasz winą za to samego Pana Boga, ale będę się za ciebie modlić, żebyś przejrzała na oczy. – Matka przybiera taki sam ton jak za życia.

Myślałam, że „te rzeczy" nie znaczą tam tyle co tu. Przecież one obie muszą wiedzieć, ile czułości jest w mojej zdradzie.

– Trzymaj się tematu, Aniela – przywołuje matkę do porządku babka Sabina.

Ostrożnie, żeby nie zbudzić śpiącego, wyzwalam się z jego ramion i ud. Przesuwam się na swoją połowę łóżka, żeby uwolnić się od towarzystwa podczas drugiego snu. Pierwszy sen należy do ciebie, mówię mu przed zaśnięciem, drugi do mnie. Zawsze budzi się pierwszy i dziwi się, że leżę daleko, na samym skraju szerokiego łóżka. Zawsze? Znam go przecież krótko, to najkrótsze „zawsze" w moim życiu. Przerywa mój mocny sen miłością. Otwieram oczy i widzę twarz. Wisi nade mną. Szeroko otwarte oczy ciemne od snu. Obejmuję jego plecy. Myślę o sekundach, które układają się w minuty. Uwiera mnie ten naszyjnik. Czas wcale nie stanął.

Grzeszna miłość powoli zamieni się w nudę i stanie się cierpieniem. Jeszcze pragnę. Mam to, czego chcę. A jednak już pojawia się lęk, jeszcze zanim cokolwiek złego się zdarzyło.

Dlaczego w naszych oczach odbija się lustro? Lustro, moje świadectwo dojrzałości. Stoi naprzeciw łóżka. To samo lustro, przywiezione z Berlina przez firmę Hartwig, razem z innymi meblami, wtedy gdy dziadek Franciszek Wegner, ze swoim synem, a moim ojcem przenosili się do ojczyzny, która okazała się zapadłą dziurą. Powoli się uspokajam. Wtedy zaczyna się trzeci sen.

Dzisiejszej nocy matka przyprowadziła babkę Schönmyth, pewnie dlatego, żeby dodać sobie odwagi. Babka Sabina wypiła swojego metafizycznego kielicha i powiedziała do Anieli, daj spokój, ty jej nie zrozumiesz, bo nie miałaś ikry, ona ma jej za was dwie. To po mnie. Niech używa, póki jej się chce, bo móc można długo, ale potem się nie chce. Mnie się po siedemdziesiątce całkiem odechciało.

– Och, *Mutti*, co ty wygadujesz – śmieje się Aniela.

Dobrze, że przyszły teraz. Matka żywa, jestem tego pewna, przerwałaby naszą rozkosz, żeby uchronić mnie przed grzechem. Zastanawiałam się już kiedyś, czy zdrada bez rozkoszy albo wręcz z uczuciem obrzydzenia jest równie grzeszna. Może wstręt odkupuje grzech? Może one coś o tym wiedzą?

Babka Schönmyth rozumie, że nie będę potulnie jak owca przed zarżnięciem znosiła tego, co mnie spotyka. Matka nie zrozumie, bo sama znosiła od mojego ojca rzeczy stokroć gorsze niż ja w swoim małżeństwie. Nie zamierzam się tłumaczyć. Biadolić, że czuję się nieszczęśliwa. Jestem szczęśliwa i zdradzam, a bywa, że jestem nieszczęśliwa i nie zdradzam. Kocham tego, który mnie dręczy. Pożądam tego, który mnie kocha i nigdy nie zrobił mi krzywdy. Nie mam zamiaru wprowadzać matki i babki w moje życie. I tak wiedzą już za dużo.

Jestem ciekawa, dlaczego przyszły obie. Węszę w tym jakąś pośmiertną intrygę rodzinną.

– Musisz tam pojechać i na miejscu wszystko sprawdzić – zwraca się do mnie babka rozkazująco, poprawiając przed lustrem przekrzywiony kapelusz.

– Przecież ja już nikogo nie znam, nie utrzymuję kontaktów z rodziną Schönmythów.

– Najlepszy dowód, że musisz jechać.

Kochanek poszukuje mnie przez sen wyciągniętą dłonią. Usłyszał mój głos, więc coś mruczy. Obejmuję go. Przytulamy się do siebie. Głaszczę jego plecy, gmeram dłonią we włosach. Chcę, żeby zasnął. Pod wpływem mojego dotyku budzi się, mimo że śpi dalej. Nie mogę pozwolić, żeby działo się to przy matce i babce. Nie podczas rozmowy. Odsuwam się. Jest niezadowolony.

Potężne ciało podpełza do mnie, nakrywa mnie sobą. Całuje. Odwracam głowę.

– Nie teraz, zaczekaj, przyszła moja matka i babka – szepczę. Jest młody, nikt bliski mu nie umarł, nikt stamtąd go nie odwiedza, mój kochanek śmierć zna z filmów. Siada na łóżku. Od razu przytomny. Kładzie mi rękę na czole, przytula mnie i kołysze.

– Twoja matka nie żyje, to sen.

– Są tutaj, chcą, żebym tam pojechała.

– Pojadę z tobą – obiecuje. Jest łagodny i uspokajający jak dobry terapeuta. – Śpij, zaśnij – powtarza hipnotyzująco, a one obie przyglądają mi się, stojąc w pobliżu lustra.

To ja jestem od hipnotyzowania, myślę i dmucham mu w powieki. Zasypia prawie natychmiast. Mogę wrócić do gości.

– Nie chce mi się nigdzie jeździć. Widzicie przecież, że jestem zajęta chwilą szczęścia – mówię z ironią.

– Musisz pojechać na gody, to twój obowiązek, możesz żyć, jak chcesz, ale musisz pamiętać o rodzinie, niczego więcej się od ciebie nie wymaga, rodzina jest najważniejsza, i to bez względu na popełnione grzechy – mówi babka tym razem twardo.

Jeśli chodzi o celebrowanie rodzinnych uroczystości, Wegnerowie i Schönmythowie mogą sobie podać ręce.

– Pojedziesz i sama zobaczysz, ile sobie przypomnisz. Wystarczy, że staniesz tam, gdzie byłaś ze mną, kiedy

miałaś pięć lat, pamiętasz to miejsce? – mówi matka
nad wyraz łagodnie; nigdy tak do mnie nie mówiła, ani
gdy byłam mała, ani później. Może w czasie nie pamię-
tanym, gdy pochylała się nad moim łóżkiem. Zanim
skończyłam rok. Do roczku dziecku wszystko wolno,
powtarzała. Wtedy był czas czułości.

– Musisz pamiętać o Schönmythach, to twój obowiązek. Wegnerowie poradzą sobie sami – stojąc nade mną
ramię w ramię, recytują obie zgodnym chórem. Jak nigdy
wówczas, gdy jeszcze żyły. Miały zawsze odmienne zdanie.

– Cóż za zgodność poglądów! – mówię złośliwie.

Milczą. Widzę je w lustrze. Ciemne kostiumy i kapelusze. Twarze osłonięte. Obie są eleganckie, bardzo
szczupłe. Babka niższa od matki o głowę.

– Dlaczego ja? Dlaczego nie oni? – pytam, mając na
myśli braci.

– Pamięć należy do kobiet – odpowiada babka Schönmyth.

– Przecież wiesz, że oni nigdy nic nie pamiętali – dodaje matka.

– Chodź już, Aniela, czas na nas, zaczyna świtać. –
Babka przegląda się w lustrze, patrzy z zadowoleniem na
swoją szczupłą sylwetkę. Matka rzuca okiem na mojego
kochanka, śpiącego na skraju łóżka. Kręci głową z dez-
aprobatą. Wychodzą cicho, tak jak przyszły, bez otwiera-
nia drzwi, bez skrzypienia podłogi, latającej klamki czy
innych sztuczek. Po prostu znikają w lustrze.

– Wyobrażają sobie, że człowiek nie ma nic innego do roboty, tylko włóczyć się po starych kątach i szukać wspomnień – mówię, budząc śpiącego.

Zapalam małą lampkę. Jest piąta. Na niego już czas. Musi wracać. Wynoszę bukiet fioletowych irysów, pachną zbyt mocno, a ja mam zamiar rano się obudzić.

Zasypiam od razu, mocnym snem bez snów.

Gdy otwieram oczy, nie ma już nikogo, został słodki zapach kurzu i perfum babki. Kurz przesiąknięty wonią olejku różanego mieszkał w czerwonym aksamicie, którym obite były ściany jej pokoju.

MATKA. Na początku była potęga i wszechmoc rodziców. Twarz matki wciąż pochylająca się nad łóżeczkiem stanowiła bóstwo oswojone. Wyłaniała się ze słońca albo światła stojącej lampy, przysłoniętej różowym abażurem. W nocy, gdy matka sprawdzała po ciemku, czy jestem przykryta, jej oczy połyskiwały jak znane, lecz nie pamiętane stworzenia z wodnego świata, w którym nie tak dawno się znajdowałam. Wyciągałam w ich kierunku jeszcze ślepe ręce i napotykałam na nos albo policzki. Nie umiałam oddzielić ich od siebie samej, ta sama gładkość skóry, ta sama temperatura. Jej ręce dotykały mojego małego ciała, unosiły je i kołysały w dłoniach, jak kołysze się przestraszonego ptaka z uszkodzonym skrzydłem. Głos matki gruchał bez przerwy, mówił, śmiał się, złościł i śpiewał.

Pamiętam, że usiłowałam go naśladować, a gdy mi się nie udawało, wrzeszczałam do utraty tchu i osiągałam to, czego pragnęłam. Matka dawała mi pierś. Zmorzona jej ciepłem, dusząc się lekko obfitością mleka, uspokajałam się, sądząc, że wróciłam tam, skąd przyszłam. Miękka pierś, w której chowałam twarz małą i wściekłą jak zaciśnięta pięść, koiła tak samo jak dawniej pełen blasku ocean wypełniający matkę, wtedy, jak pamiętam, moją najbliższą bliskość.

OJCIEC. Widywana rzadziej twarz ojca w okularach budziła lęk. Chłodna i szorstka skóra nigdy nie dogolonego porządnie bruneta, pod nosem szczecina wąsa, oczy za grubymi szkłami, wysyłające mądre błyski, i niski, obcy głos pobudzały mnie do płaczu. Doświadczałam obcości, zwłaszcza wtedy, gdy wierzchem owłosionej dłoni głaskał mnie po policzku. Ojciec dawał często matce do zrozumienia, że czuje się zaniedbany i opuszczony. Wraz z moim pojawieniem się na świecie stracił pierwszeństwo.

– Zdaje się, że twój kosmos się zesrał, pfuj – mówił, zatykając nos i odsuwając się od łóżeczka. Nie zdawał sobie sprawy, że rozumiem jego słowa czy raczej uczucia, jakie się za nimi kryły. Pamiętałam mu to długo. Dobrze więc, będzie walka, myślałam bez myśli. Chwytałam się niewybrednych sposobów, żeby dać mu nauczkę. Gdy powodowany sentymentem, brał mnie po kąpieli na ręce, obsikiwałam mu spodnie, obśliniałam twarz, z pasją ciągnęłam za włosy małpio czepnymi paluszkami albo, gdy zdejmował okulary, znienacka wrażałam palec w oko.

JA. Wrzask był wtedy jedyną dostępną mi formą wyrażania sprzeciwu. To było odkrycie. Panowałam i panoszyłam się, by wyegzekwować nie tylko podstawowe należne mi prawa. Od pierwszych dni żądałam noszenia na rękach, przytulania i zabaw. Byłam nieprzewidywalnym władcą o nieograniczonej władzy. Usuwano mi z drogi wszelkie powody niezadowolenia. Jeśli nie spałam, moja rodzicielska świta musiała potrząsać grzechotką, robić miny, miauczeć, szczekać albo śpiewać.

Matka kąpała mnie i zmieniała pieluchy. Nacierała oliwką, masowała brzuch. Ojciec nigdy nie robił tego rodzaju rzeczy. Potok słów i melodii kierowanych do mnie przez matkę, a czasami też przyjazne pomruki ze strony ojca, wystarczały, by ten niepojęty okrutny byt, jakim byłam, nauczył się uczuć, które miały wystarczyć na całe życie.

Działo się to w mitycznym czasie, przyjmowanym później jako objawienie prawdy. Najbardziej żałuję, że nie mogę przypomnieć sobie istoty tego najczystszego porozumienia, jeszcze nie zmąconego słowem.

LUSTRO. Setki razy matka powtarzała mi: nie możesz tego pamiętać! Pamiętasz tylko to, co ja ci opowiadałam, dziecko, które nie skończyło roku, nie ma jeszcze pamięci, twierdziła.

A ja dobrze pamiętam swoje pierwsze kroki, nie muszę nawet zamykać oczu, wystarczy, że spojrzę w lustro, żeby zobaczyć siebie w uprzęży z grubej brązowej skóry. Szelki były tak mocne, że mogłyby utrzymać najbardziej narowistego konia. Grube, miękkie, ząbkowane po brzegach, podklejone zielonym filcem. Widzę także matkę. Przykucnęła i zakłada mi uprząż.

W pokoju rodziców tuż nad podłogą wisiało lustro o podłużnym kształcie. Idę na szeroko rozstawionych nogach, z rękami rozpostartymi jak nie opierzone skrzydła, jakbym chciała wzlecieć, a nie tylko przemierzyć pokój. Idę do lustra, nie czując, że matka puściła szelki. Lustro sfotografowało tę scenę; odbitkę przechowuję w pamięci. Matka podbiegła i przykucnęła, żeby objąć mnie czule. Odczułam dotyk jej ręki jako obcy. Obok znanej twarzy spostrzegłam drugą, znacznie mniejszą, piąstkowatą.

Walnęłam wściekle w powierzchnię lustra. Twarzyczka nie zniknęła. Obawiałam się, że to małe stworzenie może zabrać mi matkę. Dlatego schowałam się w jej ramionach, przylgnęłam do znajomej piersi i zacisnęłam powieki. Tamten stwór zniknął, ale gdy tylko otworzyłam oczy, znów stał przy matce. Trzepnęłam więc jeszcze raz z całej siły. Mała postać zrobiła to samo.

Matka śmiała się głośno, tak jak potrafią śmiać się w rodzinie Schönmythów, głośno, zaraźliwie, ale niewulgarnie. Wegnerowie śmiali się złośliwie, chichotali albo sznurowali usta, zdrowy śmiech uważając za przywilej pospólstwa. Odwróciłam się i zobaczyłam roześmianą matkę nad sobą. Była tam i była tu. Kręciłam głową, chcąc pojąć, o co chodzi. Dlaczego w tym pokoju jest tyle osób? Dwie matki i oprócz mnie jakaś mała obca osoba.

Dotknęłam matki lśniącej na powierzchni lustra. Była chłodna, nie można było się do niej przytulić. Zaczęłam wyć z rozpaczy. Po chwili, żeby unicestwić zagrożenie, jakie stanowiło dla mnie to małe coś odbijające się w lustrze, walnęłam w nie jeszcze raz, tym razem głową. Wiedzę o tym, co należy zrobić, żeby coś zniweczyć, dostaje się widać w prezencie urodzinowym od diabła, jeszcze przed zyskaniem świadomości. Lustro jednak dalej wisiało na ścianie, jakby nic się nie stało. To mnie zabolało bardziej niż głowa. Tamten stworek też trzymał się za głowę i płakał. Zastanowiły mnie szelki. Dotykałam ich i on ich dotykał. Matka podmuchała mi na czoło i roztarła ból dłonią. Pomogło.

Nagle rozległ się ostry gwizd, jakby olbrzym gwizdał na wielkiego psa, huk, tak wielki, że powietrze rozpadło się na kawałki. Ściana domu po drugiej stronie ulicy zbliżyła się do naszego okna, a potem wolno opadała na kolana.

Matka krzyknęła, porwała mnie na ręce i, unosząc wysoko w górę, przebiegła przez pokój, korytarz, trzasnęła drzwiami i zbiegała po schodach w dół, wraz z nami biegli także inni ludzie, a w piwnicy wielu siedziało na taboretach, na poduszkach lub na kamiennej podłodze.

Matka kołysała mnie. Uspokajała cichym śpiewem. Zagrożenie zniknęło. Znów byłyśmy we dwie. Ona i ja. I wtedy właśnie zyskałam poczucie odrębności od matki i reszty świata.

Złudzenie, że ona i ja to jednia, prysnęło. Pamiętam dziś jeszcze to uczucie oderwania. Doświadczam czegoś podobnego, gdy budzę się w nocy. W takim momencie wiem, że jestem kimś odrębnym od sennego powidoku, od kobiety, która chce uciec, ale nie może, bo jej stopy zapuściły korzenie. Wrastają w ziemię coraz głębiej. Usiłuje je wyrwać, ale nie ma tyle siły.

Przez tę chwilę na granicy snu i jawy nie mam poczucia swojej płci, nazwy własnej, nawet gatunku. Mam tylko świadomość odrębności od reszty świata. Doznaję uczucia niczym nie skażonego istnienia. Znika ono jak duch zmarłego, gdy zaczyna świtać. Wtedy się budzę i odzyskuję przytomność. Leżę w łóżku już jako Bogna Wegner, kobieta, która miewa sny o wrastaniu w ziemię. Chce zawołać pomocy, ale nie może. Gdyby nawet udało się jej krzyknąć, nie ma tu w pobliżu żywego ducha, nie ma chyba nawet prawdziwych duchów. Jest porośnięta trawą pustka stepu bez horyzontu. Nikt nie nadejdzie. Chyba że będzie to matka.

Czasem, na wpół przebudzona, wyobrażam sobie, że moja świadomość przybiera kształt ptaka, rozpościera skrzydła i ulatuje, śledzona zachwyconym spojrzeniem. Wznosi się, przenikając chmury, aż wreszcie znika. Co za ulga! Wtedy przychodzi pradawna matka, jeszcze sprzed rozdzielenia; nie mogę jej pamiętać, bo to matka mityczna. Zasłania lustro białym prześcieradłem, a ja zmniejszam się do wielkości lalki. Wówczas ona bierze mnie na ręce, przytula do piersi pełnej mleka i, mrucząc cicho niemiecką kołysankę, układa się wraz ze mną do snu.

ROCZEK. Roczek to było dla rodziny Wegnerów wydarzenie. Świętowali je z wielką pompą. Tego dnia każde z dzieci musiało zostać zbadane szczególnym rodzajem testu, stanowiącym przepowiednię jego przyszłych losów. Mówiło się o tym wiele razy, przy różnych okazjach, zawsze wówczas, gdy dziecko zachowało się zgodnie lub niezgodnie z oczekiwaniami.

Nie pamiętam już, kiedy matka dała mi serwetkę ze swoim monogramem wyhaftowanym w rogu, tuż nad wzorami różnych ściegów. Najważniejszą, centralną część serwetki zajmował alfabet gotycki. Matka wykonała to cudo na robótkach ręcznych w szkółce kościelnej, w której studiowała, jak mawiał z ironią ojciec. Kształciła się przez całe długie cztery lata. Powiedziała, że chce mi dać serwetkę na pamiątkę, żebym kiedyś na niej swojemu dziecku ułożyła różne przedmioty.

W dniu, w którym skończyłam roczek, matka przygotowała niski stolik, położyła na nim tę właśnie serwetkę i wszystkie niezbędne atrybuty. Te same mieli do wyboru moi bracia Henryk i Franek. Ojciec twierdził, że dziewczynce nie powinno się kłaść sztyletu, ale matka położyła go także, dodała od siebie różę, bo bardzo kochała kwiaty i sama w dniu swoich pierwszych urodzin wybrała właśnie różę. Od razu ukłuła się kolcem i babka Sabina przez całe życie jej to przypominała. Także wówczas, gdy Aniela skarżyła się na niegodziwości ojca. Przyznaję, że ja też o tym myślałam. Gdy ojciec mówił z ironią o Schönmythach, o braciach matki, o Szotce, wreszcie o blondynie w długim skórzanym płaszczu, pojawiał się obraz Anieli jako małej dziewczynki, trzymającej różę; mała płacze i oblizuje krew z palca. Sama wykukała swój los. Znając go, mogła darować sobie kwiat z cierniem na moim stoliczku, ale zawsze była uczciwa, nawet w takich głupstwach. Chociaż dla niej to wcale nie były głupstwa, dla ojca także nie, choć mówił, że to zabobony.

Bernard sam się kiedyś przyznał Anieli, że sięgnął po sztylet. Myślał, że to bardzo męskie, już w wieku dziecięcym mieć charakter myśliwego. Bez zmrużenia oka oprawiał ryby, zabijał kury, kaczki i gołębie. My obie, ja i matka, wiedziałyśmy, czym był i co oznaczał ten lśniący przedmiot do rozcinania listów. Jego ostrze wciąż kłuło ironią, a głównym jej obiektem była matka. Wcześniej dostawało się także braciom, dlatego szybko wynieśli się z domu i założyli własne rodziny. Ten sam sztylet leżał na serwetce obok mszalika owiniętego białym różańcem z macicy perłowej; złotej monety i kieliszka, choć dziewczynkom się go też nie stawia, tak jak nie kładzie się noża; matka postawiła go podobno przez pomyłkę. Wiele lat później przyznała, że zrobiła to celowo, bo chciała wiedzieć, czy nie mam wrodzonego pociągu do kieliszka po babce Sabinie. Był tam także srebrny garnuszek dla dobrej gospodyni, złota broszka z turkusem i zielone pióro ojca.

Weszłam do pokoju, gdy wszystko było już przygotowane. Matka mówiła, że kołysałam się na boki, jak marynarz, jeszcze trochę chwiejnie, bo dopiero co nauczyłam się chodzić. Wydaje mi się dziwne, że pamiętam scenę w lustrze i swoje pierwsze kroki, a nie pamiętam nic, ani jednego szczegółu z tego, co wydarzyło się później. Wszystko, co wiem, znam z opowieści. Wkołysałam się więc do pokoju i stanęłam przy stoliku. Ojciec zwrócił się do mnie ze słowami: weź sobie, co chcesz, ze stolika. Wtedy podeszłam i przyjrzałam się leżącym przedmiotom. Dotykałam ich po kolei palcem, aż napotkałam pióro Bernarda. Wzięłam je, przycisnęłam do siebie, a serwetkę złapałam za róg i rzuciłam wszystko na podłogę. Nie mogli zabrać mi tego pióra.

Swojemu synowi oszczędziłam tego przedstawienia. Nie chciałam kusić losu. Tak było w przypadku mojego brata, który wziął złotą monetę i nie chciał jej oddać. Na urodziny dostawał w prezencie skarbonki, portmonetki, pieniądze i ciągle słyszał, że dla niego najważniejsza jest forsa, Frankowi *pecunia non olet*, *pecunia* pachnie. I te słowa ojca stały się ciałem. Franek jest skąpym, nieszczęśliwym bogaczem. Kiedy ma wydać złotówkę, robi się blady, skacze mu ciśnienie, i biedak zaczyna się pocić. Przy większych zakupach powinien towarzyszyć mu lekarz, bo grożą zawałem albo wylewem. Podzieliłam się z matką swoimi przemyśleniami na ten temat.

– Jak wytłumaczysz to, że on wziął złotą monetę? – zapytała.

– Bo błyszczała – odpowiedziałam.

– Sama widzisz, a Henryk nie wziął, ty także nie, i ja też nie, więc coś w tym musi być.

PIÓRO. Mam to pióro. Krótkie i grube. Czarna nakrętka obramowana pozłacaną wypustką do zatknięcia w kieszonce jest dziobem pelikana, u dołu opaska, na niej malutkie litery Pelikan wytarte, prawie niewidoczne, ale numer firmowy 120 dość dobrze się zachował. Gdy je odziedziczyłam po ojcu, miało pompkę. Potem ktoś nieudolnie przerobił je na tłoczek, a że wciąż wyciekała z niego atramentowa krew, pisałam, maczając je w kałamarzu. Stalówka była złota, i do tej pory ani razu jej nie wymieniłam. Końcówka jest szeroka i starta. Kiedyś pisałam tym piórem dziennik, ale uznałam, że to, co się w moim życiu dzieje, nie powinno być zapamiętane piórem ojca, bo to świętokradztwo, niezgodne z duchem i zasadami rodziny Wegnerów. Łamie ich najświętsze zasady. Wiem, że myślę magicznie, a pióro jest tylko przedmiotem, ale obawiam się, że te grubo pisane czarne słowa, mówiące o ciemnej stronie mojego charakteru, zakłócą spokój ojca i matki. Ich popioły będą unosiły się w trumnach, zaczną wirować, zamiast leżeć spokojnie, jak na poświęcone prochy przystało.

Sięgam więc po pióro przy uroczystych okazjach, w czasie absolutnego skupienia na sprawach innych niż obcowanie cielesne, które pochłaniało kiedyś większość mego wolnego czasu. Piszę nim w godzinach twórczej samotności. Zapisuję pelikanem depresję, na którą zapadam nagle, w środku szczęśliwego słonecznego dnia, pełnego miłości, gdy czuję siebie jako jedną z istot bez znaczenia, kiedy to, że jestem pępkiem czyjegoś świata, przestaje wystarczać:

Wielki mi świat, kulka latająca pod powieką Boga.

Mój bunt przypomina jabłko spadające z drzewa, które na znak protestu walnęło mocno w ziemię: i tak zgniję.

Patrząc na główkę niemowlęcia, widzę jego do czysta objedzoną czaszkę.

Piekło to nigdy nie spełniona tęsknota nieśmiertelnej duszy za życiem.

Dlaczego miłość wzajemna jest nie odwzajemniona? Zawsze podszyta strachem, haftowana kłamstwem, które prawie nie różni się od prawdy. Grzejemy się razem w blasku słońca, a przecież stygniemy.

DZIADKOWIE. Dziadek Franciszek umarł, zanim się urodziłam. Ojciec twierdził, że nie mógł się pozbierać po tym, co widział na wojnie. Pierwszej wojnie światowej. Nie chciał o tym opowiadać, ale czasami strasznie krzyczał przez sen. Tak głośno, że nawet Berni, śpiący w drugiej części domu, w ostatnim z pokoi w amfiladzie, musiał naciągać kołdrę na głowę, żeby spać dalej. Jego siostry zrywały się na równe nogi, biegnąc ojcu na pomoc. Krzyczał śpiąc, i bardzo trudno było go dobudzić. Żona głaskała go, trzymała za ręce, mówiąc: ciii, Franek, ciiii, nie ma się czego bać, jesteś w domu. Powieki miał zaciśnięte ze strachu, bał się je podnieść, bo myślał, że znów to zobaczy. Co to było, tego Berni nigdy się nie dowiedział. Tajemnicę poznała tylko babcia Wegnerowa, ale zabrała ją ze sobą do grobu. Na cmentarzu w dniu Wszystkich Świętych przykładałam ucho do kamiennej płyty, ale nie dochodził stamtąd żaden odgłos. Tajemnice miały widać pozostać dla żywych niedostępne.

Dziadek Franciszek zamartwiał się także interesami. Nie szły tak, jak powinny, bo kraj biedny, nie było dla kogo szyć. Zamówienia były niewielkie, nie to co w Berlinie, ale jeśli nawet pan Wegner pluł sobie w brodę, że wrócił, to robił to po cichu albo tylko w myślach, w samotności. Bernard nie usłyszał od niego żadnej skargi. Tłumił żale w sobie, dręczył się sam tak długo, aż przedwcześnie umarł.

Moja matka uważała, że jej teść krótko żył, ponieważ „zajadł się na śmierć"; jak można długo żyć, pochłaniając na jedno posiedzenie całą tłustą gęś, pytała retorycznie. Zdjęcia Franciszka Wegnera dowodziły, że było w tym sporo racji. Duży portret w owalnej złoconej ramie wisiał w salonie nad fortepianem u najstarszej siostry ojca i patronował jej grze. Mężczyzna łagodnie spoglądający z góry na lśniące czernią skrzydło bechsteina miał błyszczącą, łysą głowę foki i szeroki foczy kark. Byłam przekonana, że łysina błyszczy tak mocno od gęsiego tłuszczu. Długie wąsy musiały być usztywnione, bo inaczej nie sterczałyby jak druciki. Sztywny kołnierzyk zwany vatermörderem podtrzymywał w dumnym uniesieniu trzy podbródki i ciężką głowę.

— Ooo, dziadek Wegner miał wysokie aspiracje — mówiła matka, a w jej głosie brzmiała nuta delikatnej kpiny, ponieważ siostry ojca, mimo że chodziły na lekcje muzyki, fałszowały niemiłosiernie. Tylko najstarsza była naprawdę utalentowana, skończyła konserwatorium w Berlinie i grywała koncert Liszta na swoich przyjęciach imieninowych.

Aniela śmiała się dyskretnie głównie z Bernarda, który miał prawdziwie drewniane ucho, ale dziadek Franciszek wymarzył sobie, że jego syn będzie grał na skrzypcach. Miał w Berlinie przyjaciół, którzy muzykowali całymi rodzinami, i wyobrażał sobie, że po kilku latach nauki jego córki i syn będą grać i śpiewać jak tamci. Kilka razy w tygodniu przychodził nauczyciel muzyki. Młodsze córki były pilne i grały pod jego okiem z zapałem większym niż talent. Berni nie robił żadnych postępów, po dwóch latach zymzolił równie okropnie jak na początku, ale dziadek nie ustępował aż do czasu, gdy nauczyciel, który cierpiał i zatykał uszy przy kiksach, nie wytrzymał i zrezygnował z lekcji, proponując rodzinie Wegnerów kupno pianoli.

Nie wiadomo dlaczego mój ojciec, dręczony skrzypcami, przejął ambicje dziadka. Na moje szóste urodziny do naszego i tak już zbyt ciasnego mieszkania sześciu ludzi wniosło prezent. Kupione z drugiej, a może z piątej ręki pianino. Byłam naprawdę szczęśliwa. Myślałam naiwnie, że będę mogła siedzieć przy klawiaturze i bawić się nią. Bębniłam swoją *Zatopioną katedrę*, aż drżały szyby w oknach. Wsłuchiwałam się także w pojedyncze wysokie dźwięki, dopóki nie wybrzmiały. Nie nudziłam się ani przez chwilę. To był wspaniały prezent.

PANDAWID. Tak mi się zdawało, dopóki nie pojawił się nie wiadomo skąd staruszek, z daleka pachnący wodą kolońską, z bliska zaś naftaliną i wódką. Miał bujne siwe włosy, skręcone jak srebrne sprężynki. Nosił okulary o szkłach grubych jak dno butelki, powiększających jego nieruchome, i bez szkieł nadto wypukłe, niebieskie oczy. Podobno był prawie ślepy, choć poruszał się szybko i pewnie jak tancerz; w rytm jakiejś swej wewnętrznej melodii wywijał lekką białą laseczką albo białym parasolem, jeśli przychodził w śnieżny lub deszczowy dzień. Był to jeden z wielkich talentów, muzyków, co się przed wojną dobrze zapowiadali, grali nawet koncerty w filharmonii, tak właśnie jak pan Dawid, któremu wojna zabrała wszystko i wszystkich, zostawiając w zamian życie. Pandawid, bo wydawało mi się, że tak brzmi jego nazwisko, i w ten sposób zawsze o nim myślałam, był Żydem, cudem ocalałym z wojny. Cud polegał na tym, że znalazł się człowiek, który miał wielką drewnianą szafę, wbudowaną w ścianę, szafa zaś, jak mówił ojciec, miała „podwójne plecy", zrobione tak sprytnie, że nikt tego nie zauważył. Nikt nie wiedział, gdzie to było i u kogo. U góry była mała szczelina; tędy przedostawało się z wnętrza szafy powietrze o zapachu naftaliny. Za drewnianymi plecami leżał czy stał Dawid. Trudno to sobie wyobrazić, ojciec nie wiedział, a ja nigdy nie miałam śmiałości, by Pandawida o to zapytać. Siedzieć chyba nie mógł, bo drugie plecy nie były zbyt głęboko wpuszczone w mur; tak sądził ojciec. Tam Żyd Pandawid spędził większą część wojny, wychodząc z szafy tylko w nocy, gdy wszyscy już spali. Nie wolno mu było zapalać światła. O mieszkańcu szafy nie wiedziała żona właściciela ani też jego dwie córki. Przez całe miesiące nie był ani razu na świeżym powietrzu, nie widział słońca, jak kret ślepł w ciemnościach, płacąc temu, co go przechowywał. Pochodził z majętnej rodziny żydowskiej, zakorzenionej co najmniej od kilku pokoleń w mieście. Zbawca Pandawida grał w karty i prowadził interesy z niemieckimi oficerami. Kręcili się wciąż po jego domu, tak że był poza wszelkim podejrzeniem. Kiedyś przyszedł w interesach młody esesman z wilczurem. Panowie rozmawiali, a wilczur biegał po domu, szczekając. Drzwi do wszystkich pokoi były otwarte, jednak nawet ten czujny pies nic nie wyczuł. W taki oto sposób naftalina uratowała życie Pandawida. Dlatego gdy wojna się skończyła, nosił w kieszeniach naftalinowe kulki, nie mógł bez nich żyć. Ten zapach był znienawidzony i jednocześnie konieczny.

Ojciec opowiadał mi to wszystko, przez cały czas kręcąc głową; nie mógł wyjść z podziwu, ile człowiek może znieść. Ile się nacierpi, zanim umrze. Ponieważ skarżyłam się, że rodzice zaangażowali do lekcji fortepianu trzęsącego się staruszka, ojciec musiał powiedzieć mi prawdę. Pandawid jest grubo młodszy ode mnie, mówił, jest ledwo po trzydziestce, zniszczyła go wojna. Cała jego rodzina poszła z dymem, posiwiał, siedząc tyle czasu w szafie; tam też stracił wzrok. Powinnaś więc być dla niego bardzo grzeczna. Ucz się solfeżu, bo to wielki artysta, któremu wojna zmarnowała karierę. Ja jednak byłam krnąbrna i zakładałam ręce do tyłu. Nie podobały mi się gamy. Nienawidziłam monotonnych ćwiczeń. Czułam, że nie mam słuchu, wolałam, żeby Pandawid grał mi wszystkie znane piosenki. Gdy dotykał klawiatury, zmieniał się zupełnie. Miałam wrażenie, że młodnieje, że widzi. Ręce przestawały mu się trząść, uderzały zdecydowanie, nieomylnie, delikatnie muskały i głaskały klawisze, które słuchały jego palców, jak nigdy nie chciały słuchać moich.

Powiedział ojcu, że mam ładny, jasny głos. Mogę Bogusi akompaniować, niech śpiewa piosenki, rozwiniemy jej słuch. Nigdy nie będzie grała, bo nie ma do tego serca, a śpiewać lubi. W taki sposób mając sześć, siedem, osiem i dziewięć lat, bo cztery lata trwała nauka, śpiewałam przedwojenne tanga i liryczne przeboje miłosne na zmianę z dziecięcymi piosenkami o kotkach, królewnach, pieskach. Śpiewaliśmy razem także *zielonyje listiki i niet zimy... szyroka strana moja rodnaja...* i różne inne piosenki. *Legko na sierdce ot piesni wiesiołoj...* których uczyłam się w szkole. Ojciec i matka stawali obok pianina, słuchając naszych wesołych głosów. Ciągle nie mogli się nadziwić, że nas tego uczą. Te piosenki bardzo mi się podobały, z zapałem przyswajałam sobie ich słowa, bo miały niezaprzeczalną zaletę, były napisane w obcym języku, ale nie był to niemiecki. Lubiłam rosyjski właśnie z tego powodu. Pandawid zdawał się podzielać mój entuzjazm, choć nie we wszystkim. Wtedy w szkole poznałam z czytanek wielkiego wodza Józefa Stalina. Przeciwstawiałam go Hitlerowi. Stalin kochał dzieci i nigdy nie pozwoliłby robić z nimi tego, co robili Niemcy. Mój ojciec twierdził, że Hitler i Stalin to „jeden pies", są „po jednych pieniądzach", ale nie mógł mnie przekonać. Widziałam ich obu na filmach, na które chodziliśmy w godzinach lekcji.

Hitler wrzeszczał przerażająco, zamiast mówić, a Stalin uśmiechał się i sprawiał wrażenie miłego człowieka. Hitler zawsze był ubrany na czarno, występował w nocy, w blaskach pochodni, ze swastyką na rękawie, a Stalin przeważnie miał na sobie biały mundur i trzymał na rękach małą dziewczynkę podobną do mnie. Ojciec nie wiedział, że babka Schönmyth przypięła do obitej ciemnoczerwonym aksamitem ściany zdjęcie Stalina na trybunie podczas pochodu z okazji rewolucji, a może pierwszego maja, chyba jednak Pierwszego Maja, bo był w letnim mundurze, unoszącego małą blondynkę z bukietem kwiatów.

– Widzisz, kogo trzyma? Naszą Bogienkę, moją wnuczkę! – mówiła do Anieli, mrugając, a ja wcale nie protestowałam.

Ojciec mówił o Stalinie, że jest mordercą, ale nie wierzyłam w to, a nie mogłam zapytać w szkole, bo matka powiedziała, że jeśli ktoś usłyszy, co ojciec wygaduje, to wsadzą go do więzienia, tak jak wujka Mariana, a on tego nie przeżyje, bo ma nadwerężone zdrowie. Przecież wiesz, że Niemcy wysłali go na ajnzac i musiał zimą kopać rowy, za to, że nie chciał przyjąć ich obywatelstwa, nie chciał zostać rajchsdojczem, mimo że urodził się w Rzeszy; tego nie mogli puścić płazem. Trzymałam więc to, co wiedziałam, w tajemnicy, bo nie chciałam stracić ojca. Starałam się o tym nie myśleć, ale przypominało mi się zawsze, gdy recytowałam wiersz o Stalinie. Mąciło to moją wiarę, a wkrótce okazało się, że ojciec miał rację. Jednak Hitler zawsze i tak był gorszy, bo mówił po niemiecku.

Pandawid wiedział wszystko o jednym i o drugim. Nie miał co do nich złudzeń. Często ze mną rozmawiał i bronił ojca, choć tak jak ja uważał, że na świecie nie ma nikogo gorszego niż Hitler. Wcale się nie dziwiłam, bo to Hitler puścił z dymem całą jego rodzinę. O tym, co wyprawiał Stalin, dowiadywałam się powoli i słuchałam tego z niechęcią.

Ponieważ Pandawid był sam jak palec, rodzice zaprosili go na wigilię, choć matka miała wątpliwości, czy przyjdzie i czy to jest dobry pomysł. Miała do Bernarda ukrytą pretensję, bo choć bardzo lubiła Dawida, jednak tego wigilijnego dnia uważała, że każdy, kto nie należy do rodziny, jest obcy. Matka miała wielki żal, że nie może zaprosić na wigilię nikogo ze swojej familii, że ojciec odciął ją od Schönmythów. Nie mogła przy stole wigilijnym przełamać się opłatkiem z babką Sabiną ani z bratem. Dlatego zawsze podczas łamania się opłatkiem płakała. Całowała ojca, braci i mnie, całowała siostry ojca, wszystkich Wegnerów, ale widziałam jej łzy padające na świątecznego karpia w polskim sosie.

Na szczęście dla Pandawida okazało się, że on już w nic nie wierzy, to wolnomyśliciel z przypadku, i podobno wcale nie czuje tego dnia większego smutku niż w inne dni. Tak powiedział ojciec, który nie wyobrażał sobie samotnej wigilii. Wszyscy Wegnerowie musieli w niej uczestniczyć, a wiem na pewno, że nie byliby zadowoleni, gdyby zjawił się Pandawid. To już chyba przesada, Berni, powiedziała ciotka, gdy dowiedziała się o odrzuconym zaproszeniu, naprawdę przesada, rozumiem, że Żyd uczy Bogusię gry na fortepianie, to bardzo dobrze, oni są bardzo uzdolnieni muzycznie, ale wigilia to rzecz święta i...

– Daj spokój, stawia się przecież dodatkowe nakrycie dla wędrowca – odpowiedział ojciec.

– Tak, ale to tylko tradycja, symbol – upierała się ciotka.

– Ach, więc tak pojmujesz religię?! – ironizował.

– Nie sprzeczajcie się, jest wigilia – wtrąciła się matka.

– Nie spieram się, chcę tylko wiedzieć, w co wierzy moja siostra. Już wiem, że nie w to, że w osobie każdego wędrowca może pojawić się Chrystus.

– Każdego? Naprawdę każdego? Nie zapraszasz przecież wszystkich, których mógłbyś zaprosić – odcięła się ciotka, a matce znów zabłysły oczy.

Słuchałam uważnie. Sprzeczki dorosłych. To były prawdy objawione. Czułam, że chodzi tu o rodzinę matki, wiedziałam to, mimo że nikt mi wprost nie powiedział. Cieszyłam się, że matka nie bała się powierzyć mi tajemnicy, że zabrała mnie tak daleko, aż za szosę obornicką, gdzie poznałam babkę Sabinę Schönmyth, i teraz, gdy łamałam się ze wszystkimi swoim własnym opłatkiem, który przyklejał się do podniebienia, schowałam kawałek do kieszeni. Kiedy Aniela poszła do kuchni, pobiegłam za nią i pokazałam trójkątny odłamek.

– Dla babki Schönmyth – szepnęłam.

– Mam cały – powiedziała matka.

Pandawid spełniał doniosłą rolę w moim życiu. Był Żydem, a rodzice lubili go, chcieli mu pomóc, traktowali jak równego sobie. Wyciągnęłam z tego wniosek, że nie mogą być Niemcami, bo Niemcy zabijali Żydów, a ojciec po lekcji pił z nim wódkę i rozmawiał o polityce. Matka, podając kolację, nakładała Dawidowi wielkie porcje ryby, ryba, panie Dawidzie, ma dużo fosforu, musi pan jeść dużo ryby, mówiła. Uważała, że jest mizerny i anemiczny, powinien się odjeść za tamte lata. Śmiała się z żartów Pandawida, bo był bardzo dowcipny. Gdy zaczynał opowiadać szmoncesy, zmieniał głos, jak w prawdziwym teatrze. Gdy mówił za siebie, za Pandawida, nigdy nie używał tego rodzaju słów ani też nie miał takiego akcentu.

Nagle u nas w domu pojawiali się różni starzy i młodzi Żydzi i Żydówki, Salcia, Mosiek, gadatliwi chasydzi, pan Rapaport, pan Cukierman i dziesiątki innych postaci, o których nigdy dotąd nie słyszałam.

W domu ojciec podśmiewał się z ludzi, co zmieniają nazwiska, i jako przykład podawał pewnego Żyda, któremu urzędnik dosłownie przetłumaczył nazwisko i odtąd ten pan nazywał się Kszązkadonaboszenstwa. Ojciec mówił tak po to, by dokuczyć matce, ponieważ w wielkiej rodzinie Schönmythów część pisała się Schönmyth, jak matka i babka, część Szejnmit, a jeden z braci nawet Szyjmit.

Przebiegli kupcy, jak pan Rapaport, oszukiwali głupców, pożyczali pieniądze na lichwę, ale potem ich oszukiwały pierwsze naiwne Salcie. Kobieta zawsze występowała jako wysłanniczka szatana. Wreszcie zjawiał się reb

Urełe albo reb Szołem i rozstrzygali każdą wątpliwość. Dla mnie te opowieści brzmiały jak baśnie z tysiąca i jednej nocy, ale podobały mi się znacznie bardziej.

Słuchałam uważnie Pandawida i obserwowałam jego zachowanie. Podczas kolacji zauważyłam, że liczy kawałki ryby lub mięsa, które matka kładzie mu na talerz, liczy pierogi, dotykając ich widelcem; liczył bezgłośnie, poruszając ustami, ale ja widziałam, jak liczy, raz-dwa--trzy-cztery-pięć, dziękuję, pani Anielo, dość, dość. Proszę, niech pan zje jeszcze jeden kawałek, został ostatni, a kto zjada ostatki, bywa tłusty i gładki, a panu, panie Dawidzie, przydałoby się trochę tłuszczu, zachęcała matka. Nie, nie, dziękuję, ale nie mogę. Ani jednego. No chyba żeby ten się cudownie rozmnożył i zrobiłyby się z niego dwa, zażartował Pandawid. Matka poszła do kuchni i przyniosła z jutrzejszej porcji obiadowej jeszcze dwa kawałki, a on wziął ostatni, który został, i jeden z przyniesionych. No, niech pan tego nie robi, proszę zjeść ostatni. Co to, to nie, bronił się, podzielę się z Bogusią. Zjadłam, ale podczas następnej lekcji zapytałam, dlaczego nigdy nie jada do pary, ani bułeczek, ani ciastek, ani porcji galaretki cielęcej.

– Para to diabelski wynalazek – powiedział mi.

– A ojciec i matka?

– Ojciec mężczyzna, matka kobieta, to nie to samo.

– No, ale to jest para.

– Tu chodzi o parę tego samego.

– Na przykład?

– Na przykład, gdyby dwóch mężczyzn chciało wziąć ślub.

Bardzo mnie to rozśmieszyło. W tamtych czasach jeszcze nic nie wiedziałam o tego rodzaju związkach pomiędzy mężczyznami. Podobna rzecz nawet nie przyszła mi do głowy, chociaż miałam już dziesięć lat.

– Tego zakazuje prawo Boże – powiedział Pandawid.

Matka często powtarzała, żebym słuchała, jak on pięknie mówi po polsku, i żebym uczyła się od niego; ja i Bernard, przyznawała, nigdy nie nauczyliśmy się pięknie mówić, ale wiesz przecież, że chodziliśmy do niemieckich szkół.

Czasami, gdy już prześpiewaliśmy cały repertuar, znane piosenki, stare i nowe, a ja zachrypłam, prosiłam, żeby Pandawid opowiadał mi o swojej rodzinie. Przed wojną rodzice Pandawida mieli cukiernię przy tej samej ulicy, przy której mieszkali moi rodzice. Nie utrzymywali z nimi kontaktów towarzyskich, lecz Aniela kupowała tam ciasteczka z miodem i makiem, makagigi, a ojciec wysyłał chłopca na posyłki dwa razy dziennie, rano i po południu, po świeżo paloną kawę. Matka Pandawida przyszła do ojca dopiero na krótko przed wojną, z prośbą, by uszył jej wcięte w talii palto z karakułowym budkowym kołnierzem. To była naprawdę kulturalna Żydówka, mówił mój ojciec, i bardzo harmonijnie zbudowana, dokładnie pamiętał jej wymiary, bo rzadko się takie zdarzają, biust dziewięćdziesiąt, talia sześćdziesiąt, biodra dziewięćdziesiąt trzy, po prostu Wenus. Matka wtrącała swoje trzy grosze i mówiła, że wcale nie wiadomo, czyby się nie roztyła, tak jak to bywa u Żydówek, tułów robi się im beczkowaty, a ręce i nogi zostają szczupłe; no, ale, niestety, nie doczekała tego, bo stało się to, co się stało, i już się nie odstanie. Westchnęła ciężko i jak zwykle przeżegnała się, by odpędzić demona smutku, który pojawiał się zawsze podczas takich rozmów.

Ojciec Pandawida siedział przez cały dzień na zapleczu i wcale się nie pokazywał na ulicy. Pilnował swoich pracowników. Bardzo surowy, nie tolerował najdrobniejszego nawet oszustwa. Jeśli coś takiego się zdarzyło, wyrzucał winnego na zbity pysk, na bruk, całkiem dosłownie, dodając od siebie kopniaka. W ciągu kilkunastu lat miało to miejsce dwa razy.

Pandawid twierdził, że jego rodzice lubili moich, że zawsze dobrze o nich mówili, choć trochę podśmiewali się ze wzrostu mojego ojca. Przyganiał kocioł garnkowi, bo rudy i pejsaty właściciel cukierni miał podobno na oko ze trzy centymetry wzrostu więcej niż mój ojciec. Matka Pandawida, Frania, przepadała za Bernardem, uważała, że jest niezwykle dowcipny i kulturalny. To samo słowo padało na określenie sposobu bycia w jednym i drugim domu. Podobno, jak mówił Pandawid, jego matka przez wiele lat nosiła się z myślą, że zajdzie któregoś dnia do domu mody, Franz Wegner & Sohn, bo mimo że od śmierci dziadka minął już szmat czasu, zarówno fabryka konfekcji, jak i dom mody wciąż nosiły jego imię, dla zachowania pamięci i tradycji, podobno więc wiele, wiele razy odgrażała się, że kupi wreszcie porządne czarne sukno i każe sobie z niego uszyć palto z karakułowym kołnierzem. Wciąż jednak nie miała odwagi, a ponadto jej mąż namawiał ją, by dalej szyła u żydowskiego krawca, mającego mały warsztacik dwie przecznice dalej. Był tani, ale jego ubrania nie miały tego sznytu, co rzeczy szyte w domu mody Franz Wegner & Sohn. Frania, jeśli chodzi o upór, mogła konkurować z Anielą, więc wreszcie zjawiła się z czarnym suknem, witana ukłonami przez Bernarda. „Unosił się" nad jej figurą, jak skomentowała później tę wizytę Aniela, wyraziła też zdziwienie, dlaczego Bernard ożenił się z blondynką, czyli z nią, skoro tak bardzo podobają mu się brunetki z orlimi nosami. W tym czarnym palcie z budkowym kołnierzem z karakułów Frania została wywieziona, ulokowawszy wpierw syna u przyzwoitego człowieka, mającego rozległe stosunki, które dawały nadzieję na uratowanie pierworodnego. Sarę, szesnastoletnią siostrę Pandawida, rodzice zabrali ze sobą, bo nie znali nikogo więcej, kto mógłby ją wziąć na przechowanie. Tak więc poszła z dymem razem z nimi, od razu, gdy się to wszystko zaczęło, a mogła wyrosnąć na piękną dziewczynę. Te oczy, te gęste czarne włosy! Głos matki drżał zawsze wtedy, gdy mówiła „poszła z dymem", i żegnała się, robiąc mały znak krzyża między piersiami; tak samo robiła, kiedy pociąg ruszał.

Swoją amerykańską lalkę z prawdziwymi włosami nazwałam Sarą, jakbym chciała w niej wskrzesić siostrę Dawida i oddać cześć jemu samemu, gdy dowiedziałam się wreszcie, że nie żyje, bo rodzice ustalili między sobą, że lepiej będzie nie mówić mi tego od razu, gdyż jestem wrażliwym dzieckiem, które trzeba oszczędzać, więc najlepiej będzie skłamać, że Pandawid wyjechał. Zresztą nie jest to znów takie wielkie kłamstwo, bo przecież można mówić o nieskończenie długiej podróży, z której się nigdy nie wraca, powiedział później ojciec.

Matka nie zająknęła się nawet, że widziałam śmierć babki Sabiny, że byłam przy niej w ostatnich chwilach. Nudziłam ich pytaniami, ale odpowiadali zgodnie, że wyjechał na dłuższy czas na leczenie. Nie wierzyłam im, ponieważ nie potrafili kłamać. Ja umiałam robić to znacznie lepiej. Byłam wściekła, bo dopiero gdy przestał przychodzić, odkryłam, że go kocham. To była moja wielka miłość, choć nie miała w sobie nic z tego, czym obdarzaliśmy się wzajemnie z małym Leonkiem. Gdy wreszcie zostałam sama z matką, spytałam ją, czy nie może powiedzieć mi prawdy o tym, co się stało z moim nauczycielem śpiewu. Matka od razu zaczęła się plątać, że najpierw naprawdę wyjechał na leczenie, a kiedy wrócił, był już zbyt słaby, żeby chodzić. Wtedy rozpłakałam się z żalu, gdyż wiedziałam, że stało się najgorsze.

Człowiek siedzący przez lata w szafie, spłaszczony jak papierowa wycinanka, bo tak sobie to wyobrażałam, nie mógł przecież żyć długo.

– Dlaczego nie poszłaś ze mną do niego w odwiedziny, kiedy był chory? Tak jak do babki Schönmyth, sama mówiłaś, że dobrze być przy kimś, kto umiera.

– Nie chciałam, żebyś go zobaczyła, on sam też nie chciał. Pod koniec wyglądał strasznie – powiedziała matka.

– Był bardzo chory? – spytałam, bo chciałam dowiedzieć się jak najwięcej o swojej miłości.

– Tak, ale nie mówmy już o tym.

– Pójdziemy do niego na cmentarz?

– Nie, Bogienka, nie pójdziemy. – Matka zacisnęła usta, jakby nic więcej nie mogła powiedzieć. Ja także milczałam. – Kazał się puścić z dymem, żeby spotkać się z rodzicami i siostrą – dodała i zasłoniła twarz dłońmi.

– Niemcy to zrobili?

– Bój się Boga, dziecko, co ty mówisz, jacy Niemcy? Spalili go w szpitalu, w specjalnym piecu, nie kazał nawet pozbierać prochów, ojciec ma rację, on w nic już nie wierzył. I trudno się dziwić. Ale i tak będziemy się za niego razem modlić w niedzielę na mszy.

Czasami, gdy moja mała Sara była wyjątkowo niegrzeczna, straszyłam ją, że pójdzie z dymem, ale to zdarzało się naprawdę rzadko. Byłam dla niej najlepszą matką i prawie nigdy jej nie biłam. Inne lalki dostawały często

w skórę, najczęściej biłam Murzynka, bardzo nieznoś-
nego bebisia, często dostawała też lalka w krakowskim
stroju, którą ojciec przywiózł mi z wyprawy na stonkę
ziemniaczaną. Nie lubiłam też małej lalki z zadartym nosem, w wełnianej szydełkowej spódniczce i płóciennych
majtkach. Zamykałam ją w łazience, w puppensztubie,
i siedziała tam, aż sobie o niej przypomniałam.

Sarę tuliłam i śpiewałam jej piosenki, których nauczył
mnie Pandawid. Trzymałam ją w ramionach i odtwa-
rzałam cały nasz repertuar, od pierwszego do ostatniego
utworu, przypominając sobie wszystko, o czym rozmawialiśmy.

Kiedyś na klatce schodowej zaczęła się pijacka bójka,
jeden męski głos wołał pomocy, inny przeklinał i słychać było tępe uderzenia, jakby ktoś walił o drewniane
schody czyjąś głową. Razem z Sarą wpadłam do czarnej
szafy ojca, między jego garnitury, palta, pelisę i kurtkę
podbitą małpim futrem. Zamknęłam za sobą drzwi i siedziałyśmy cicho, nie ruszając się, dopóki wszystko nie
ucichło. Serce mi waliło. Za chwilę wpadną tu Niemcy,
myślałam. Tuliłam Sarę, chroniłam ją, jakby była prawdziwą małą Żydówką. Usłyszałam zaniepokojony głos
matki, potem ojca. Szukali mnie i nie mogli znaleźć;
szafa to była naprawdę wspaniała kryjówka. Opuściłam
ją, dopiero gdy rodzice wyszli z pokoju i usłyszałam ich
głosy na klatce schodowej. Myśleli, że wyszłam z domu
zobaczyć, co się dzieje.

– Gdzieś ty była? – zawołała matka na mój widok.

– Mam czapkę niewidkę – odpowiedziałam wymijająco, ale nie zdradziłam ani słowem miejsca, które uratowało nam życie. Tuliłam Sarę, szczęśliwa, że udało nam się ujść cało.

Tak więc, jeśli chodzi o słuch, ja, Bernard i Aniela byliśmy sobie równi i nawzajem siebie warci. Ja przynajmniej miałam głos i mogłam śpiewać, po długich, pilnych ćwiczeniach nie fałszowałam.

Matka nie została przyjęta do klasztoru właśnie z powodu braku słuchu. Babka Schönmyth twierdziła natomiast, że siostrzyczki zakonne nie chciały Anieli w swych szeregach, bo była zbyt piękna. Pamiętasz tę melodię, Berni? – pytała ojca i nuciła kawałek czegoś, co nie dawało się rozpoznać. Były w tym, co śpiewała, dalekie echa *Tanga Milonga* i fragmenty wszystkich najbardziej znanych melodii. Ojciec słyszał, że to nie ta, o którą chodzi, poprawiał matkę, ale sam beczał jak baran i nie umiał poprowadzić nawet prostej linii melodycznej.

Matka potrafiła dobrze zaśpiewać jedynie pieśni kościelne; widać, że godziny spędzane w kościele nie poszły na marne. Najlepiej wychodziło jej *chwalcie łąki umajoooneee, góry, doliiiny zielooone...* i kolędy.

Ojciec nie umiał nawet tego, najbardziej fałszował przy *Lulajże, Jezuniu*. Kolędy wychodziły mu tak, jakby śpiewała je syrena okrętowa.

Mały Berni był utrapieniem dziadka Franciszka. Sam się do tego przyznawał. Palił od dwunastego roku życia; dlatego nie urosłem, mawiał z żalem; pił od czternastego. I co najważniejsze, nie chciał się uczyć, a dziadek Wegner miał przecież wysokie aspiracje. Żeby syn nie zszedł mu na psy, musiał po skończeniu dziesięcioletniej szkoły pracować w firmie. Łatwo wdrożył się do roboty i jako mały, bardzo wesoły chłopak stał się ulubieńcem niemieckich i polskich szwaczek pracujących w fabryce konfekcji damskiej Franz Wegner & Sohn. Musiał uzupełnić wykształcenie, więc dziadek wysłał go do Wiednia na dwuletni kurs kroju i szycia artystycznego. Cokolwiek to znaczyło. Ledwo skończył naukę i przygotował się do roli szefa, już było po wszystkim, szlus, co znaczy, że zaczął się początek końca. Czyli słynna plajta.

VERDUN. Dziadek Franciszek założył fabrykę konfekcji damskiej, ponieważ nade wszystko lubił kobiety. Mądre, głupie, ładne, brzydkie, zgrabne i garbate. Uważał, że kobiety są szczytem delikatności i że w każdej, nawet najbardziej wrzaskliwej przekupce i kucharce znajdują się całe pokłady uczuć wyższych. Z kucharkami nie miał jednakże wiele do czynienia, gdyż ubierały się u niego głównie primabaleriny i primadonny z opery berlińskiej oraz damy z najlepszych sfer i dzielnic. Miał dla nich zawsze szacunek, kłaniał się, całował po rękach, a biorąc miarę, czyli, jak mówiło się wtedy, zdejmując miarę, udawał, że metr krawiecki, liczący sobie dokładnie metr pięćdziesiąt centymetrów, w zupełności wystarcza na objęcie ich rozłożystych bioder. Co ojciec pokazywał, odgrywając sztukę o wielkich damach ubierających się w domu mody Franz Wegner & Sohn. Biust sto czterdzieści, talia osiemdziesiąt pięć, biodra sto czterdzieści dziewięć, długość rękawa sześćdziesiąt. Obtańcowywał matkę dookoła, a ona stała z dumnie podniesioną głową jak prawdziwa gwiazda berlińskiej opery; pozwalała się obejmować niewidzialną miarą. Dopiero po wyjściu damy dziadek dodawał dziesięć albo piętnaście centymetrów w biodrach i talii, żeby primadonna zmieściła się w spódnicę. Stawiał je wszystkie przed lustrem wyszczuplającym, tym samym, które mieliśmy w domu i które odziedziczyłam w spadku. Primabaleriny były szczupłe, nie trzeba było z nimi robić tego całego cyrku, ale za to miały kaprysy. Tylko Bernard Wegner umiał je odpowiednio podejść.

W momencie, w którym rozpoczynała się akcja tej komedii, dziadek Wegner, wówczas jeszcze tylko ojciec Berniego i córek, był niezbyt wysokim, szczupłym mężczyzną, zawsze czystym, z gładko zaczesanymi w górę włosami, zapiętym na ostatni guzik. Nosił wielki złoty zegarek z dewizką, ten sam, który potem ojcu zabrali Rosjanie, pytając przy tym: no i co, wzięli my ci co? Na to ojciec odpowiedział, że nie tylko mu nic nie wzięli, ale jeszcze coś zostawili, bo przywlekli ze sobą frontowego kundla z przetrąconą łapą. Ta dowcipna odpowiedź spodobała się rosyjskim żołnierzom, więc dodali ojcu suchary. A ja byłem zadowolony, jakbym wygrał milion na loterii, kończył opowieść. Potem następowała anegdota o serwisie z pozłacanymi uszkami. Ruscy obtłukiwali wszystkie złocenia i zabrali ze sobą. Tak jak zabrali eleganckie koszule nocne z jedwabiu, należące do sióstr ojca, a potem na koncertach i w teatrze panie oficerowe paradowały w nocnych koronkach. Matka współczuła tym biednym żołnierzom, ojciec zresztą także. Oboje opowiadali o ich onucach, dziurawych butach, nędznych mundurach. Znacznie później usłyszałam o gwałtach. O kradzieżach, pobiciach. Także o kompaniach karnych, wyzwalających cytadelę. Żołnierze szli, pędzeni jak bydło, a oficerowie z nahajami walili, gdy tylko który wychylił się z szeregu. Zdarzyło się też, gdy popili się kradzioną wódką, że pobili mężczyzn i dokonali gwałtu na wywleczonej z piwnicy kobiecie. Wtedy przyszedł zawiadomiony przez kogoś starszyna z dwoma żołnierzami, wziął trzech zataczających się sołdatów z opuszczonymi spodniami, kazał im się pozapinać, ustawił ich pod ścianą kamienicy i pif-paf, pif-paf, nie było co zbierać.

– Co tam dla nich, trzech więcej, trzech mniej! – kończył ojciec.

Ta ostatnia, nie przeznaczona dla moich uszu historia zapadła mi w pamięć, bo ojciec wielokrotnie ją opowiadał. Przy każdej sposobności, jakby chciał, bym zapamiętała na całe życie mówioną historię rodziny i wojny. Nie wiedziałam, że utkwiły mi w pamięci aż tak dobrze, słowo w słowo, tak samo, a może nawet lepiej niż katechizm.

– Koszule dziadka Franciszka były śnieżnobiałe, a ciemne ubrania zawsze wyglądały jak z igły, kazał je czyścić czarną kawą, nie mogło być na nich nawet jednego włoska, oczywiście nie z jego głowy, bo już wtedy, gdy go poznałam, był łysy jak kolano, wyglądał elegancko mimo wielkiej tuszy, chodził, kolebiąc się z nogi na nogę, a stopy stawiał jak Charlie Chaplin – mówiła matka. Ojciec pokazywał chód dziadka Franciszka; żeby go lepiej naśladować, wepchnął poduszkę pod marynarkę, poruszał się jak kaczka, podkręcając od czasu do czasu wyimaginowanego usztywnionego wąsa gdzieś w okolicy ucha.

Teatr moich rodziców jako zasadę przyjmował szekspirowską równowagę między myślą a uczuciem, jak również między elementami tragicznymi a komediowymi.

Już w czasie wojny, w piętnastym roku, Franciszek Wegner, rezerwista, został powołany do wojska i wysłany na front. Przesyłał stamtąd pocztą polową kartki do syna. Przychodziły regularnie na adres Berlin 634 albo może raczej 034, trudno odczytać, ołówek trochę się zamazał, ale litery dziadka są eleganckie jak on sam, chociaż szczupłe, spiczaste, a nie obłe, pisane gotykiem, z którego odczytaniem trudności mają dziś nawet młodzi Niemcy, Thaer str. 22, okrągła pieczęć poczty polowej, na górze *K.D. Feldpostexped.*, na dole *d.20 Landw. Div.*, pośrodku pasek z datą 21.12.16. 3–4 N. Nagłówek *Lieber Sohn!* – i dalej małymi literkami, żeby dużo zmieścić w ograniczonym miejscu na korespondencję, pismem tyleż pięknym, co niezrozumiałym, wreszcie zamaszysty podpis: *Vater*, z dużą, największą ze wszystkich na tej kartce literą V.

– To dziadek walczył w niemieckiej armii? – pytam ojca z przerażeniem.

– Dziecko drogie, zrozum, że nie było jeszcze Polski, a my byliśmy lojalni wobec naszej drugiej ojczyzny – odpowiada ojciec, ale w jego głosie brzmi ból, bo wie, że nie jestem w stanie pojąć tej skomplikowanej sytuacji.

Zarzuca matce, że siostra babki Sabiny, Szotka, nie znała dobrze polskiego, że powinna umrzeć tutaj, zamiast wyjeżdżać do Niemiec, gdy tymczasem jego ojciec walczył po stronie niemieckiej!

– Nie walczył przeciw Polsce, bo jej wtedy jeszcze nie było – precyzuje.

– Mój ojciec zginął pod Verdun – wyznaje matka, by przyjść mężowi z pomocą.

– Po czyjej stronie? – pytam.

– Jak to po czyjej? Po niemieckiej. Przeciw Francuzom.

– Przeciw Francuzom? – Jestem zdruzgotana.

– To były straszne walki, biło się tam dwa miliony ludzi, a zginęło chyba więcej niż osiemset tysięcy. Trwały od lutego do grudnia 1916 roku. – Ojciec nigdy nie zaniedba okazji, żeby objaśnić świat, mam wrażenie, że wie wszystko.

– Dostał Żelazny Krzyż za waleczność – słyszę dumę w głosie matki.

– Mój nie walczył pod Verdun. – Ojciec wie, że tym razem nie przelicytuje matki. W tym wypadku Schönmythowie są lepsi od Wegnerów. Babka zachowała na zawsze nazwisko swego pierwszego męża. Bohatera wojennego spod Verdun. – Dziadek Franciszek został w armii kucharzem, dobrze jest stać przy kuchni polowej, kiedy głód zagląda w oczy. No więc gotował zupy w kotłach...

Ojciec otwiera ze skrzypieniem swoją czarną szafę. Wyjmuje album, znajduje od razu brązowe zdjęcie dziadka w długim płaszczu przy kotle, już z wąsami, ale jeszcze szczupłego, w polowym mundurze.

Ta kartka, którą wysłał, była napisana 20 grudnia, a wysłana 21, w trzy dni po zakończeniu bitwy pod Verdun!

– Kiedy wyjechał, miałem dwanaście lat, była wojna, a ja zostałem sam z matką i siostrami, zacząłem palić, a potem trochę pić, wojna to są takie czasy. Byłem wtedy jedynym mężczyzną w całej rodzinie. Dziadek Franciszek opowiadał potem, że jadł z nerwów, wciąż wszystkiego próbował, a umiał świetnie gotować. Robił się coraz grubszy i grubszy, wreszcie trudno mu było się ruszać.

– Opowiedz Bogience, co było, jak wrócił.

– Zadzwonił dzwonek, sam poleciałem otworzyć, bo nasza pokojówka miała wolne. Pamiętam jak dziś. Otwieram, a tu w progu stoi jakiś olbrzym z wąsiskami. Olbrzym nie w sensie wzrostu, ale tuszy! W długim wojskowym płaszczu, policzki okrągłe, pucołowate, takie jak mają *putti* przy fontannie, i ten obcy wiarus otwiera ramiona i rzuca się na mnie, z krzykiem i ze łzami w oczach... A ja uwalniam się z jego objęć i zwracam się do niego z pytaniem, szanowny pan do kogo? No, wyobrażasz sobie? Pan do kogo? Z takim pytaniem do własnego ojca!

– Bo po co walczył po stronie niemieckiej – mówię znów z uporem, ojciec zaś powtarza to, co mówił wcześniej, wbija mi do głowy racje, których nie chcę i nie mogę przyjąć. Wreszcie zaczynam płakać, czuję się osaczona w okopach, jak w tej bitwie pod Verdun, otoczona przez samych Niemców, są wszędzie, dookoła słyszę język Hitlera, a w dodatku jeszcze moi rodzice, ojciec i matka, rozmawiają ze sobą po niemiecku, jeśli pragną, by to, co mówią, pozostało tajemnicą.

– Nie chcę rodziców Niemców! Chcę Polaków! – krzyczę.

Łzy kapią mi z oczu, prawdziwe łzy, skończył się teatr, koniec odgrywania historii. Teraźniejszość należy do mnie, a ja nie chcę być Niemką.

– Twój dziadek był polskim patriotą – zaczyna znów ojciec, by mnie uspokoić. – U nas w domu, w Berlinie, mówiło się po polsku, należeliśmy do Sokoła, dziadek Franciszek sprowadzał z Gdańska wódkę, a kiedy jeździłem do Stęszewa, do majątku, zawsze czekały tam na mnie polskie książki. Bardzo dużo czytałem, i po niemiecku, i po polsku.

– My mieliśmy do czytania *Historię królowej Jadwigi*. – Matka znów staje murem w obronie ojca, Wegnerów i Schönmythów, tym razem są po jednej stronie barykady.

– Jesteśmy lepszymi Polakami niż ci, co tu cały czas mieszkali, dorabialiśmy się nie tylko dla siebie, ale dla ojczyzny, gdy tylko powstała niepodległa Polska, dziadek zaraz zaczął zwijać interes...

– I zrobił plajtę, a twój ojciec, Bogienko, musiał płacić jego długi – śmieje się matka.

– Dobrze, że Niemcy przegrali wojnę! – wołam z triumfem, nie licząc się ze śmiercią dziadka Schönmytha pod Verdun, z jego Żelaznym Krzyżem za waleczność, ani z uczuciami własnej matki i własnego ojca. Nie liczę się z nikim i niczym, tylko cieszę się, że Niemcy przegrali, chociaż tyle.

PLAJTA. Plajta była wszechobecna w naszym domu. Mówiło się o niej często, i to kąśliwie. O tym, co rodzina Wegnerów miała jeszcze przed wojną, prawie nie wspominano. Przeniesiona z Berlina fabryka według ojca niewarta była wzmianki. Po prostu we-ge-to-wa-ła, mówił ojciec dobitnie. To były zaledwie ślady dawnej berlińskiej świetności.

Pamiętam, że kiedyś przy okazji bolesnych zarzutów, jakie ojciec czynił rodzinie Schönmythów, matka przełamała wreszcie strach i wypaliła:

– Teraz ty jesteś wielki patriota, Berni, ale pamiętam, jak się wyśmiewałeś z Polski, nigdy nie zapomnę twoich słów. Widzisz, Bogienka, tatuś zapomniał, jak pierwszy raz zabrał mnie do Continentalu. Pamiętasz, Berni? O Boże, Anielo, gdzie ja przyjechałem! Przecież to wioska! Zamieniłem wielki, pełen życia kraj, na senną wioskę! – Aniela załamała ręce. Odgrywała w domowym teatrze sceny sprzed lat.

– Co chcesz? Na tym właśnie polega patriotyzm, że wracasz w najgorsze miejsce. W Berlinie jechałem tramwajem przez miasto do szkoły czterdzieści pięć minut! Wyobrażasz sobie, Bogusiu? Trzy kwadranse jazdy przez miasto. A tu? Nic na to nie poradzę, że to była pipidówka – mówi ojciec, ale czuje, że powinien się przede mną wytłumaczyć.

– Kiedy mój ojciec, a twój dziadek, Bogienko, dziadek Franciszek, podjął ostateczną decyzję i postanowił, że wracamy do kraju, najpierw wysłał mnie na zwiady. Co roku jeździłem na wakacje do majątku i bardzo to lubiłem, ale prawdziwa wieś to zupełnie co innego niż miasto. Dziadek wysłał mnie samego. Czekałem na meble, które miały dotrzeć po paru dniach Hartwigiem, i na maszyny do naszej fabryki. Był dwudziesty pierwszy rok. Lato. Wstałem o świcie, obudziłem Trudę, kucharkę, która przyjechała razem ze mną z Berlina, i kazałem, żeby przygotowała mi kanapki i herbatę; zapakowałem wałówkę w mały rukzak, zarzuciłem go na plecy i w drogę. Postanowiłem przejść miasto z mapą, zwiedzić główne ulice, kościoły, zobaczyć, czym się handluje w sklepach.

Wyruszyłem o wpół do szóstej rano, myśląc, że jeden dzień nie wystarczy, żeby choć pobieżnie zwiedzić miasto. I co powiesz, Bogusiu? Po dwóch godzinach: szlus. Było po wszystkim, dotarłem do dzisiejszej Ubezpieczalni, a tam wtedy rosło zboże, to był koniec. Wysokie zboże, pełno chłopów, wozy zaprzężone w konie, jednym słowem, wieś. Dotarło do mnie, że to nie jest miejsce dla nas, dla naszej fabryki konfekcji damskiej Franciszek Wegner & Sohn, dla naszego domu mody, zrozumiałem, że zrobimy plajtę, bo nie będzie dla kogo szyć – opowiadał ojciec.

– Musisz wiedzieć, Bogienko, że Bernard płakał rzewnymi łzami, kiedy dziadek Franciszek mu powiedział, że meble i maszyny są już w drodze, już jadą i nie ma odwołania – wtrąciła matka.

– Tatusiu, naprawdę? Płakałeś? – spytałam, bo nigdy nie widziałam, żeby ojciec płakał.

– Nie, to się tylko tak mówi, ale dla mnie to był prawdziwy wstrząs. Z wielkiej metropolii spaść do pipidówki, nie zasłużyłem na taki upadek. – Ojciec nie patrzył na Anielę. Nie lubił, jak wypominała mu tamte czasy.

– Zaraz wysłał do swojego ojca telegram, że Polska to zapadła dziura na końcu świata. Tak nazwał nasz kraj, dopiero co odzyskany po wojnie – dorzuciła matka.

– A twój dziadek Franciszek odpowiedział telegramem, że ta dziura to jest nasza ojczyzna. – Ojciec roześmiał się.

– Gdyby dziadek go wtedy nie przymusił, nigdy by tu nie wrócił – mówiła matka tonem pełnym satysfakcji. – Musisz to wiedzieć, Bogienko, jeśli chcesz znać całą prawdę.

– Dla mnie to nie był powrót, ja się urodziłem w Berlinie.

– Ciągle słyszałam: jestem berlińczykiem, w Berlinie szyliśmy dla primadonny opery, w Berlinie nawet w nocy był większy ruch niż tu w południe. Tam i tu, tam i tu. Mieszkał tu, ale sercem przez całe lata był tam, oto twój ojciec.

– Ale do opery berlińskiej lubiłaś ze mną jeździć, co? Ubrać się elegancko, prawdziwe perły, sznur długi aż do kolan włożyć, spacerować sobie w czasie antraktu i udawać wielką panią?

– Nikogo nie udawałam – obruszyła się matka.

– Bo widzisz, Bogusiu, twoja matka Aniela Schönmyth była prawdziwym Kopciuszkiem, gdy ją znalazłem.

– Nie byłam żadnym Kopciuszkiem.

Jak ja dobrze znałam tę bajkę! Nigdy nie rozumiałam, dlaczego Kopciuszek pozwolił sobą tak pomiatać. Mógł przecież uciec z domu albo zabić macochę i jej podłe córki. Możliwości było wiele. Wiedziałam, że matka nigdy by na to nie pozwoliła, żeby ktoś oprócz ojca nią pomiatał. Moja matka nigdy nie była Kopciuszkiem. Ojciec zrobił tylko to, czego ona sobie życzyła; ożenił się z nią, bo była piękna.

Zmieniła dziecinne plany i zamiast pójść do klasztoru, o którym marzyła, gdzie było cicho jak w niebie, postanowiła wyjść bogato za mąż. Przyszła do dziadka Wegnera do biura i w pięć minut było po wszystkim. Została przyjęta. Pamiętam, jak o tym opowiadała, mówiła, jak była ubrana, jak on wstał, by się z nią przywitać... Był gruby, prawdziwa beczka. Pasek niczym obręcz obejmował jego brzuch w miejscu, w którym powinna znajdować się choćby lekko zaznaczona talia. Dziadek siedział za wielkim czarnym biurkiem, które miało specjalne wycięcie na brzuch. Ten grubas nawet nie mógł się schylić, babcia Wegner musiała sznurować mu buty.

Ojca tamtego dnia Aniela jeszcze nie widziała. Chodził między maszynami i zalecał się do szwaczek.

– Franz Wegner wstał od biurka, żeby się ze mną przywitać, i w pięć minut byłam przyjęta – kończy matka.

– To prawda, nawet mój ojciec nabrał się na tę piękną, niewinną buzię – powiedział ojciec ze złością

JEGO CIELESNOŚĆ. Ja pierdolę, powiedział z niedowierzaniem i może z podziwem. Głos miał niski, starszy niż on sam. Stał w drzwiach wielki jak szafa. Potężne plecy, plebejska twarz o ciemnych oczach przebiegłego psa, duży nieładny nos i piękne, nie pasujące do całości usta. Przyszedł omówić warunki. Patrzył na ściany, od podłogi po sufit zabudowane półkami książek. Nie mógł oderwać od nich wzroku.

– Pani to wszystko przeczytała? – zadał nieuchronne pytanie, patrząc mi prosto w oczy, żebym nie mogła skłamać.

– Prawie.

– Połowę?

– Więcej – odpowiedziałam. – Prawie wszystko, oprócz wyjątkowo nudnych autorów.

– Ja pierdolę – powtórzył.

Wskazałam mu miejsce w skórzanym fotelu przy czarnym stole. Ruszał się powoli. Nigdzie się nie śpieszył. Mówił powoli. Wszyscy dookoła, oprócz mnie, zwijali się jak muchy w ukropie, w ciągłym biegu. Dziennikarki, redaktorki, kobiety interesu, mężczyźni na stanowiskach, pisarze, a nawet poeci wciąż byli w biegu i załatwiali „sprawy". Poprzedniego dnia siedział na jego miejscu pewien poeta. Choć trudno powiedzieć, że siedział. Wiercił się, wstawał, patrzył na zegarek, telefonował dokądś, gdzie ciągle nikogo nie było. Mówił o swoich wierszach, ale w jego głosie szeleściły pieniądze. Kierowca mówił o pieniądzach, a w jego oczach było coś niepokojącego. Siedziała tu też wczoraj redaktorka z kobiecego pisma, otwierała torbę, wyjmowała blok, notowała myśl, jaka wylęgła się w jej głowie, podczas gdy oko przykleiło się do gazety; przeczytała szybko parę wierszy, mówiąc w tym czasie o redakcji, o strasznym fotografie, z którym pracowała; malowała usta i rzęsy, piła herbatę, jadła kanapkę, czesała się, stukała paznokciami w blat stołu. Słuchała radia, po chwili włączyła mój telewizor. Podzielność uwagi na cząsteczki rozproszenia to znak czasu i zdążyłam się z nią nieco oswoić. Ostatnie badania nad koncentracją uwagi wykazały, że człowiek współczesny nie jest w stanie skupić się na jednym przedmiocie dłużej niż cztery minuty. Jak trzyletnie dziecko. Dlatego najważniejsze w powieści są pierwsze trzy zdania. Tak jak w dziele stworzenia wszechświata pierwsze trzy minuty.

Zapomniałam już, że inni, tak samo jak ja, mogą żyć bez sekundnika.

Usiadł głęboko w fotelu, bez kompleksów założył nogę na nogę i lekko huśtał diabła. Wciąż patrzył na książki.

– No tak – odpowiedział głośno swoim myślom. – Pani musi czytać, powiedzieli mi, że pani jest pisarką.

Nie pytając, zapalił papierosa. Trzymał w dłoni pudełko gitane'ów i przyglądał mu się, jakby po raz pierwszy zobaczył czarne litery i niebieski rysunek Cyganki. Zaciągnął się głęboko, przymykając oczy. Podałam mu popielniczkę i poszłam po kawę, która naciągała w kuchni.

– Ile lat ma dziecko? – zapytał, gdy wróciłam.

– Czternaście.

– Dziewczynka?

– Chłopak.

– A mąż?

Zawahał się; nie był pewien, czy powinien zadać to pytanie.

– Za granicą.

– Na długo?

– Jeszcze parę miesięcy posiedzi.

– Pojechał sam? – Zdziwienie i nagana.

Co go to obchodzi? – pomyślałam. Ma mnie dowieźć cało na miejsce, zapłacę mu za to i nigdy więcej się nie zobaczymy.

– Ja muszę pisać – powiedziałam.

– Pisać chyba można wszędzie? – Tropił w naszym związku jakąś szczelinę powodującą, że tak długie rozstanie jest możliwe.

– Pisać mogę tylko tutaj.

Zaciągał się tak głęboko, że prawie nie wypuszczał dymu.

– Kiedy mamy jechać?

– Najpierw musimy ustalić warunki.

Wszystko poszło gładko. Nie zdarł ze mnie. Chciał wiedzieć, dlaczego jadę na drugi koniec kraju, na takie, jak się wyraził, zadupie.

– Mało ludzi, dużo powietrza – wyjaśniłam.

Papierosa podnosił do ust jak na zwolnionym filmie. Jego powolność spowodowała, że zelżało napięcie w moich mięśniach. Dotknęłam czoła. Nawet dwie pionowe zmarszczki między brwiami wygładziły się.

Mimo że skończył palić i że już wszystko wyjaśniliśmy, siedział jeszcze w fotelu. Nie odzywał się. To milczenie nie było pauzą, dłużyzną, którą za wszelką cenę trzeba zagadać. Odpoczywałam.

– Może mi pani pożyczyć książkę?

– Jaką?

– Coś odpowiedniego dla mnie.

– Co pan lubi?

– Nie wiem, nigdy nic nie czytałem.

– Nigdy nie przeczytał pan żadnej książki? Nawet w szkole?

– Nigdy do końca.

Ogarnęłam wzrokiem swoją bibliotekę. Przelatywałam po grzbietach okładek. Śmiałam się najpierw w duchu, ale potem nie mogłam opanować śmiechu, więc śmiałam się głośno. Co miałam mu pożyczyć? *Niebezpieczne związki*? Brunona Schulza, a może Becketta? Sięgnęłam po opowiadania Hłaski. Delikatnie wyjął książkę z mojej ręki. Oglądał okładkę w taki sposób, że przez chwilę pomyślałam, że on w ogóle nie umie czytać, głośno jednak przeczytał tytuł i nazwisko autora. Obejrzał czarno-białe zdjęcie na odwrocie.

– Wygląda na faceta, nie na ciotę – powiedział.

– Myśli pan, że wszyscy pisarze to homoseksualiści?

– Tak mówią.

– Hłasko był zawodowym kierowcą, podobnie jak pan.

Mieliśmy wyjechać w piątek po południu, od razu gdy skończy pracę. Może będzie mógł urwać się wcześniej, bo w czwartek wieczorem odwozi szefa z rodziną na lotnisko i już będzie wolny, więc muszę być w piątek od rana pod telefonem. Gotowa. Powiedziałam, że wstaję o wpół do dziesiątej, a muszę się rano spakować. Nie miałam ochoty ulegać histerii wyjazdu. O dwunastej zatelefonował.

– Zjemy tylko obiad i możemy jechać – powiedziałam.

– Zaraz ruszamy, a obiad zjemy po drodze, znam wszystkie dobre knajpy.

Z moim synem przywitał się jak z dorosłym. Różnica wieku między nimi nie była zbyt duża. Rozmawiali o harleyach.

Jazda sprawiała mu wielką frajdę. Samochód go słuchał. Po dwóch godzinach zatrzymaliśmy się w wiejskiej gospodzie. Jedzenie stanowiło niebagatelną pozycję w jego budżecie, także czasowym. Obiad trwał półtorej godziny. Składał się z przystawek, zupy i drugiego dania z kilkoma rodzajami mięsa, ryżem, frytkami i pięcioma surówkami. Pił dużo niegazowanej wody, zakończył kawą. Deserami gardził. Słodycze i lody zostawiał dzieciom. I kobietom. Jadł powoli, żuł tak dokładnie, że nawet moja matka byłaby z niego dumna. Żeby dobrze strawić, trzeba przeżuć każdy kęs trzydzieści dwa razy. Słyszałam to podczas posiłków przez całe dzieciństwo. Pamiętam owo przykazanie, które stawało mi przememłaną kluchą w gardle.

Przyjechaliśmy na miejsce jeszcze za dnia. Po miejskim smrodzie tutaj pachniało świętem. Inny był zapach nieba.

Mojemu synowi z najwyższym wysiłkiem udawało się utrzymać podczas kolacji otwarte oczy. Spał, zanim jeszcze się położył.

Zrobiło się ciemno.

– Popływa pani?

– Nie umiem.

– Nauczę panią.

– Mnie nikt nie nauczy.

– Skoro ja mogłem przeczytać książkę...

Tak oto dowiedziałam się, że ten podczłowiek przeczytał pierwszą w życiu książkę. Na razie nic o niej nie mówił, a ja nie pytałam, uznając tego rodzaju indagację za nietakt.

Chałupa stała nad samym jeziorem. Z małego okna widać było całe niebo razem z księżycem, odbite w ciemnej wodzie.

– Jutro mam wolny dzień, zostanę.

Stałam na brzegu. Ciął wodę płynnie, lecz wcale nie był powolny w ruchach, w mięśniach miał dynamit.

Gospodyni, młoda pogodna chłopka, wyzwoliła się w zeszłym roku od męża. Zabił się na motorze.

Pamiętam go sprzed paru lat. Spocony, śmierdzący wódką, zawsze zadowolony, z pijackim uśmiechem wracał do domu i bił swoją kobietę. Pięścią, kijem, kablem, tym, co miał pod ręką. Wiedziałam, że jego życie urwie się nagle, że los naciśnie guzik pilota i przerwie ten okrutny i nudny film. Pamiętam, jak któregoś pięknego wakacyjnego popołudnia wytoczył się na podwórko, tak pijany, że ledwo trzymał się na nogach. Chciał jechać po wódkę. Wsadźcie mnie na motor, ino mnie wsadźcie na motór, to pojadę.

Żona z dziećmi czepiającymi się jej nóg, jak na obrazkach z czytanek o alkoholikach, przyglądała się bez emocji, jak równie pijany sąsiad pomaga mu wsiąść. Wtedy pojechał i wrócił. Za którymś razem udało mu się część swojego mózgu zostawić na drzewie.

Kobieta nie miała więcej niż trzydzieści dwa lata. Została z dwójką dzieci, ale postawiła gospodarstwo na nogi. Najęła parobków, obsiała pole, dokupiła krów i kilka świń. Po podwórku chodziły kury i kaczki, przeliczane na obiady. Odpoczęła, nie miała sińców na twarzy, krew nie leciała jej z nosa. Gdy przedstawiłam kierowcę, przyglądała mu się otwarcie, tak jak robią to dzieci. Wyraźnie jej się spodobał. Słuszny wzrost, plecy do dźwigania, mocne ręce do roboty, pospolita twarz z dużym nosem. Zrobił wrażenie. Kiedy wróciliśmy znad jeziora, przebrała się w błyszczący złotymi nitkami sweterek z dużym wycięciem. Umalowała usta. Wyglądała naprawdę dobrze. Jak nigdy za życia swego męża. Gdy powiedziałam, że kierowca chciałby zostać do jutra, uśmiechnęła się, nie tając radości.

– Mogę spać w stodole – powiedział.

– A po co spać w stodole, jak można w domu? Pomieścimy się, miejsca jest dosyć.

Przyniosła wiśniówkę i kieliszki. Byłam zmęczona, więc zostawiłam ich przy stole i poszłam spać.

Gdy wstałam, mój syn zjadł już śniadanie i przyglądał się, jak kierowca naprawia motor, na którym wedle słów wdowy, rozbił się nieboszczyk.

Mówili sobie ty. Ula podaj oliwiarkę. Ula. Urszula Miazga, tak adresowałam listy zapowiadające nasz przyjazd. Zawsze jednak mówiliśmy do niej i o niej: gospodyni. To jej odbierało płeć. Ula, przytrzymaj kabel. To

wystarczyło, żebym zrozumiała, co się zdarzyło tej nocy.
Szybko poszło, pomyślałam.

– Chcesz pić? – spytała kierowcę, nie używając jednak
jego imienia. Była onieśmielona. Ciekawiło mnie, czy
w łóżku zwracała się do niego po imieniu, czy też tylko
pytała: dobrze ci?

Ci dwoje byli w stosunku do siebie tak naturalni, jakby znali się od lat. Mój syn czarną od smaru szmatą czyś-
cił części motoru. Przyglądał się montowaniu z najwyższym zainteresowaniem. Nie było mowy, żeby wybrał się
ze mną do lasu. Śmierdziało benzyną, smarem i potem,
gorzej niż w śródmieściu.

Wzięłam książkę i poszłam nad jezioro. Położyłam się
w cieniu i zaczęłam czytać. Po godzinie usłyszałam warkot motoru. A więc udało się. Wszyscy troje siedzą na
nim spowici błękitnym dymem. Warkot z wolna oddalał się, aż do zupełnego zniknięcia.

Zamknęłam książkę, położyłam się na plecach i popatrzyłam w niebo. Nigdy, siedząc w fotelu, nie udało mi
się w takim stopniu osiągnąć stanu równowagi między
zgiełkiem gadających myśli a ciszą, która nie jest pustką.

Siedzenie jest napięciem. Samo zgięcie nóg w kolanach i rąk w łokciach pod kątem prostym oddala mnie
od doskonałości kuli. Leżąc na trawie z rękami pod głową, mogłabym przysiąc, że czuję krzywiznę ziemi pod
sobą. Jestem pozbawiona mięśni i kości. Miękka jak tra-
wa pode mną. Nie ma tu nikogo oprócz nieba, które jest

szeptaną obecnością z mojego snu o babce Schönmyth, choć w dzisiejszym śnie wcale jej nie było. A niebo, chociaż we śnie było ciemne, jest dziś dopowiedzeniem tamtego nieba. Realnym uzupełnieniem nie objawionego dotąd przeczucia.

Dlaczego nie przyjechałam tu wcześniej, dlaczego męczyłam się ze swoją depresją całymi miesiącami? Przecież tutaj odzyskałabym spokój w ciągu jednego dnia, myślę, choć wiem, że to nieprawda. Depresja jest wstrętną zabawką na baterię o przedłużonym działaniu. Małpką o zbolałym pysku. Musi się tak długo kręcić, aż się wykręci.

Wiele rzeczy oprócz chmur na niebie jest znakiem. Układ ptaków w kluczu. Pojedyncza jaskółka, samotna pośród zbyt wielkich niebieskich przestrzeni; martwy gołąb, przynoszący komuś śmierć; gadatliwe liście akacji, stworzone do wróżb; koty przebiegające drogę; siwe konie; dwie zakonnice; kobieta o rudych włosach; świetliki na bagnie; kominiarze – nosiciele wirusa szczęścia; garbaci, których garb pocierałam, żeby odzyskać pomyślność po rozbiciu lustra, gdy groziło mi siedem lat nieszczęścia; znaleziona igła, dowód, że w tym dniu się nie zgrzeszyło; odnaleziona zguba, czyli łaska czuwającej Opatrzności; grosz podniesiony z ulicy, co przyciągnie grube pieniądze.

SEN jest najważniejszy ze wszystkich znaków. Są sny doniosłe, jasnowidzące, porządkujące, wyjaśniające realność zdarzeń, otwierające niekiedy nowe rozdziały w życiu, częściej w powieści.

Miałam niedawno sen będący obrazem i symbolem. Czarne firanki uszyte z czarnego szala babki Schönmyth; żorżetowy szal w białe kości do gry, z dwoma, sześcioma, trzema kropkami. Firanki falują, babki nie ma, jest ciemność za otwartym oknem, a w niej majaczą dwa świetlne punkty, dwie białe kropki na czarnej kości, negatyw ciemnych oczu w białej twarzy babki. Światła zwiększają natężenie, rozmywają się i łączą w pogodne niebo. Jaśnieje całą płaszczyzną. Świeci.

Zapach ciepłych traw działa jak narkotyk. Odlatuję w sen. Coś mi się jeszcze kołacze po głowie, jakaś myśl o obecności. Brakowało babki Schönmyth w tamtym śnie.

Obecność nie musi być poświadczona, żeby zaistniała, myślę, czepiając się jeszcze jawy. Nie widzę falujących firanek, szal uleciał, nie ma żadnego obrazu. Zapadam w sen. Wypełnia go znajomy śmiech.

– ZŁODZIEJKA PAMIĘCI! – woła, śmiejąc się babka. Lekko wyskakuje z łóżka, w którym umierała. Bosa, w czarnej sukience, goni mnie po ogrodzie, powiewając czarnym żorżetowym szalem.

– Pamiętasz? – woła, biegnąc tak szybko, że ledwo mogę jej uciec; jestem znów dziewczynką, choć mam świadomość dorosłej kobiety. – Pamiętasz wszystko, ty złodziejko pamięci?

– *Mutti*, proszę, nie nazywaj dziecka złodziejką – mówią wygięte usta mojej matki, wiszące na niebie pomiędzy chmurami jak ptak. Poznaję je, otwierają się i zamykają, grają swą wielką rolę. Wykrzywionymi w grymasie cierpienia wargami matka powierzy mi wielką tajemnicę. Pragnę się dowiedzieć. Nie wiem czego. Czekam. Czekam.

– Życie Anieli jest przezroczyste jak wymyta szyba – mówi babka Schönmyth, odpowiadając na nie zadane pytanie; czuję jednak, że mówi zbyt dobitnie i głośno, jakby chciała zakrzyczeć tajemnicę.

– Szukam! Szukam! – woła, przebiegając obok mnie. Jestem niewidzialna, sama siebie nie widzę.

Zawsze kradłam im wszystkim pamięć; przechowuję ją. Złodziejka pamięci.

Obudziłam się z uśmiechem. Powtórzyłam kilka razy, żeby nie zapomnieć. Złodziejka pamięci. Sięgnęłam po książkę i paznokciem zapisałam tytuł na marginesie: „Złodziejka pamięci".

Słyszę warkot. Wrócili.

– Hałas to życie – mówię sobie, kończąc medytację.

Mój syn biegnie do mnie. Wstaję. Idę ku niemu z rozpostartymi ramionami. Jakbym chciała ulecieć w niebo. Obejmuję go. Za nim wolnymi, długimi krokami zmierza ku mnie kierowca. W ręce trzyma książkę Hłaski.

– Podobała się panu? – pytam wreszcie.

– Nie – mówi.

– Dlaczego?

– Bo to nieprawda.

– Jak to, przecież znał się na tym, o czym pisał.

– Nieprawda.

Wracamy. Na podwórku gospodyni śpiewa podniebnym sopranem, zarzynając czarną kurę. Zatykam uszy. Kura krzyczy jak opętana, kobieta śpiewa pieśń kościelną. Wypędzanie diabła.

– Uszy się zatyka, a rosół się zje, co? – mówi do mnie gospodyni, demaskując fałszywość ludzi z miasta. Podaje kierowcy tasak, żeby dokończył dzieła. Pójść z kimś do łóżka to jedno, ale powierzyć mu rosołową kurę to inna historia. Widać chodzi o miłość od pierwszego wejrzenia. Załatwił się z kurą nadspodziewanie szybko. Podejrzewam, że rodzice mieszkają w mieście, ale dziadkowie na wsi.

Czarna kura nadal tłucze się spazmatycznie, choć jej łeb leży dwa metry od pnia; osobno martwa głowa, osobno ciało w drgawkach. Jak ja w depresji.

W sobotę wieczorem pojechali do miasta, do kina. Wrócili późno. Słyszałam śmiechy, pobrzękiwanie szkła. Myślałam, że wyjedzie w nocy, ale gdy wstałam, wszyscy siedzieli już przy śniadaniu. Zawiózł Ulę do kościoła, potem był niedzielny obiad. Włókniste kawałki czarnej kury mściwie pływały w tłustym żółtym rosole.

Po południu wszedł do mojego pokoju. Poprawiałam fragmenty powieści, które ze sobą przywiozłam. Nie mogłam ustalić, czego w niej brakuje. Po nocach śniłam całe zdania; śniło mi się też, że zapominam, jak brzmią.

– Może wpadnę za tydzień – powiedział. – Tu się naprawdę odpoczywa.

Wiele tygodni w wiejskiej nudzie. Nic się nie działo. Mój syn znikał na całe dnie.

Kierowca przyjeżdżał co tydzień.

Za pierwszym razem wszystko było tak samo. Kino z Ulą, chyba jakieś tańce w kawiarni w mieście. W niedzielę rano kościół. Obiad. Kolejna kura opuściła ten padół, zamieniając się w potrawkę.

Następnym razem w sobotę, po zabiciu kaczki, spytał, czy nie chciałabym pójść do lasu.

Myślałam przez cały czas o babce Schönmyth. Pamięć. Zawsze pisząc książkę, korzystałam ze swej pamięci, ale nigdy nie była równie żywa, ostra, wręcz nachalna. Zanurzyłam się w niej tak głęboko, że bałam się, iż utonę. Czułam szum w uszach, obręcz na czole, wreszcie dostałam zawrotów głowy. On szedł pierwszy, odgarniał gałęzie i przytrzymywał, żebym nie dostała w twarz wściekłą witką.

Powietrze było ciężkie od świeżości i zapachów ptasich lasów, najpierw jasnych, liściastych, z dużą ilością brzóz, akacji, potem leszczyny, buków i dębów. Nasłuchiwaliśmy głosów ptaków; czasem przelatywały nad nami, kolorowo upierzone. Czuły się bezpiecznie, bo w tej okolicy prawie nie było ludzi.

Pojedyncze sosny zaprowadziły nas do ciemnych borów, gdzie grube pnie wyrastały prosto z czarnego poszycia. Tutaj pachniało grzybami i stęchlizną ziemi. Dzięcioły wbijały niewidzialne gwoździe do niewidzialnych trumien.

Zapytał, czy może mówić do mnie ty.

Zgodziłam się.

Będzie nam łatwiej rozmawiać.

Przytaknęłam.

– Czy wiesz, jak wrócić? – spytał mniej więcej trzech po godzinach chodzenia. Rozejrzałam się. Wszędzie były drzewa. Ze wszystkich stron. Powiedziałam, że możemy wracać tą samą drogą, którą przyszliśmy.

– Więc prowadź.

Nie pamiętałam drogi. Nie rozpoznałam żadnego miejsca. Nie wiedziałam, czy szliśmy tędy, czy nie, ale nie bałam się. Czułam się tu bezpieczniej niż na ulicy. Było dość ciepło. Nawet gdybyśmy zabłądzili, nie można by było zamarznąć.

– Znamy się już miesiąc – powiedział z wyrzutem, jakbym była czemuś winna.

– Za tydzień wracam do miasta.

– Idziesz w złym kierunku.

– Tak – odpowiedziałam. – Ale już wiem, co trzeba zmienić, żeby było dobrze.

Myślałam oczywiście o książce.

– Jak ty mnie traktujesz? – spytał z nagłą złością.

– Ja?

– Jakby mnie tu nie było. Las. Powietrze i ty sama ze swoją powieścią na spacerze.

Jak z psem na smyczy, pomyślałam.

Zatrzymał się i stanął przede mną. Lekko popchnął mnie na drzewo i objął, trzymając dłońmi pień.

– Ty nic nie widzisz? Nic nie zauważyłaś?

Tym, co czułam, prócz tego, co czułam, było bezgraniczne zdumienie. Twarda kora wbijała mi się w plecy przez cienki materiał sukienki. Dłonie kierowcy zsunęły się z pnia i spoczęły na moich plecach. Jedna myśl ukłuła mnie w tym momencie: mój mąż by nigdy na to nie wpadł. Na to, żeby podłożyć mi ręce pod plecy. Czy jednak to wystarczy?

– Nic nie widzisz.

Zdziwiło mnie, jak miękka jest próchnicza ziemia. Zdziwiło mnie, jak bardzo tego chcę. Najbardziej jednak dziwiła mnie własna ignorancja: jak mogłam nie wiedzieć, co się ze mną dzieje.

– Że nie widzę ciebie, to nic, ale nie widzę też siebie – powiedziałam. – Wcale nie chciałam cię obrazić. Musisz to zrozumieć.

Gdy kończyłam studia, zaczynał szkołę podstawową, grał w piłkę nożną. Potem skończył szkołę samochodową, trenował boks i koszykówkę. Został prywatnym kierowcą u właściciela dużej firmy budowlanej. Woził go mercedesem z pancernymi szybami, zarabiając na tym podejrzanie wielkie pieniądze. Jazda samochodem, gra w tenisa, trening bokserski. Dbałość o ciało godna gwiazdy filmowej. Chodził na masaże, kosmetyczka czyściła skórę jego twarzy, manikiurzystka pielęgnowała dłonie. Wyglądał zawsze tak, jakby przed chwilą wyszedł z wanny, a jego rzeczy były świeżo wyprane i uprasowane. Pachniał zbyt słodko, używał dezodorantów reklamowanych w telewizji, żuł miętową gumę. W krótkie włosy wcierał żel.

Poleciła mi go redaktorka, brunetka o twarzy głodnej seksu; mówiła, że za kierownicą zmienia się w boga. Przywiózł jej za pieniądze auto z Niemiec. Pojechali po nie razem. Może w ten sposób wchodził w lepsze sfery? Sfery guzik go obchodziły, za to kobiety bardzo. Orientację w terenie miał jak dzikie zwierzę, kierował się węchem. Nie lubię zwierząt na usługach człowieka. Psów chodzących na dwóch łapkach na rozkaz: służ!, jak maltańczyk Molly, należący do mojej grubej ciotki.

A jednak zapragnęłam oswoić to na wpół dzikie, bo przecież wyperfumowane i wymasowane, przytępawe stworzenie, jakim był młody kierowca.

Ledwo zdążyliśmy na obiad. Na Ulę nie zwracał większej uwagi. Nie miała mu tego za złe. Była zadowolona z tego, co dostała. Po tym, co spotkało mnie w lesie, wcale się jej nie dziwiłam. Wiedziała, że kiedy nas odwiezie, więcej nie wróci. Na nic nie liczyła. Miała w sobie imponujący spokój kobiety, której udało się uciec z piekła i wszystko wydaje się jej teraz rajem.

W drodze powrotnej przyjechał po nas punktualnie co do minuty. W domu byliśmy wieczorem. Zjedliśmy razem kolację. Poszłam powiedzieć dobranoc synowi. Gdy wróciłam, on siedział w fotelu, palił i czytał Chandlera. Zajrzałam mu przez ramię. *Żegnaj, laleczko*.

Miał być zabawą. Odtrutką na małżeńskie problemy. Lekiem na depresję. Psem, na którym w moim laboratorium będę prowadziła badania do następnej powieści. Zabawa zamieniła się w pełen pożądań, miłości, czułości i nienawiści romans, gorszy niż najbardziej niedobrane małżeństwo.

Romans. Śmiechu warte określenie, jeśli wziąć pod uwagę kipiącą pożądaniem nienawiść, która nas łączyła. Trudno wytłumaczyć, na czym polegała siła uczuć. Męczyłam się z nim, a on męczył się ze mną jeszcze bardziej, ale zakończyć żadne z nas nie miało siły. Kończyliśmy wiele razy, żeby wściekli z upokorzenia, pod byle pretekstem, on: chcę oddać ci książkę, przyniosę jutro, będziesz w domu? Ja: czy możesz przywieźć mi papier do drukarki? Pogrążać się w zdrowej miłości, całkiem chorej perwersji, brutalnej przemocy i najczulszej czułości.

MAFIA. Postanawiam, że pojadę, muszę coś w końcu zrobić dla swojej rodziny, mówię, on myślał, że spędzimy te dni razem. Wraz ze swym szefem zrobił biznes życia na Ukrainie i miał teraz dużo wolnego czasu.

– Pomysły twojej rodziny są nie do pobicia, nigdy nie słyszałem, żeby ktoś obchodził rocznicę ślubu rodziców, kiedy oni już od dawna nie żyją – mówi powoli, przygotowując się do rytuału zapalenia papierosa.

Przynosi popielniczkę. Wyjmuje z kieszeni gitane'sy i zapalniczkę.

Powoli, starannie odmierzając ilość, nalewa whisky do dwóch szklanek. Dla mnie połowę tego, co dla siebie. Dopiero teraz wkłada papierosa do ust, przychyla się do spokojnego niebieskiego płomienia. Patrzy mi prosto w oczy. Czeka, czy mu zaproponuję, żeby pojechał ze mną.

Zaciąga się. Mam wrażenie, że wciąga dym z całego papierosa naraz. Zatrzymuje go w płucach.

Wreszcie wąska smuga zapachu leniwie pnie się pod sufit. Jego twarz przybiera zmysłowy wyraz. Wygląda tak jak wówczas, gdy leżymy blisko siebie, pieszcząc się leniwie pomiędzy jedną a drugą miłością.

Nawet podczas prowadzenia samochodu zaciąga się głęboko i z rozkoszą przymyka oczy. Częściej jednak zatrzymujemy się gdzieś w polu albo w lesie i wysiadamy odetchnąć świeżym powietrzem.

Palenie w łóżku to szczyt spełnienia, zaspokojenie na wszystkich polach. Jedną ręką, gestem posiadacza, Jego Cielesność obejmuje mnie, w drugiej trzyma papierosa. Nasze uda przylegają do siebie, czuję, że ma mięśnie rozluźnione. Palenie osłabia, lub wręcz zabija, tylekroć opiewany męski smutek po akcie miłosnym.

– Nie możesz jechać ze mną, będę przez cały czas zajęta rodziną – odzywam się, mącąc nastrój.

– W nocy także? – pyta szyderczo.

– Będę mieszkała u brata, trudno byłoby wytłumaczyć twoją obecność w moim łóżku – odpowiadam.

Gasi papierosa, robiąc z niego miazgę.

Cieszę się, że udało mi się wyprowadzić go w równowagi. Coraz częściej denerwuje mnie jego spokój. Luz, jak mówi. Spoko, spoko, o co ci chodzi, wyluzuj się, kobieto, odpręż się, poucza mnie.

To, co jeszcze do niedawna lubiłam, podziwiałam, przy czym oddychałam z ulgą, teraz doprowadza mnie do pasji. Zaczynam interpretować wszystko na jego niekorzyść. Na słowo „wyluzuj" pojawia się moja matka z oskubaną kurą, z której za pomocą krawieckich nożyc, bo zawsze ich do tego używała, usuwa kości. Cała kura staje się bezwładnym płatem mięsa rzuconym na deskę, jest już wyluzowana. Całkiem spoko.

– Nie możesz się zatrzymać gdzieś na mieście? – pyta ostrożnie.

— Rodzina obraziłaby się śmiertelnie — mówię dobitnie, jak zawsze, gdy kłamię.

Mam inne plany, muszę kłamać, łgać przekonywająco. Rzeczywiście jakiś czas spędzę u brata, więc jest to ten rodzaj połowicznej prawdy, jaki lubię. Zwykle bywa niewykrywalna.

W architekturze krętactwa najmocniejsze są mosty budowane z prawdy i kłamstwa.

— Twoja rodzina ma nad tobą władzę. Niby jesteś niezależna, ale robisz to, co chcą.

— Jeśli już jadę, muszę się podporządkować regułom gry. Nie znasz Wegnerów, nie słyszałeś, jak moi bracia wymawiają słowo „oni", gdy mówią teraz o rodzicach. Musisz przyjechać, „oni" by sobie tego życzyli. Słyszysz to? „Oni", martwi rodzice, życzą sobie, żebym przyjechała, więc muszę pojechać. W naszej rodzinie wszystkie chwyty są dozwolone. Cel uświęca środki, a celem jest rodzina. Za wszelką cenę. Nawet śmierć staje się elementem szantażu. Umarłym się nie odmawia. W innych rodzinach nie odmawia się prośbie umierającego, ale u Wegnerów, zresztą u Schönmythów także, obie rodziny są pod tym względem do siebie podobne, nie odmawia się duchom. W waszej rodzinie jest inaczej?

— Nie mam pojęcia, jak jest w naszej rodzinie, znam tylko codzienne użeranie się żywych, duchy milczą.

Popija whisky.

– Mógłbym cię zawieźć, i tak nie mam nic innego do roboty.

– Dziękuję, już mam bilet.

– Trudno, jedź sama na gody duchów, może się ubawisz.

– Jasne, wszystko będzie tak jak zawsze. Tort, świeczki, kawa, ciasta ofiarne, danina synowych dla duchów przodków, potem długa jak tasiemiec, przygotowana przez kobiety z plemienia Wegnerów kolacja; dziesiątki dań, słonych jak łzy, słodkich jak lukier i gorzkich jak moje myśli. Dwa fotele przybrane girlandami żywych kwiatów czekają, jak co roku, na jubilatów, którzy ziemię gryzą, ale z pewnością przyjdą, pojawią się na uroczystościach. Ojciec w czarnym garniturze i jedwabnym krawacie przekreślonym szarym i ciemnoczerwonym paskiem, matka w ciemnym kostiumie i kremowej bluzce. Przy nastrojowych światłach bracia wskrzeszają ich na wideo. Film z którejś rocznicy ślubu, może trzydziestej, a może czterdziestej?

– Za pomyślność rodziny! – wzniesie ojciec toast.

– Niech Bóg ma w opiece całą naszą familię – powie cicho matka, mając na myśli także Schönmythów.

Jednak nie wymówi tego nazwiska. To jest sygnał do rozpoczęcia jedzenia i picia. Kolejne dania, kolejne toasty, po kilku kielichach, matka i ojciec jak żywi wychodzą z wideo, siadają przy stole. Napominają, wtrącają się we wszystko. Panuje rodzinna atmosfera, śmiechy, wspomnienia, a w tle oni swoje, jak mawiał mój ojciec, gdy byłam uparta: ksiądz swoje, organista swoje.

– Miał rację, ja swoje, a ty swoje, ja, że chcę z tobą być, ty, że jedziesz sama. Wiesz, że chciałbym mieć taką rodzinę, chciałbym być na tych godach razem z tobą? Zawsze bym tam z tobą jeździł, gdybym był twoim mężem...

Ooo, ten dopiero by się mną zajął. Już to słyszę: nie możesz pojechać sama, nie puszczę cię na spotkanie z tym czy z tamtym... Jest jeszcze gorszy niż ten, co wyjechał, bo tamten ma przynajmniej głowę zajętą swoją pracą, a ten tylko ręce kierownicą.

– Przecież to mafia – mówię. – Mafijny sposób myślenia, mafijny szantaż, mafijne załatwianie porachunków; historie rodzinne nadają się do brukowców węszących za sensacją, czy wiesz, kochanie, że największą liczbę zbrodni popełnia się w rodzinie?

– Wiem, kochanie – mówi miękko i przytula się do mnie, odstawiając szklankę. – Czy wiesz, że powiedziałaś „kochanie"? Chyba po raz pierwszy.

– Wymaga tego stylistyka sztuki, w której oboje teraz gramy.

– Chcę grać w tej sztuce do końca. I chcę, żeby była pornograficzna.

– Morderstwa, bestialstwa, gwałty są w szczególnej cenie, rodzina ci ich dostarczy. Najsolidniejsza familia pełna jest uprzedzeń do ludzi nie należących do plemienia.

– A jednak kiedy się nie popisujesz, mówisz o rodzicach i babce ciepło.

– Pani Pamięć, Madame Memory, jest łaskawa. Miłość miesza się z żądzą mordu, ale oni wszyscy o tym zapomnieli. Zwłaszcza Wegnerowie lukrują swą historię, jak sprzedajni kronikarze królewscy, przekupieni przez króla. Spisują kłamliwe dzieje jego synów i córek. Matka wygładza historię Schönmythów, robi to w obronie przed ojcem, zamiast pyłu i kurzu jej dom rodzinny pokrywa gruba jak na torcie godowym warstwa lukru. Sny kronikarza o potędze staną się z czasem jedynym dokumentem.

– Ja bym chciał mieć taką rodzinę.

– Przestań nudzić, masz swoją.

– Oni są inni. Nie mają żadnych korzeni.

– Są ze wsi, muszą mieć korzenie.

– Teraz ci wierzę, że twoja matka i babka naprawdę tu były, rozumiem, że bez względu na to, co mówisz na ich temat, jesteś z nimi związana.

– Muszę jechać, bo już wiem, o co tym kobietom chodzi. Wegnerowie zawsze puszyli się i wynosili nad Schönmythów, rozumiesz? Trzeba przywrócić im zdeptany honor; chcę też poznać tajemnicę, której nie znam. Coś, co matka przez cały czas ukrywała.

– Zazdroszczę ci – upiera się, rozbierając mnie z nowej bielizny, którą kupiłam dla niego.

Mam na sobie czarny gorset powycinany w miejscach, które powinny być zakryte, zasłaniający to, co zwykle jest odsłonięte, i pończochy z szerokim koronkowym mankietem na udzie. Ze złością musiałam przyznać sama przed sobą, że wciągnęło mnie to, mimo że mówiłam zawsze, że nigdy czegoś takiego nie włożę.

Nigdy nie mów „nigdy", rzucał sentencję i zaczynaliśmy próbować. Pokazał mi kasetę porno. Byłam wstrząśnięta. Udało mi się przeżyć tyle lat bez tego i nagle razem ze swoim kochankiem oglądam przekładaniec z kobiet i mężczyzn różnej maści. Wszystko jest dla ludzi, mówił tym swoim językiem złożonym z samych wytrychów. I dla zwierząt, mruknęłam, bo były tam również psy, i brały czynny udział w akcji; zauważył, że zwierzęta są nie dla mnie.

– Przecież to mechaniczne – złościłam się, patrząc na jakiegoś męskiego ogiera, pompującego i tak już wypukłe pośladki kobiece.

– Nasza w tym głowa, żeby to nie było mechaniczne. Popatrz, jak ona go trzyma, widzisz, gdzie ma ręce? No, trzeba się trochę pogimnastykować, ale to ci dobrze zrobi.

Kupiłam więc tę bieliznę. Przymierzyłam ją przed lustrem, obejrzałam dokładnie i doszłam do wniosku, że „wszystko jest dla ludzi".

Nie przejmuj się, wszyscy to robią, powiedział. Wszyscy to wszyscy, a my to my, mówiła matka.

Stanął za mną. Jednak zamknęłam oczy. To był odruch obronny. Nie chciałam oglądać w lustrze filmu porno, z nami w rolach głównych.

– Otwórz oczy – poprosił. Poddałam się namiętności. Potem powiedziałam mu, że żyję z mężem bardzo zwykle i jest mi z nim bardzo dobrze.

– Zawsze może być lepiej – zauważył.

– Spróbuję z nim w taki sposób – odparłam.

– Nie spróbujesz – powiedział z całym przekonaniem – będziesz się wstydziła.

– Wiesz, co powiedziałaby matka, gdyby zobaczyła tę czarną bieliznę? „Bogna! Jak mogłaś włożyć coś w tak złym guście? To wprost niemożliwe, nigdy bym nie przypuszczała, że kobieta może to zrobić."

– Eee, taki widok bierze każdego.

– Coś ty powiedział? Moją matkę? Widać, że nie znałeś Anieli Wegner z domu Schönmyth.

– Popatrz w lustro, widzisz? Włóż buty, wysokie obcasy, najwyższe, jakie masz.

Odwracam głowę. Nie chcę patrzeć w lustro. Wkładam pantofle na najwyższych obcasach.

– A gdzie pejcz? – pytam, śmiejąc się, bo ten strój wymaga skórzanego pejcza.

– Na wszystko przyjdzie pora.

Matka znika z mojej pamięci. Od dawna podejrzewałam, że całe to wielkie zmartwychpowstanie, o które robi się w kościele tyle szumu, może odbywać się co najwyżej w pamięci Boga.

– Mówię ci, znam się na tym lepiej niż ty. – Jego język dotyka mojego języka słówkiem „ty".

Ściana jest zimna, twarda i biała. Bielizna czarna i miękka, ręce wyrzucone w górę, oparte o ścianę, piersi przylegają do chłodnej powierzchni i ogrzewają ją natychmiast. Wysokie obcasy pomagają wyrównać różnicę wzrostu między nami. Jego dłonie, nawykłe do kierownicy, sterują moimi pośladkami. Tę lekcję przerabialiśmy już dawno; powtórki i sprawdziany wcale się nie nudzą. Chyba podczłowiek jest lepszym belfrem ode mnie. Więcej wymaga, jest surowy i egzekwuje wiedzę. Naprawdę zainteresował mnie przedmiotem.

Ja natomiast wciąż nie mogę zachęcić go do czytania, choć i tak jest lepiej, mamy za sobą Chandlera i Henry Millera. Czyta tylko wówczas, gdy wyjeżdżam. Chciałam wyrobić w nim nawyk wieczornej lektury, ale jeśli leży obok mnie, wówczas zwycięża jego ulubiony przedmiot.

– Nie złość się – mówi. – Należę do innego pokolenia, ja nie czytam; ja oglądam. Pochodzę z innej strefy.

Zawsze myli mu się sfera ze strefą; to nawet lepiej brzmi, zakrawa na inwencję językową, wręcz ekstrawagancję. Ogląda obrazki, pornopisma, ewentualnie przerzuca jakiś tygodnik sportowy. Czasem polityczny, ale tylko wtedy, gdy dzieje się coś naprawdę ważnego, rewolucja albo katastrofa; te rzeczy jednak efektowniej wypadają w telewizji. Wychodzi z założenia, że jak coś jest naprawdę ważne, to mu to pokażą.

Siedzi spokojnie w fotelu, patrzy na ekran, pali papierosa, zaciągając się powoli dymem. Czeka, aż go obsłużą.

– Lubię być dobrze obsłużony – powiedział, kiedyś, gdy upił się i gdy jego język stał się prawdomównym kołkiem.

Chodził do małych prywatnych burdeli, mieszczących się w eleganckich willach. Wyrastały jak grzyby po deszczu, gęstą siecią usług pokryły wkrótce miasto. Jego Cielesność nie wiązała się na stałe. Nie spotykał się więcej niż kilka razy z jedną dziewczyną. Nudził się. Nie rozmawiał z kobietami. Wydawał komendy, a był przy tym raczej praktyczny niż cyniczny.

Takiego go dostałam.

– Zanim cię spotkałem, nie przeczytałem ani jednej książki, nie przyśnił mi się żaden sen, czytanie i sny są związane z tobą, i tak będzie zawsze, nawet jak cała ta afera się skończy.

Gdy tłumaczyłam mu, że każdy śni, a różnimy się jedynie zapamiętywaniem, nie uwierzył mi.

Leżymy bez ruchu. Zaskoczeni wybuchem Wezuwiusza, zasypani popiołem mieszkańcy Pompei. Niewielki ruch polega na skurczach i rozkurczach pewnego tajemniczego pierścienia, który nie musi wcale być małżeńską obrączką.

Tego rodzaju zaślubiny nie towarzyszą też pospiesznym fascynacjom miłosnym, nagłym przypadkowym zbliżeniom. Wymagają oswojenia, prawdziwej bliskości.

Słowa są ciche, powolne, uważne. Nie ma rozproszenia, nie ma punkcików na ekranie, jest szlachetna ciągłość zdań. Nawet Jego Cielesność wykazuje dbałość o styl.

– Byłem w wielkiej mleczarni, mówię ci, supergigant, system srebrnych rur pod sufitem, gęste filtry, kryształowe akwaria pełne mleka i śmietany. Próbowałem wszystkiego. Mleko, które leciało z kranów, było gęste i smakowało orzechami. Byłem sam, w białym fartuchu, szukałem kogoś, ale nikogo nie było. Tęskniłem za kimś. Chciałem wyjść, ale nie mogłem znaleźć drzwi; po prostu ich nie było. Nie wiem, jak się tam dostałem, właśnie tego nie mogłem sobie przypomnieć.

– To sen o mnie, o wielkiej matce, tęsknota za ssaniem, dlatego wybrałeś mnie, dlatego leżymy tu razem, ty, smarkacz, i ja, dojrzała kobieta, wszechmatka pełna mleka.

Zaczynam się śmiać, a śmiech jest zabójczy dla tego, co robimy, śmiech zepsuł wszystko, wypycha Jego Cielesność z zaczarowanego pierścienia. Oto do czego prowadzi podręczny freudyzm.

– Ile lat ma twoja matka? – pytam.

– Chyba pięćdziesiąt dwa.

– Mogłabym być twoją matką.

– To by mi nie przeszkadzało – mówi i od razu zaczyna zabierać się do uwodzenia matki.

– W naszej rodzinie coś takiego byłoby nie do pomyślenia.

Odpycham go, bo nawet w żartach to jest dla mnie zbyt wiele. Nie ustępuję.

– Jestem za stara na matkę, nie mam już mleka – mówię i uciekam z łóżka.

To samo, czego jeszcze dwa miesiące temu pragnęłam, jest śmieszne. Zamykam się w łazience, nie patrzę w lustro, zdejmuję czarne pończochy, biorę prysznic. Ubieram się w białą bieliznę. Wkładam sweter i długą spódnicę.

Czuję przesyt. Przeciążony żołądek. Przepełniony pęcherz, zapchany nos, zatkane uszy, zmętniałe oczy. O mózgu nawet nie wspomnę. Muszę oczyścić wszystkie części swojego ciała. O mózgu nawet nie wspomnę.

ARCYDZIEŁO. Książka otwarta w miejscu, gdzie skończyłam wczoraj w nocy czytać, zanim z wściekłością rzuciłam ją na podłogę, rozpadła się częściowo. Widać jest źle sklejona. Nie żal mi jej, nawet cieszę się z tego, nie słyszę szelestu kartek błagających o litość. Wyrzucę ją na śmietnik. Będzie to pierwsza w moim życiu książka wyrzucona na śmietnik. Niech zgnije pomiędzy resztkami spleśniałych owoców, starych butów, ogryzionych kości i kolorowych opakowań.

Te śmieci są bardziej literaturą niż ona.

– Jak mogłaś tak okaleczyć książkę? – słyszę oburzony, wibrujący głos ojca z zaświatów.

Zawstydziłam się. Podnoszę ją z podłogi, całuję w grzbiet, jak matka całowała bochenek chleba, zanim zaczęła go kroić, zbieram kartki, które wypadły, i wkładam do środka.

Książka niewinna. Winien autor. Obsypany przez krytyków pochwałami jak królowa balu, żona burmistrza, obrzucona konfetti.

– Chciałam ją przeczytać, naprawdę, może mi ojciec wierzyć – mówię głośno, na wypadek gdyby duchy nie słyszały myśli – ale jest taka irytująca, napompowana cuchnącym gazem, że nie mogłam, wciąż ją odkładałam i włączałam telewizor, żeby zapomnieć o fałszu. Nawet reklamy w telewizji są ciekawsze od tego gówna. Wielka Proza. Oko ucieka od niej, przykleja się do gazety, do pulsującego własnym życiem ekranu. Wszystko dookoła, nawet te chamskie dialogi za oknem, jest ciekawsze, zmienne, pełne suspensów, tylko ta cholerna proza, jak betonowa studnia. Na dnie leży martwy autor i śni powieść o losie człowieka. Ojciec nie musiał czytać takich powieści, więc niech teraz ojciec mnie nie krytykuje.

– To nie zmienia faktu, że zniszczyłaś książkę – mówi ojciec surowo, jakbym ciągle miała pięć lat.

– Przez nich zaczęło mnie denerwować samo słowo „proza". Wie ojciec, że spotkałam niedawno na ulicy średnio młodego pisarza, który powiedział mi, że kończy prozę? A ja zapytałam go wtedy, czym to się różni od pisania.

Ojciec zaniósł się śmiechem, który przeszedł po chwili w kaszel. Pokaszliwanie oddaliło się. Zostałam sama z tą wielką powieścią. Arcydzieło. Przeczytałam w gazecie, że to powieść o naszym losie, nas wszystkich. My! Wszyscy! Razem. Być może w tej śmierdzącej nudzie zawarta jest wielka metafora człowieczego losu, dzieje jakiegoś Untermenscha twórczości albo stetryczałego urzędnika czasów socjalizmu, ale z pewnością nie ma tu ani jednego żywego człowieka.

Więcej człowieczego losu widzę na moim pamiątkowym obrazku. Gdy skończyłam siedem lat, dostałam go w prezencie od babki Schönmyth. Pozłacana owalna ramka obejmuje jasne niebo, srebrzącą się rzeczkę, bujną roślinność. Przez kładkę przechodzi dwójka dzieci. Za nimi anioł bez płci, w różowej draperii; rozpostarł ręce, nie dotyka ramion dzieci, ale w każdej chwili, gdyby kładka miała się załamać, jego dłonie pochwycą dziewczynkę i chłopca, uniosą nad rzeczką i postawią bezpiecznie na ziemi.

– To Jaś i Małgosia – powiedziała matka.

– Co ty opowiadasz, Aniela, to nie żaden Jaś i Małgosia. Nie poznajesz? To nasza Bogienka i mały Leonek.

Teraz człapię przez kładkę sama. W dole brązowieje ściek. To rzeka. Mam na sobie kostium podobny do tego, który matka wkładała na wyjście. Miała go także wtedy, gdy pierwszy raz zaprowadziła mnie do wiedźmy, Jaśnie Pani Sabiny Schönmyth, u której pomniejsze czarownice mogłyby brać korepetycje, dobrze zapamiętałam, co mówił ojciec. Gdy po raz pierwszy zobaczyłam kruchą, dumnie wyprostowaną kobietę w czarnej sukni do kostek, matka dwa razy musiała powtarzać: przywitaj się, to babka Sabina, no Bogienko, co się stało? Przywitaj się.

Idę przez kładkę; za plecami czuję obecność, nie muszę się oglądać, żeby wiedzieć, jak ta postać wygląda.

Od czasu do czasu kościstą dłonią dotyka mojego ramienia i popycha mnie lekko do przodu. Staram się utrzymać równowagę, ale nie przychodzi to zbyt łatwo. Odwracam się, wściekle walę pięścią w klatkę z żeber, a ona śmieje się tak samo jak moja matka, gdy po raz pierwszy pokazała mi lustro; uderzałam w nie głową, chcąc pozbyć się obcego odbicia. Moja złość wprawia tamtą w dobry humor. Pewnie dlatego pozwala mi przez chwilę iść spokojnie. Muszę być ostrożna, przyczaiła się tylko, żeby zaatakować, gdy będę się tego najmniej spodziewała.

Dzwoni jak na alarm. Tak mówiło się u mnie w domu o niezrównoważonych osobach, które mocno i długo przyciskały dzwonek, żeby oznajmić swoje przybycie.

Jest reżyser. Dzwoni jak na alarm, a gdy otwieram, bez rozbierania się z długiego płaszcza wpada do pokoju. Już od drzwi ostrzem niebieskiego oka atakuje leżącą na biurku, rozpłaszczoną okładkę arcydzieła. Leżąca grzbietem do góry otwarta książka wygląda jak motyl mutant.

— Wielka powieść o pamięci! Widzę, że czytasz – mówi.

— Brakuje dziesięciu stron i nawet tego nie zauważyłam.

— Musisz uważać na Madame Memory, żeby nie spotkał jej ten sam los. Pamięć nie ma kręgosłupa, możesz się na tym przejechać – mówi.

— Moja pamięć ma wszystko, co trzeba – odpowiadam z przesadną pewnością.

TALIA KART. Na samym początku spodobał mi się opis bohaterki, jej jasnozielonych oczu w oprawie czarnych sztywnych rzęs, brwi szerokich i ciemnych. Ja miałam rzęsy jasne, a brwi prawie białe.

Scarlett miała szesnaście lat, ja miałam wtedy pięć. Siedziała w Tarze na ganku, w nowej sukience z zielonego muślinu w kwiatki, o sutej krynolinie, w zielonych safianowych pantofelkach na płaskich obcasach. Do dziś pamiętam ten opis, umiałam go na pamięć.

– Ta mała życzy sobie krynoliny! – powiedziała matka ojcu i śmiali się z tego. Uszyła mi sukienkę z szeroką spódnicą z falbankami, bez drutów, ale mówiło się w domu, że chodzę w krynolinie.

Książka stała wysoko, na szóstej półce, i trudno było mi jej dosięgnąć nawet z krzesła. Musiałam pomagać sobie miotełką do odkurzania. Czarne krzesło z oparciem, najwyższe w domu, było ciężkie. Przyciągnąć je do półki, tak żeby rodzice nie usłyszeli rumoru, było prawie niemożliwe. Gdy więc udało mi dostać do powieści, którą matka lubiła, wzięłam brzytwę ojca i wycięłam kartkę. Odczytywałam ją wiele razy każdego dnia, aż nauczyłam się jej na pamięć. W podobny sposób zgromadziłam wiele fragmentów z książek dla dorosłych.

Stoję przed ojcem, który trzyma je w ręce niby talię tajemniczych kart; twarz ma surową. Dzieli nas czarny, lśniący blat stołu, dłoń ojca z wyciętymi brzytwą kartkami odbija się w ciemnym lustrze.

– Jak mogłaś tak okaleczyć książki? – pyta groźnie.

– Ja nie okaleczyłam, chciałam sobie schować, bo mi się to bardzo podobało – tłumaczę ojcu, ale czuję, że, jego zdaniem, zrobiłam coś niewybaczalnego.

– Czy książka może umrzeć? – pytam.

– Nie bardziej niż człowiek. Mogłaś przepisać stronę – dodaje po chwili.

Mam pięć lat, umiem tylko czytać, i ojciec o tym dobrze wie. Piszę powoli, niewprawnie, drukowanymi kulfonami, trwa to długo, zanim napiszę słowo, jestem już nim znużona. Moje myśli biegną bardzo szybko, nie nadążam z pisaniem.

Nie mówię ojcu, że to wina matki; za wysoko umieściła najciekawsze książki, to nie dla ciebie, Bogusiu, jesteś jeszcze za mała, żeby zrozumieć, na wszystko przyjdzie czas, to książki dla dorosłych.

Dla mnie są bajki, które w niczym nie mogą równać się z prawdziwą powieścią. Matka powiedziała, że do powieści muszę dorosnąć. Znam tylko kilka początków, parę pierwszych stron, opis bohatera i domu. Czasem powieść zaczyna się od narodzin dziecka, kiedy indziej od czyjejś śmierci, ale wszystkie początki są bardzo ciekawe. Stale o nich myślę, kiedy się bawię lalką, gdy czekam, aż skończy się deszcz i matka pozwoli mi wyjść na podwórko. Stoję w oknie i patrzę na mokrą kostkę brukową. Gdy zasypiam, zastanawiam się, co się stanie z pięknymi kobietami w niespotykanych dziś sukniach, z ich nowo narodzonymi dziećmi. Obiecuję sobie, że kiedyś przeczytam wszystkie książki. Na razie nie mogę, bo nigdy nie zostaję sama w domu, matka wciąż ma mnie pod kontrolą. Jest wszędzie i widzi wszystko, zupełnie jak Pan Bóg, chociaż Pan Bóg widzi też złe myśli, a matka, na szczęście, nie, mimo że czasem sprawia takie wrażenie; ojciec zresztą także.

– Najwyższy czas, żebyś nauczyła się pisać – odpowiada moim myślom ojciec.

Zdejmuje z półek powieści, wie, która strona należy do której, przeczytał je wszystkie, zazdroszczę mu. Posyła mnie po klej, rozkłada na stole gazetę „Berliner Zeitung", którą kupuje, żeby wiedzieć, jak zmienia się potoczny język niemiecki, obcina z gazety białe marginesy, smaruje klejem i umieszcza wyrwane przeze mnie strony w odpowiednim miejscu.

– Nie martw się, jak będę duża, napiszę, dla ciebie książkę – mówię pojednawczo, przygotowując paski gazetowego papieru.

KRÓL OLCH. Walka z ojcem przybierała na sile, gdy wołał mnie do siebie, zadawał pytanie po niemiecku i czekał, żebym odpowiedziała. Zaciskałam usta, aż wargi zamieniały się w wąską bladą bliznę.

– Czas najwyższy, żebyś zaczęła uczyć się niemieckiego, Bogienko, chcesz czy nie chcesz, to jednak jest język twoich przodków.

– Nie! Nie! Nie! Nigdy się nie nauczę! Sam tatuś mówił, że Szotka pojechała umrzeć do kraju Hitlera. Nie będę się uczyła języka Hitlera.

– Po pierwsze, Hitler był Austriakiem. Po drugie, prawdziwy niemiecki, którego ja się uczyłem w szkole, to język Goethego: *verweile doch! du bist so schön!*

Schön? Schön? To tak jak babka Schönmyth, pomyślałam.

Ojciec wstał z krzesła, wyszedł na środek pokoju niczym na scenę, wysunął prawą nogę, dłoń położył na sercu i zaczął jakimś obcym głosem recytować. Mówił wyraźnie, skandując rytmicznie słowa, aż oczy zalśniły mu od tej poezji: Tatatatatatatatatatam, tatatatatatatatatam! – cieniował głosem tajemnicze zdania, ściszał do szeptu, by za chwilę wybuchnąć krzykiem, jak aktorzy z teatru lalkowego, do którego często mnie zabierał.

Króla olch umiałam prawie na pamięć, dobrze znałam treść, ale nie lubiłam go. Sto razy wolałam Schillera, balladę o rycerzu i okrutnej damie, jaką wtedy chciałam być. Zachowywałam się często w taki sposób, ale nikt nie rozumiał, o co mi chodzi. Zresztą rycerz także potrakto-wał ją nie tak, jak powinien. Co prawda, wszedł między dzikie zwierzęta, podniósł upuszczoną rękawiczkę, rzucił ją damie, ale odszedł i nigdy więcej nie wrócił. Nie rozu-miał, że teraz przeszedł próbę i ona zrobiłaby dla niego wszystko. Myślałam dużo o tej scenie i zaczynałam rozu-mieć, że istnieje jakaś fundamentalna różnica między ko-bietą i mężczyzną, która nie pozwala im się porozumieć. Tak jak moja matka nie mogła porozumieć się z ojcem.

Król olch był po prostu paskudny. W dudniącym ryt-mie słyszałam podkute buty i pieśń marszową, tę samą, którą zawsze Niemcy śpiewali na filmach, kiedy szli mordować Polaków i Żydów. Stale chodziłam ze szkołą na wojenne filmy, wciąż słyszałam hajlihajlohajlohajlo hajlihajlo hajli hajli hajlo hajlo hajlo hajlo hajlo. Zawsze naj-pierw pokazywali maszerujące wojskowe buty: buty szły i szły, maszerowały w takt melodii hajlihajlo, a potem pokazywano ręce i twarze, niemieckie oczy wpatrzone w ofiary. Dzieci, małe i większe, starzy ludzie na ulicach, przewracali się jak lalki, które wycinałam z tektury. Wy-starczyło dmuchnąć, a wszystkie padały na stół.

Zatkałam uszy dłońmi, żeby zademonstrować, jak jestem głucha na całe to hitlerowskie gadanie. Widzia-łam, że ojciec przestał recytować i teraz porusza usta-mi już nie wierszem, lecz prozą. Upomina mnie, grożąc palcem, bo to było zachowanie niegodne Wegnerów. Tak niegrzeczne mogły być tylko dzieci Schönmythów, nieokrzesane wiejskie tłumoki, co to wyrastają potem na wariatów i wieszają się na drzewach, alkoholicy leczeni w szpitalach.

– Sam tatuś mówił, że Szotka pojechała umrzeć do kraju Hitlera! – wołam oburzona.

SZOTKA. Ojciec nie wiedział nawet tego, że ją poznałam. Chociaż była rodzoną siostrą babki Schönmyth, nie potrafiła poprawnie wymówić ani jednego słowa po polsku: No pódź tu do szotki! Pódź do szotki, Bogusza! Brała mnie pomiędzy chude, twarde jak kamień kolana, zakryte szeroką spódnicą, głaskała po głowie, hacząc szorstkimi dłońmi moje włosy. Mruczała przy tym po niemiecku jakieś imiona dawno nie widzianych krewnych, do których byłam podobna.

– Pódź tu Bogusza, szotka zhopi ci klopszyki.

Klopszyki to były dwa warkocze zwinięte na uszach w klopsy, przypięte kilkoma metalowymi spinkami, żeby się nie rozpadły. *Kuck mal Sabine*, wołała do babki Schönmyth, *kuck mal*! I pytała ją, czy widzi, że Bogusza wygląda khopka w khopkę jak Lorelei?

Lubiłam Szotkę. Śmieszne było każde zdanie, jakie wypowiadała. Łzy ściekały mi po policzkach, gdy Szotka zaczynała opowieść o siedmiu krasnoludkach i Królewnie Śnieżce. Najbardziej rozśmieszały mnie niemieckie imiona krasnoludków i to, że Szotce wydawało się, że wszyscy oni, Śnieżka i krasnale, żyli w ojczyźnie Hitlera.

Gdyby ojciec wiedział, kto uczył mnie niemieckiego! Wycieczki tam to była nasza słodka tajemnica, matki i córki. Bardzo słodka, bo ilekroć byłyśmy tam, dostawałam poziomki z żółtkiem i ogromną ilością cukru, ucierane aż do białości. Jeśli była akurat zima, babka Sabina otwierała słoik konfitury z truskawek, tak przeraźliwie słodkiej, że bolały od niej zęby. Kiedyś w kościele poprzysięgłam sobie pod groźbą własnej śmierci, że nigdy nie powiem ojcu o tych wizytach.

— Nie myślałem, że moja córka jest tak źle wychowana, coś takiego może się zdarzyć tam, u nich, ale nie w naszej rodzinie...

MUTTI! Odsunęłam dłonie od uszu, żeby sprawdzić, czy ojciec tak właśnie mówił. Tak mówił, a gdy skończył, wyszedł z pokoju, wynosząc obrażoną twarz, a ja spokojnie zabrałam się do zabawy poniemiecką lalką w wiklinowym koszyczku. Można było wozić ją po podłodze, ciągnąć za sznurek. Poruszała wtedy rękami i nogami i wołała: *Mutti! Mutti!*

To nie brzmiało po hitlerowsku, bo lalka miała cienki głosik. Wyglądało na to, że woła niemiecką matkę na pomoc. Lalka, co wołała: *Mutti!*, była jedyną prawdziwą Niemką, którą wzięłam pod skrzydła, nie wypominając jej pochodzenia, a nawet czasem, gdy budziłam się w nocy, drżąc ze strachu przed Niemcem w czarnym mundurze, który przywoływał mnie dłonią, wołałam cicho *Mutti! Mutti!* – jakbym sama była małą niemiecką dziewczynką. Lalka to niczemu niewinne niemowlę. Także Szotka, która kiepsko mówiła po polsku, nie była dla mnie prawdziwą Niemką. Mieszkała w Polsce, a dopiero w ostatnich tygodniach życia, kiedy już wiedziała, że umrze, wyjechała do Vaterlandu, złożyć tam stare kości. Ojciec nawet o to miał pretensje do matki, jakby to ona była winna. Czepiał się o wszystko. Nigdy się nie dowiedział, że Szotka miała syna i gdy tylko zaczęła się wojna, wysłała go do Ameryki. Parę lat po wojnie Gerhard wrócił do Niemiec i dlatego pojechała złożyć stare kości tam, gdzie powinna. Miała melodyjny, miękki głos i była naprawdę dobrą kobietą; chociaż urodziła się Niemką, nikogo przecież nie zabiła. Nikt z Schönmythów nie został splamiony polską krwią w tej wojnie, mówiła matka, nikt też nie był folksdojczem.

Ojciec nazywał się Wegner, ale tak samo jak dziadek Franciszek uważał się za najprawdziwszego, najbardziej polskiego ze wszystkich Polaka, mimo że chodził do szkół w Berlinie. Do niemieckich szkół, musisz to przyznać, Bernard, mówiła matka, gdy wypominał jej niedzielną szkółkę kościelną. Tłumaczył mi aż do znudzenia, że Wegnerowie mieszkali w Berlinie, bo wówczas i tak nie było Polski. A jak tylko powstała, dziadek Franciszek od razu zaczął zwijać interes i przeniósł firmę Wegner & Sohn do kraju. Zwinął cały interes, zlikwidował majdan, sprzedał budynki fabryczne, ale singery wziął ze sobą, bo były najlepsze. Zabrał także na początek dwie niemieckie szwaczki, żeby poduczyły porządnego szycia polskie krawcowe. Dziś ojciec był obrażony, że zatykam uszy i nie chcę słuchać niemieckiego wiersza. Wiedziałam, że nie doczekam się opowieści o powrocie do kraju, o śmieszce pannie Gabrysi, tak roztrzepanej, że podłożyła palec pod igłę maszyny i przyszyła go do materiału, ciągle gadając, dopóki nie zemdlała. Opowiadał mi to wiele razy, dlatego pamiętam tak dobrze jego głos, odgrywane przedstawienia, gadanie panny Gabrysi, jej chichot, terkot maszyny, potem cienki okrzyk zgrozy i ciszę, gdy zemdlała, a jej głowa opadła na szyty materiał.

Już nigdy nie będzie mi czytał *Czerwonego Kapturka* ani *Kopciuszka*. Na szóste urodziny dostałam baśnie Grimmów. Pod dużym tytułem małymi literkami było napisane: z niemieckiego przełożyła...

Wtedy ogarnęło mnie przerażenie. Wydawało mi się, że wszyscy jesteśmy Niemcami. Nie tylko wilk był niemiecki, ale i babcia, może podobna do Sabiny Schönmyth. Czerwony Kapturek i Kopciuszek to także dwie małe Niemki. Macocha i jej córki, one mogły być Niemkami, bo miały wstrętny charakter, tak jak niemiecka Baba Jaga, która zamknęła Jasia i Małgosię w komorze gazowej. Wszyscy są Niemcami. Wegnerowie, Schönmythowie, ojciec, matka i ja sama też jestem Niemką. Byłam w rozpaczy, złożyłam drugą uroczystą, jeszcze ważniejszą przysięgę, że nigdy nie będę się uczyła niemieckiego.

BRUDNE PIENIĄDZE. Jest siódma rano. Matka budzi mnie dość delikatnie, tarmosząc lekko róg puchowej pierzyny. Mruczę ze złością. Chcę spać, jak co dzień.

Wreszcie zwlekam się z łóżka i idę do łazienki. Gdy wychodzę, matka, główny inspektor sanitarny, już czeka.

– Pokaż ręce! Paznokcie mogły być lepiej wyszorowane – ogląda moje dłonie z jednej i z drugiej strony – nic nie robisz w domu, powinnaś mieć ręce jak królowa.

Teraz gdy jestem już dostatecznie czysta, mogę wziąć do ręki bułkę.

– Zapal gaz, trzeba opalić bułki, ktoś mógł ich dotykać brudnymi paluchami. I wlej mleko do rondla, nie do tego, czy tak trudno pojąć, że do mleka służy specjalny biały rondel?

Matka, od samego rana zapięta na ostatni guzik, chodzi po kuchni i komenderuje. Dziewczynka musi wszystko umieć, musi wynieść z domu zamiłowanie do czystości, jeżeli matka jej tego nie wpoi, to nigdy nie będzie miała porządku w domu. Słyszę to codziennie. Stawiam mleko na kuchni, potem zwilżonymi wodą palcami dokładnie smaruję bułkę, nabijam ją na widelec i zapalam najmniejszy gazowy kwiatek; obracam bułkę na widelcu nad jego niebieskimi płatkami. Płomienie syczą, łakomie liżą powierzchnię. Wpatruję się w nie za długo, aż skórka poczerniała. Matka wyjmuje mi widelec z ręki, z niezadowoleniem kręci głową nad moim gapiostwem. Kładzie gorącą bułkę na talerzu.

— Wyszoruj jabłko szczotką, najpierw ciepłą wodą z czajnika, żeby zmyć bakterie, potem włóż pod zimną, żeby odzyskało turgor.

Aniela wydaje te komendy, płacząc rzewnymi łzami. Na desce cienkiej od ciągłego szorowania sieka cebulę do białego sera. Gziczek jest według niej najzdrowszy, dwie najzdrowsze rzeczy na świecie razem: biały ser i cebula.

— Będę śmierdziała cebulą jak Żyd.

— Cokolwiek by się mówiło o Żydach, oni wiedzą, co dobre. Jedzą czosnek i cebulę i mają zdrowe zęby. Wypijesz mleko, to zapach zniknie.

Śniadanie gotowe. Na białym talerzu czerwone jabłko, obok chrupiąca bułka z masłem i gzikiem. Mleko przegotowane i przecedzone przez najgęstsze sito, bo nawet najmniejszy strzęp kożucha powoduje, że zjedzone jabłko podchodzi mi do gardła, a w oczach stają łzy.

— Kożuch! Wstrętny kożuch, zaraz pojadę do Rygi! — wołam, przytrzymując dłonią usta.

— Trzeba było pić od razu, było przecedzone. Zrobił się już nowy.

— Chyba już najwyższy czas, żebyś wreszcie poszła do spowiedzi, boisz się konfesjonału jak diabeł święconej wody, odwlekasz, bo masz nieczyste sumienie. Musisz się oczyścić z grzechów, w tym tygodniu nie było najlepiej z grzecznością; nie zapomnij wyznać księdzu, że bezczelnie odpowiadałaś ojcu i krzyczałaś na własną matkę, no i powiedz o tej książce, którą znalazłam w twoim łóżku pod materacem. Wyobrażam sobie, jakie musiałaś mieć nieczyste sny!

– Nieczyste! Dla ciebie każda normalna rzecz jest nieczysta. Chciałam się z tej książki czegoś dowiedzieć, nic nie wiem, kompletnie nic, nawet jak dostałam pierwszy okres, nic mi nie powiedziałaś, tylko to, że przez parę dni będę nieczysta, bo będę miała swój czas. Nikt nie mówi teraz „swój czas", wszyscy mówią okres albo miesiączka. Nie powiedziałaś ani słowa, że mogę już mieć dzieci.

– Możesz mieć dzieci? Ty? A niby jakim cudem?

Milczę, nie mogę powiedzieć matce, że całowałam się w piwnicy. To wielka tajemnica. Dlatego nie chcę pójść do spowiedzi, najpierw muszę zapomnieć, jak stałam tam w ciemności pod ścianą, ktoś szukał, wszyscy się chowali, pobiegłam na sam dół do piwnicy... Trudno zapomnieć, jeśli nie można przestać o tym myśleć. Wcale nie chciałam, żeby się tak stało, właściwie nie muszę się z tego spowiadać, bo to było przez zaskoczenie; ale nie protestowałam.

Matka nie podejmuje drażliwego tematu. Jednak krąży wokół czyszczenia nieczystego świata.

– Jutro upiorę ci palto, ma przybrudzone mankiety i kołnierz, ty nie możesz chodzić w nieświeżych rzeczach. My tak nie chodzimy. Wiem, że ludzie oddają rzeczy do pralni chemicznej, ale my się brzydzimy prania z cudzymi brudami. Brudy powinno prać się we własnym domu. Wszystkie – mówi z naciskiem, przypominając tym samym, że nie wolno mi zdradzać domowych tajemnic. Tajemnicą jest wszystko. Także ta rozmowa. Nie wolno z domu nic wynosić. Nie powiadaj, wole, co się dzieje w szkole, i nie mów nikomu, co się dzieje w domu.

– Dzisiaj trzeba zapłacić za wycieczkę – mówię, kończąc bułkę.

– Włącz żelazko!

Matka kładzie warstwę gazet na desce do prasowania, wyjmuje z portfela papierowe pieniądze: aż się kleją z brudu, człowiek dotknie i gotów zarazić się jakąś chorobą, mówi. Wygładza każdy banknot z osobna, spryskuje go wodą, myje szczoteczką, płucze, a potem prasuje z obu stron. Co parę dni Aniela wykonuje operację prania brudnych pieniędzy. Ojciec zawsze tak to nazywa i śmieje się z matki.

– *Pecunia olet* – mówi ojciec i zatyka nos teatralnym gestem.

W powietrzu unosi się słodkawa woń palonego papieru i zjełczałego tłuszczu z ludzkich palców; pomieszane perfumy bogactwa i biedy. Matka bierze odświeżone banknoty w dwa palce, unosi w górę i przygląda im się uważnie. Znajduje ciemne plamki, pociera je lekko mydłem, płucze i znów stawia na nich żelazko. Czeka, aż papier wyschnie.

– Są jak nowe, teraz możesz być pewna, że nie ma na nich żadnych zarazków. – Matka kończy pracę, wyrzuca zmięte gazety, myje żelazko miałkim proszkiem, szoruje ręce w gorącej wodzie. Odlicza pieniądze na wycieczkę i wkłada do mojego drewnianego piórnika. To szkatułka z rzeźbionymi świerkami.

– Nie zgub, najlepiej zapłać od razu po przyjściu do szkoły. Pochyl głowę.

Rytuał czesania. Szczotka przypomina jeża. Ma wypukły gumowy grzbiet, a na nim gęsto rozmieszczone metalowe kolce. Chrobocze cicho, gdy matka szczotkuje mi sypkie po umyciu włosy.

– Głowa do góry, prosto, pochyl się, teraz do tyłu.

Włosy elektryzują się i czepiają szczotki.

– Już dosyć, podrapiesz mi głowę.

– Siedź spokojnie, jeszcze chwila. – Matka wyjmuje z szuflady gęsty grzebień. Kwadratowe narzędzie tortur, dziesięć na dziesięć centymetrów. Zęby rosną szeregiem po obu stronach, przerwy między nimi są prawie niewidoczne.

– O nie! Będziesz ciągnęła! – wołam. Wstaję z taboretu i zaczynam uciekać. – Nie, nie, przecież niedawno mnie wyczesywałaś! Mam czystą głowę, wczoraj mi myłaś!

– Jest coraz więcej kurzu w powietrzu, siadaj, słuchaj, co do ciebie mówię, masz iść dzisiaj do spowiedzi, a ty wcale nie słuchasz.

— To grzebień na wszy! — skarżę się i siadam z ciężkim westchnieniem na taborecie.

Matka bierze jedno pasmo po drugim i czesze, oglądając włosy, pod światło.

— Dzięki temu nie masz weszek, jak niektóre twoje koleżanki! Jeśli uważnie spojrzeć, to na niektórych głowach aż się od nich roi. Włosy pozakręcane w loki, a fryzura sama chodzi.

Wstrząsa mną dreszcz obrzydzenia. Zaczynam drapać się po głowie i po szyi, zupełnie jakby oblazło mnie robactwo.

— One przywożą wszy z kolonii, a ja nigdy nie jeżdżę na kolonie.

Marzę o tym, żeby pojechać na taki obóz, chociaż na dwa tygodnie zostawić ojca i matkę. Śnię o wolności, o kurzu, pyle i brudzie.

— To nie są wakacje dla ciebie. Pojedziesz do Puszczykówka do pensjonatu.

— Nie pojadę. Tam są same staruchy! W ogóle nie ma dzieci. Nie pojadę, nie pojadę, ucieknę!

— Po kim ty wzięłaś charakter? — zastanawia się matka. — W obu naszych rodzinach nie było nikogo takiego...

— Nie było? Nie było? A babka Schönmyth?

— Babka Sabina? Co ci przyszło do głowy?

— Dobrze wiesz! Miała trzech mężów i piła wódkę na śniadanie! Sama widziałam, jadła suchą bułkę i popijała szklaneczką wódki!

– Chryste Panie, co ty opowiadasz, to było lekarstwo na spirytusie!

– A właśnie że nie, właśnie że nie! Sama powiedziała mi, że to wódka. Mówiła, że kieliszek rano bardzo dobrze robi na nastrój. Nawet dała mi spróbować, polała wódką moje truskawki.

– Bój się Boga, dziecko, babka Schönmyth miała wtedy prawie dziewięćdziesiątkę!

– No to co z tego? Rozumiała mnie lepiej niż ty. Wcale nie miała bzika na punkcie nieczystości, mówiła mi o tym, jakie miała powodzenie, jeszcze po osiemdziesiątce!

– Przestań, bo dostaniesz w twarz!

Udało mi się zemścić na matce. Aż dyszę z satysfakcji. To Anielę trochę uspokaja.

– Zrób jeszcze siusiu przed wyjściem, żebyś nie musiała iść do toalety w szkole, strach pomyśleć o tym, co tam lata w powietrzu – mówi matka pojednawczo, jest jeszcze trochę wściekła, ale spod chmur wyziera uśmiech. Przypomina sobie swoją ekstrawagancką matkę i jej wyczyny na krótko przed śmiercią. Tak, jej matka żyła do ostatniego dnia. Nawet wtedy, gdy wyschła na wiór i już nie wstawała z łóżka. Miotała niemieckie przekleństwa na głowy synów i córek, co nie umieją żyć i cieszyć się życiem. Nie przejmowała się obecnością wnuczki, Aniela pamięta, jak przy małej Bogusi jej matka wołała do Henryka: jeśli nie umiesz pić, to odstaw wódkę i pij koper włoski przez smoczek!

Granatowa taftowa wstążka wpleciona w warkocz, włosy pod górę, po bokach przypięte wsuwkami. Granatowe półbuty lśnią jak dwa ciemne lusterka. Skórzana czarna teczka wyczyszczona pastą i wypolerowana do sucha. Do tego codzienny krzyż na drogę:

– Nie odzywaj się do obcych, nie bierz od nieznajomych cukierków, jeśli nieznajomy mężczyzna, albo nawet kobieta, poprosi cię, żebyś zaniosła list, odmów grzecznie, ale stanowczo. Uważaj w tramwaju, nie pozwól, żeby ktoś się do ciebie przyciskał. Odsuń się, jeżeli zobaczysz kogoś zaziębionego, bo kiedy na ciebie kichnie, może być za późno, nie wiadomo, czy nie ma grypy azjatyckiej. I nie pozwalaj chłopcom, żeby cię dotykali...

Wychodzę z domu. Oddycham mroźnym i czystym powietrzem. Nie chcę pamiętać, co mówiła matka, specjalistka od przykazań, ekspert od szorowania garnków, ciała i sumień, znawca wszelkiej nieczystości. Bakterii, wirusów i robactwa, istniejących fizycznie, oraz tej jeszcze groźniejszej, niewidzialnej nawet pod mikroskopem fauny, powodującej zgniliznę moralną młodych dziewcząt.

Zamknięte drzwi i okna. Zaciągnięte zasłony. Łóżko, podłoga, fotele, ściany, lustra. Czy jest w tym mieszkaniu miejsce nie skażone nieczystością? Choć oba nasze ciała są czyste, wyszorowane, włosy umyte, pościel śnieżnobiała, taka jaką matka lubiła najbardziej. Świeża, pachnąca pościel.

– Będziesz miała dobre sny – mówi matka na dobranoc. W czystej pościeli czyste sny.

Jeśli Bogusia ma inne, to wina złego towarzystwa. Koleżanki ze szkoły pochodzą z różnych rodzin. Czego można się spodziewać po dziewczynce, której matka pije? Poza tym gra w karty na pieniądze. Maluje się mocno. Tleni włosy. I nosi spódnice takie wąskie, że trudno zrobić krok. Za małe obcisłe sweterki, wszystko się odznacza, wszystko jak na wystawie, bo to nie pierwszej młodości kobieta, tłuszcz odkłada się w fałdach, odznacza się pod tymi obcisłymi rzeczami, to naprawdę nieapetyczne. Wygląda jak wątrobianka we flaku. Jak się taka osoba nie wstydzi! Podobno ma maturę, przynajmniej tak się chwaliła, ale to niemożliwe. Buty też na obcasach, cienkich jak na filmach.

Nieraz słyszałam, jak matka ze zgrozą komentowała po niemiecku wygląd matki Bożeny. Ojciec śmiał się i odpowiadał: co chcesz, ma taki zawód, że musi zwracać na siebie uwagę. Problem polegał na tym, że ona nie miała żadnego zawodu. Żyła z renty po mężu i przyjmowała panów.

Jednak jeśli ktoś kogoś tu psuł, to nie Bożena mnie. Nigdy nie interesowali jej chłopcy. Brzydziła się nimi, bo wyrastali z nich obrzydliwi faceci, którzy wciąż siedzieli u jej matki. Co do brudu, moja matka miała rację. Pościel była szara, nie wiadomo, czy ją w ogóle zmieniano, czy jak u Cyganów, wyrzucano, gdy już sama chodziła.

Matka przyszła tam kiedyś po mnie i potem nawiązywała przy każdej okazji do „tłustych ciemnych plam, do których można się przykleić", tu matką wstrząsały dreszcze obrzydzenia, „lepkich od wszelkiego brudu".

Byłam nieodrodną córką swej matki i jakkolwiek ciekawość ciągnęła mnie do tego domu, gdzie mogłam czasami podejrzeć scenę z erotycznego podziemia, to jednak wolałam nie siadać na łóżku „lepkim od wszelkiego brudu" i wstrząsałam się na widok naczyń z resztkami jedzenia gnijącego w kuchni od tygodni, na widok nażartych much i karaluchów, będących pełnoprawnymi lokatorami tego przybytku, jak wyrażał się ojciec. Brzydziłam się do tego stopnia, że przychodziłam do Bożeny na wagary z własnym jedzeniem, zawiniętym w pergamin, i jadłam z papieru, co w naszym domu nie uchodziło. Nic nie piłam, bo sama myśl o tłustej szklance wyjętej ze zlewu napełniała moje usta gorzkim smakiem. Umycie jej było niemożliwe, bo musiałabym najpierw grzebać w stosie niedbale ustawionych naczyń. Potem kupowałam dwie butelki oranżady. Jedną dawałam Bożenie, druga była moja. One obie, Bożena i jej matka, miały zawsze brudne paznokcie. Stara grubo polakierowane, ale żaden lakier, żeby nie wiadomo ile kłaść warstw, nie był w stanie ukryć żałoby za paznokciami. Kontrast między rękami mojej matki, mytymi dziesiątki razy, wyparzanymi wręcz w gorącej wodzie, rękami ojca o polerowanych paznokciach, codziennie opiłowywanych i czyszczonych, z malowanymi od spodu białą kredką półksiężycami, z moimi, o które dbałam również z próżności, bo miałam wąskie i białe dłonie, a ponieważ chciałam zostać pisarką, myłam je równie często jak matka, a paznokciami zajmowałam się jak ojciec, kontrast więc między rękami rodziny Wegnerów a Bożeny i jej matki był jak z bajek o złym i dobrym, czarnym i białym, aniele i diable. Wtedy doszłam do wniosku, że rozpusta jest grzechem właśnie dlatego, że jest brudna. Sądziłam tak samo jak Aniela, że czystość stanowi o wartości człowieka. Gdyby matka Bożeny była zawsze wykąpana, nosiła białe krochmalone bluzki i porządnie wyprasowane spódnice, a jej dom lśniłby czystością, nie byłaby kobietą upadłą i grzeszną, robiąc to samo, co robiła z mężczyznami.

Takie przekonanie towarzyszyło mi przez te wszystkie lata, nawet dziś wolę grzech czysty od brudnego.

I ja także, jak moja matka, śmiejąc się z niej i z samej siebie, piorę pieniądze. A na dodatek jeszcze je perfumuję.

PODRÓŻ. Muszę jechać, trudno. Matka i babka Schönmyth same się o to upomniały. Bardzo im na tym zależy. Zabieram ze sobą torbę podróżną na ramię, taką, w której mieszczą się rzeczy na parę dni, i wsiadam do pociągu. Chciałam poczytać, ale ponieważ pejzaż za oknem wciąż się zmienia, gubi zieleń i nagle odzyskuje ją w linii sosen, przyciąga kolorami opadłych liści i nieba, nawet nie wyjmuję książki.

Nie wolno ci zapomnieć o rodzicach! Tak moi bracia pouczają mnie w każdej rozmowie telefonicznej. Jak gdybym mogła o nich zapomnieć. Zapomnieć znaczy uwolnić się. Czasami naprawdę tego pragnęłam: spaść z nieba, wypaść sroce spod ogona, urodzić się bez biografii i bez tych banałów, prawd i mądrości, które przez całe nasze wspólne życie rodzice wkładali mi do głowy, niczym do walizki bez dna. Porządnie złożone w kostkę przykazania boskie, kościelne i ludzkie. Setki, a może nawet tysiące nakazów i zakazów, głównie obowiązki – bez praw. Dlatego tak wcześnie wyrwałam się z domu, wyjechałam wbrew ich woli na studia, wbrew ich woli za wcześnie wyszłam za mąż. Boczyli się, ale mnie nie wyklęli. Histeryczne zachowania nie były w ich stylu.

Cierpieli z mojego powodu, ale nie było innego wyjścia. Ktoś musiał cierpieć, albo ja, albo oni. Gdybym się urodziła bez feleru, jakim było poczucie własnej wolności, może sprawy potoczyłyby się inaczej, bardziej naturalnie, tak jak ze starszymi braćmi. Trochę kłótni, małe walki o małe swobody, o wyjście z kolegami, o wybór szkoły, o prawo do intymności. Przycieranie rogów, szlifowanie kantów, dopasowywanie się. Ja stawiałam sprawy na ostrzu noża: nikt nie będzie się wtrącał w moje sprawy!

– A jakie ty masz swoje sprawy? – pytała matka.

– Nikomu nic do moich spraw.

– Nie bądź krnąbrna, to grzech.

Adela i Bernard prowadzili w sypialni długie rozmowy na temat mojego wychowania. Małe światło, uchylone drzwi, intymne szepty. Tak było, gdy wykąpana leżałam w łóżku i przed zaśnięciem wsłuchiwałam się w tajemnicze szelesty.

Każdy z bliższych i dalszych krewnych wiedział, że kropla drąży skałę, każdy miał doświadczenie w wierceniu dziury w brzuchu. Dziecko cierpiało, gdy poddawano je torturom wychowawczym, potem rosło i stosowało te same metody, urabiając własne dzieci. Codzienne pranie mózgu, odwracanie uwagi od tematów drażliwych i niepożądanych, totalna inwigilacja z podsłuchem, czytaniem listów, intymnych dzienniczków, z kontrolą książek, wyborem przyjaciół już w przedszkolu, z nocnymi alarmami, z przeglądaniem bielizny i prześcieradeł chłopcom. Dziewczynek nawet nie posądzano o robienie sobie przyjemności ręką czy świecą. Takie rzeczy nie mieściły się matce w głowie. Gdyby znalazła w moim nocnym stoliku białą, wygiętą od częstego używania świeczkę, taką, jaką widziałam w szufladce Bożeny, z pewnością zdziwiłaby się, dlaczego jest „tak dziwnie zniekształcona".

Wyznaczanie trasy spacerów, wybieranie odpowiednich filmów, ćwiczenie ukłonów, sposobów dygania, podawania ręki było według moich rodziców wpajaniem odpowiednich zasad, które dziecko powinno wynieść z domu. Dziewczynce nie wypadało nawet podrapać się po głowie, nie mówiąc o dłubaniu w nosie czy obgryzaniu paznokci. Co ta Bożena robi, wciąż poprawia majtki przez sukienkę, wierci się, jakby miała robaki, jej matka widać nie wie, że majteczki muszą mieć nogawki, tylko wtedy się nie wrzynają, mówiła Aniela. Przy stole odbywały się lekcje jedzenia: zamykaj usta, kiedy gryziesz! To nie maszyna do mielenia! Dlaczego trzymasz widelec jak grabie? Nie siorb. Zaczekaj, aż ostygnie. Odwróć się, kiedy wycierasz nos, najlepiej wyjdź i wróć, jak wydmuchasz porządnie wszystko, co tam masz. Zapomniałaś, że kiedy się ziewa, należy zasłaniać usta ręką? Nie jesteś hipopotamem, wierzchem lewej dłoni. Prawą podajesz ludziom, więc prawej do tego nie używaj. Głośno kicha się tylko na wsi! – mówi matka, a ojciec patrzy na nią z rozbawieniem i jak zawsze dodaje złośliwość pod adresem jej rodziny: no, ty i twoja matka, jaśnie pani Schönmyth, kichacie tak, że umarły by się obudził. Matka opuszcza głowę. Zasady dobrego wychowania według ojca nie przeszkadzają boleśnie kpić z bliskich. Zawsze w takich wypadkach, nawet kiedy jeszcze nic nie rozumiałam, czułam upokorzenie matki. Gdy po chwili unosiła głowę, jej oczy mocno błyszczały. Były w nich łzy, które nie spadły.

– Musisz umieć cicho kichnąć, do środka, bo czasem wierci w nosie w kościele, a nie daj Boże kichnąć podczas podniesienia. Księdzu mogłaby wypaść monstrancja, a wtedy Bóg bardzo by się pogniewał.

W kościele nie wolno było też ziewać, bo ziewanie jest zaraźliwe. Kiedyś udało mi się rozziewać cały kościół, a Bóg tak się wtedy rozgniewał, że sprowadził burzę z piorunami walącymi blisko kościelnej wieży. Przeraziłam się nie na żarty. Błyskawice rozdzierały czarne niebo, które było puste w środku. Puste niebo zobaczyłam po raz pierwszy właśnie wtedy. Ostrze błyskawic rozcięło niebo na dwie części i ukazało głęboką ciemność.

– Niebo jest w środku puste, nie ma tam aniołów, ani babci Wegnerowej, ani dziadka Wegnera! Nikogo nie ma! – powiedziałam do matki.

— Nie do wiary, co się temu dzieciakowi lęgnie w głowie — mówiła matka po niemiecku, a ojciec śmiał się z tego.

Patrzę teraz w zmiękczone zmierzchem odbicie swej twarzy w szybie. Szkoda, że nie ma w niebie nikogo. Chociaż kiedyś, trochę później, podczas wielkiej burzy nad rzeką, gdy stojąc w oknie, wpatrywałam się bez mrugnięcia w biegnące po niebie światło, zauważyłam wielką jak całe niebo twarz dziewczynki, wychylającą się spomiędzy błyskawic. Powzięłam podejrzenie, że to może być córka Boga. Nikomu o tym nie mówiłam, tylko podczas lekcji religii zapytałam księdza, czy Bóg miał córkę, bo zawsze mówi się tylko o synu. Wszystkie grzeczne dziewczynki są córeczkami Boga, a wszyscy dobrzy chłopcy jego synkami, ale jeśli chodzi o Trójcę Świętą, to składa się ona z Boga Ojca, Syna Bożego i Ducha Świętego, odparł ksiądz. Tak więc wynikało z tego, że Bóg nie miał ani żony, ani matki, ani córki. Jego syn miał matkę, ale ona nie była żoną Boga, tylko świętego Józefa. To było trudne do pojęcia, ponieważ przekładałam całą zdobytą wiedzę na Wegnerów i usiłowałam wyobrazić sobie rodzinę złożoną z taty i z syna taty, czyli jednego brata, i Ducha Świętego, tajemniczej istoty, przybierającej postać gołębia. Trójca Święta wyrażona była poprzez rysunek trójkąta z okiem w środku. Czy figura geometryczna może być symbolem rodziny? W każdym razie wszystko to nie odnosiło się do Wegnerów. Gołębie zdarzały się w rodzinie Schönmythów, bo wuj bez ręki miał kręćka na ich punkcie. Nabrałam przekonania, że rodzice i księża nie mówią całej prawdy o Bogu. Leżąc w łóżku, tuż po modlitwie, zanim przyszedł sen, myślałam o tym. I teraz, gdy jestem już całkiem dojrzała, gdy jestem dorosłą kobietą, jadącą do swego rodzinnego miasta, wtulam głowę w wiszące przy oknie palto i myślę przed zaśnięciem, że nic się nie wyjaśniło.

Budzę się, gdy już panuje ciemność, szyba wagonu nabrała czarnej głębi jeziora; odbija się w niej przedział z ludźmi o twarzach zamkniętych snem. Przybliża się cel podróży, zwiększa się ilość świateł. Miasto wychodzi na spotkanie, wsysając w siebie pociąg pełen ludzi. Jak zawsze za wcześnie zaczynam zbierać manatki i pierwsza stoję w korytarzu, już teraz, kiedy przejeżdżamy przez rzekę, a do końca podróży pozostało jeszcze dobre dziesięć minut. Wszystko jest tutaj w znajomy sposób obce.

HOTEL. Idę do hotelu w samym śródmieściu. Tutaj chcę spędzić pierwszą noc. To jest spełnienie bardzo starych pragnień. Być we własnym mieście, w tym samym, w którym człowiek się urodził, gdzie mieszkał, gdzie od zawsze mieszkali wszyscy Schönmythowie, wszyscy Wegnerowie, pójść do hotelu, jak podróżny nie mający tu nikogo.

Hotel to miejsce nierzeczywiste, całkiem obce. Im lepszy hotel, tym mniej śladów poprzednika. Tu, w zeszłowiecznym, sfatygowanym budynku, mimo remontu zachowującym wciąż klimat zepsucia, czuję się bardzo dobrze. W którymś z pokoi doszło podobno do zbliżenia pisarza mitomana z własną córką. W rodzinie Wegnerów to byłoby niemożliwe. Mój ojciec nie sadzał mnie nigdy na kolanach. Zachowało się zdjęcie z ojcem, zrobione w pięknej willi należącej do ciotki, siostry ojca, willi z zaokrąglonymi balkonami, opinającymi cały dom jakby obręczą, zbudowanej na krótko przed wojną, z wielkim trudem potem odzyskanej, ale już nie jako własne samodzielne mieszkanie. Piętro zajmował pracownik Urzędu Bezpieczeństwa. Przydzielono go do pilnowania wuja, pilota RAF-u, wuj wrócił do kraju dopiero po pięćdziesiątym szóstym roku. Siedzę z ojcem na miękkiej kanapie, na tle przedwojennych tapet. Ojciec uśmiecha się wcale niezłośliwie. Obejmuje mnie ramieniem. Tylko do zdjęcia. Gdy zabierał mnie na spacer, trzymaliśmy się za ręce. To jedyny dotyk ojca, jaki pamiętam, i jeszcze czasem, gdy był w dobrym humorze, stukał mnie palcem w nos, pokazując na piegi. Gdzieś w prapamięci zastygł także dotyk, którego się trochę bałam, w początkach życia: wierzchem owłosionej dłoni dotykał pieszczotliwie mojego policzka i na tym koniec.

Zasłaniam okna aksamitną kurtyną. Teatr brudnego nieba, okien z naprzeciwka, latarń i pulsujących ulicznych neonów znika.

Kładę się na szerokim łóżku. Pościel jest świeża i sztywna. Wkładam pidżamę i białe skarpetki do spania w hotelach. Nie chcę dotykać żadnym kawałkiem gołej skóry pościeli.

W ciszy hotelowego pokoju, za obitymi grubo drzwiami, za zamkniętymi szczelnie oknami, nie przepuszczającymi ani powietrza, ani dźwięków, czuję się jak w specjalnie dla mnie skonstruowanej próżni. Grube dywany wchłaniają kroki gości hotelowych. Bezpieczne miejsce, w którym można przemyśleć swoje sprawy. Tu nie mają wstępu nawet duchy.

Taka samotność odpowiada mi najbardziej. Kocham ją, bo wynika z wolnego wyboru; potrzebowałam jej bardziej niż wakacji w lesie. Syn wyjechał na dwa tygodnie do męża, jest więc pod dobrą opieką. Mogę być o niego spokojna. Wybroniłam się z obecności kochanka. Nie zagraża mi reżyser. Nie mam ze sobą komputera ani tekstu do poprawienia.

Rodzina nie wie, że już przyjechałam. Zjawię się u nich za dwa dni, niby prosto z pociągu.

Oddycham równo, bez lęku. Hotel to jedyne miejsce, w którym mogę dziś odzyskać równowagę.

Leżę z rękami założonymi pod głowę i patrzę w sufit.

Pociągam za łańcuszek małej lampki. Jest zupełnie ciemno. Czasami fioletowo zapulsuje neon. Zamykam oczy.

HOTELOWE SNY. Mieliśmy z mężem pochować czyjeś prochy. Były ciężkie, w plastikowym worku. Dół nie był jeszcze odpowiednio przygotowany. Ktoś przypominający księdza powiedział: połóżcie go na razie na łóżku. Położyliśmy z wysiłkiem ciężar na jakimś barłogu; usiłowałam spod tego wora wyciągnąć pościel i wtedy wylała się jakaś półpłynna masa, a ja powiedziałam: jak na prochy, to jeszcze zbyt materialne.

Zupełnie małe dziecko, tak małe, jak palec, niemowlę, zsiusiało się; nie było żadnych pieluszek, więc włożyłam je w białą skarpetkę. Było śliczne, choć niewyobrażalnie drobniutkie.

ZŁODZIEJKA PAMIĘCI. Bogna Wegner? Złodziejka pamięci nadal na wolności.

Ma na sobie odświętny mundurek. Biała bluza z marynarskim kołnierzem, granatowa plisowana spódnica. Lniane włosy rozdzielone pośrodku, zaplecione w warkocze, ułożone są w koszyczek, prawy warkocz podpięty pod lewy przy lewym uchu, lewy pod prawy, przy prawym. Ucieka przed matką i babką Schönmyth. Gonią ją, zbliżają się. Obie ciemno ubrane, wyróżniają się tym strojem przy słonecznej pogodzie. Matka ma na sobie kostium wizytowy, babka Sabina powiewa sukienką z żorżety, czarną w białe kostki do gry. Szybko biegną, jak na swój wiek.

– Bogna! – wołają mnie, ale nie mam ochoty na spotkanie.

Trzymam transparent „Uwolnić wspomnienia!" Nie chcę wciąż być pod kontrolą tych dwóch natrętnych kobiet.

Uciekam, aż się zasapałam.

Ze starej kamienicy wychodzi dziewczyna. Ma długie do pasa, jasne, rozpuszczone włosy. Krótka spódnica ledwo przykrywa pośladki. Gołe, opalone uda. Gdy idzie, kolana ocierają się o siebie przy każdym kroku. Stopy stawia trochę na zewnątrz, jedną dość daleko od drugiej. Długi pewny krok.

Chyba nie rozpoznały mnie w tym przebraniu. Idę główną ulicą, mieszam się z tłumem. Matka nie wie, że noszę taką krótką spódnicę. Obcięłam ją w pewnym mieszkaniu, niedaleko nas, na ulicy równoległej do naszej. Stanęłam na krześle, Bożena wzięła nożyczki i skróciła ją o trzydzieści centymetrów. Gdy nie chce mi się iść do szkoły, nurkuję w sąsiednią ulicę. Bożena leży na łóżku. Ja na kanapie. Śpimy. Potem czytamy. Kiedy czujemy głód, jemy ciastka z kremem, popijamy oranżadą. Osiem lekcji to nieskończona ilość czasu. Dokąd pójść? Zastanawiamy się, z kim. Kto jest teraz w domu? Który z nich nie poszedł do szkoły albo nie ma zajęć na studiach. Zadajemy się już ze studentami. Matka nic nie wie.

Znów udało mi się uciec spod matczynej kontroli. W krótkiej spódnicy, w opiętym sweterku Bożeny, idę, trąc kolanem o kolano. Ręce trzymam wzdłuż bioder.

Luźno. Leniwe miasto należy do mnie. To moje ulice. Znam domy stojące po obu stronach. Gdy przechodzę, pochylają się do siebie dachami, osłaniają mnie przed zbytnim upałem. Mały ruch. Prawie nic nie jeździ. Wszędzie jest blisko. Ludzie chodzą pieszo. Dużo wolnej przestrzeni, nikt nikogo nie potrąca. Kobiety stoją pod bramami domów, wypchane siatki, warują jak psy u ich nóg.

Będę w parku przed operą, na ławce. Znajdziesz mnie, mówię. Chcę posiedzieć w słońcu.

W tamtym mieście nie można się było zgubić.

Pegaz na dachu rozpostarł skrzydła. Pozieleniał z wysiłku. Zawsze było mi go żal. Nie uleci w niebo. Tu jest dobrze, mówi matka, po co stąd wyjeżdżać.

Zimne dłonie na moich oczach. Czyjaś cicha obecność za plecami. W tamtym mieście nie było strachu. Nie boję się ludzi. Młodych, starszych.

– Zgadnij, kto to? – szepcze ktoś.

Wiem, bo jestem umówiona. Wymawiam jego imię. Śmieje się.

– Zgaduj dalej – mówi.

Wymieniam imiona. Kilka, kilkanaście.

– Chciałem tylko wiedzieć, ilu ich znasz.

Ma nieznajomy głos. Zdejmuje dłonie z moich powiek. Czarna motocyklowa kurtka. Nie znam go, nigdy go nie widziałam.

MADAME MAŁA PACHNĄCA. Wstałam dość wcześnie. Chcę odwiedzić stare kąty. Jestem w śródmieściu i włóczę się po ulicach. Nikogo nie znam i nikt mnie już nie zna. To miasto mego dzieciństwa i wczesnej młodości. Nawet ci, co mnie kiedyś znali, są obcy.

Cieszę się z tego jak człowiek rozpoczynający wszystko od nowa, gdy zastępuje mi drogę dziwaczne zjawisko. Kobieta lilipuciego wzrostu, w kapeluszu, w pantoflach na platformach, z umalowanymi ustami i biało upudrowaną twarzą; niedzisiejsza, wyróżnia się wśród pospolitego tłumu.

– Bogusia Wegner?! – woła. – Wszystkiego bym się spodziewała, ale nie ciebie tutaj! Pamiętam, jak byłaś taka malutka! – Krucha staruszka nie wypuszcza mojej ręki ze swojej, obciągniętej czarną rękawiczką z koronki. – Boże, ty chyba wciąż jeszcze rośniesz? – Zadarła głowę tak mocno, że musiała przytrzymać kapelusz ze sztywnego filcu. Miała około półtora metra wzrostu, mimo że ciągle, tak jak dawniej, nosiła buty na wysokich koturnach.

— Byłaś dosłownie taka malutka – pokazywała drobną jak u małpki dłonią odległość mniej więcej dwudziestu pięciu centymetrów nad ziemią. – Włosy ci pociemniały, takie miałaś kiedyś bielutkie, ale zawsze bym cię poznała po oczach i ustach!

— Pani też trudno nie poznać, zawsze tak samo elegancka – mówię.

Od ostatniego spotkania minęło chyba ze trzydzieści lat, a mimo to pamiętam dobrze Małą Pachnącą, jak mówiło się o niej w naszym domu. Mało się zmieniła. Kiedyś pracowała w drogerii i zawsze chodziła w chmurze zapachu perfum, jakby chciała się tym sposobem oddzielić od wulgarnego otoczenia. Ludzi w masie uważała za prostaków i dawała im do zrozumienia, że nie ma z nimi nic wspólnego. Była chyba jeszcze mniejsza niż kiedyś, bo pokręcona reumatyzmem, ale pachniała równie mocno. Słodkie perfumy miały przyćmić wyraźny zapach starości.

Choć ubierała się zgodnie z modą sprzed pół wieku, wyglądała na swój sposób elegancko. Wszystko nosiła w dobrym gatunku, więc nawet teraz, gdy była biedna i od dawna już nic nowego nie mogła sobie kupić, jej rzeczy nie robiły wrażenia znoszonych. Mówiła, że rzadko wychodzi z domu, tylko wówczas, kiedy to jest niezbędne, mniej więcej raz na trzy dni, żeby odnowić zapasy jedzenia.

— Zostałam samiutka.

To zdrobnienie dawało pojęcie, jak bliską krewną była dla niej samotność; jest dosłownie sama na świecie, ale broń Boże nie ma zamiaru narzekać. Forma doskonała „na swój sposób" albo „w swoim rodzaju". To ulubione określenia ojca. Używał ich, jak to on – ironicznie. Gdy zobaczył kogoś wyjątkowo brzydkiego, mówił, że jest piękny w swoim rodzaju albo na swój sposób. Czasami określał kłamstwo jako swego rodzaju prawdę. Kiedy byłam mała, bawiło mnie powtarzanie tego zwrotu. O głupich mówiłam, że są mądrzy w swoim rodzaju, a o diable, że jest na swój sposób dobry. Świat był urządzony na swój sposób dobrze. W swoim rodzaju był najlepszy. Względność i niejednoznaczność upodobań tkwiła także w kwitowaniu czegoś, co było ojcu obce lub czego nie lubił, dwoma słowami: dla amatorów. Dla amatorów był czerwony kawior, który zawsze trącił tranem, co innego czarny, astrachański. Dla amatorów była panna z sąsiedztwa o wystających zębach, łopatkach i kolanach. Dla amatorów też była Mała Pachnąca, na swój sposób przystojna.

W ciągu paru minut rozmowy znalazłam się w tamtym czasie. Jak łatwo było wejść ze swym bagażem po raz drugi do tej samej rzeki. Bez wysiłku zamieniłam się w Bogusię, grzecznie rozmawiającą ze spotkaną na ulicy klientką ojca, Małą Pachnącą. Dowiedziałam się wiele o jej teraźniejszym życiu. Wszystko było jednostajnością, dniami bez wydarzeń. Paciorki różańca też są jednakowe, nieprawdaż? – spytała. Przyjmowała nudę istnienia spokojnie i z godnością. Zdaje się, że nawet ją polubiła.

– Czy mamy coś więcej niż godność? – pytała raz po raz, aby usprawiedliwić końcówkę niewiele lepszą niż to, co spotykało szarą masę.

Zawsze pragnęła się od niej oddzielić, robiła wiele, by wyglądać inaczej. Chodziła w kapeluszu zamówionym wiele lat temu u modystki, w rękawiczkach z pieczołowicie pocerowanymi dziurkami, przecież na koronce i tak nie widać, w chmurze zapachu perfum towarzyszącym jej w samotnej drodze. Najpierw porzucił ją mąż, nawet nie wiedziała, czy ten łajdak żyje; potem dzieci wyjechały za granicę, żeby nigdy nie powrócić. Czasem pisują, ale rzadko, bardzo rzadko, świat pędzi tam ze dwa razy szybciej niż u nas, mówiła, chcąc usprawiedliwić syna i córkę. Nie pytałam o nic. Mała Pachnąca starała się nie kłamać, posługiwała się prawdą w swoim rodzaju; piszą rzadko, bardzo rzadko. Wiem, że po prostu przestali pisać. Ja także wyjechałam, ale nie z kraju, tylko z miasta. Uciekłam, lecz mimo wszystko byłam pod ręką. Rodzice mogli przynajmniej do mnie zatelefonować. Kiedy zaszła potrzeba, przyjeżdżałam, rzadko, bardzo rzadko, ale jednak. Tamci zostawili swoją matkę na samotne umieranie. Taka jest jedna prawda bez swojego rodzaju, druga kryje się w osobie tej małej kobietki w kapeluszu, w butach na wysokich platformach, stojącej bezradnie obok mnie. Jej charakter, wywyższanie się, śmieszne pretensje do przynależenia do lepszej sfery pewnie też przyczyniły się do tego, że jest taka „samiutka". Być może gdy dzieci przestały być dziećmi, dostrzegły nagle śmieszność wyglądu i denerwujący sposób bycia matki. Zaczęły się za nią wstydzić. To chyba nie był przypadek, że i syn, i córka znaleźli się na końcu świata, na antypodach, mówiła ze smutnym uśmiechem ich mała matka. Czy myślała o śmierci, która dopadnie ją w pokoju i sprawi, że sąsiedzi odkryją jej zwłoki po zapachu? Jakże innym niż zapach perfum, który spowijał ją i oddzielał od śmierdzącej szarej masy wulgarnych i pospolitych ludzi.

Starość i niedołęstwo upokarzały ją pewnie w czterech ścianach domu tak samo jak wszystkich, ale Bóg jeden wie, jakim wysiłkiem odrzucała upokorzenie, wychodząc na ulicę, nawet tylko do sklepu obok, dosłownie parę kroków, zawsze ubrana jak na eleganckie wyjście. Kobieta w pewnym wieku nie powinna pokazywać się na ulicy bez pończoch, rękawiczek i kapelusza, i to bez względu na pogodę, twierdziła stanowczo, gdy ktoś dziwił się, że w tąki straszny upał ma na nogach pończochy.

– Zaprosiłabym cię na kawę, Bogusiu, ale nie dziś, nie posprzątałam mieszkania; chyba żebyś wpadła po południu?

– Niestety, wyjeżdżam – odpowiadam grzecznie, choć jest to swego rodzaju prawda, ponieważ zostanę tu jeszcze parę dni.

Wiem wystarczająco dużo o starości. Mała Pachnąca powiedziała mi tyle, ile trzeba. Wiem, że posprzątanie mieszkania do popołudnia byłoby zbyt wielkim wysiłkiem. Wiem, że dziś obejmuje tygodnie, a może nawet miesiące, że znaczy: dziś także nie sprzątałam, nie robię porządków, bo i po co, nikt mnie nie odwiedza, jestem już bardzo słaba, nie mam siły sprzątać. Na podwieczorek musiałaby być mokka, a dobra kawa kosztuje, ciasto kosztuje. Nie. Powiedziałyśmy sobie dość. Mała Pachnąca oddycha z ulgą, gdy dowiaduje się, że wyjeżdżam, a ja wiem, że postąpiłam słusznie.

Dobre wychowanie przychodzi łatwo, gdy nie śpią uczucia. Matka może być dumna z mojego chrześcijańskiego podejścia do starej kobiety; można je tak nazwać, mimo że to jest tylko zwykła czułość, syntonia uczuciowa, biorąca się nie wiadomo skąd, coś w rodzaju miłości objawionej nagle na ulicy. W myślach robię to, czego nie wypada zrobić za żadne skarby, obejmuję małe powykrzywiane ciało, unoszę w górę i tulę mocno do siebie, jak zwykłam tulić swoje dziecko, gdy było jeszcze małe. Naprawdę zaś pochylam się nad małą postacią, która swoim życiem już tylko skraca sobie oczekiwanie na śmierć, dotykam palcami rękawa jej palta, macam materiał i chwalę wspaniały gatunek wełny. Zeschnięta twarz pod rondem kapelusza nabiera soków, wygładza się, uśmiecha. Nie mogłam sprawić Małej Pachnącej większej przyjemności.

– Zawsze nosiłam rzeczy w najlepszym gatunku – mówi z kokieterią, napawa się jeszcze chwilę moim komplementem, a potem pyta: – Ile to lat temu uciekłaś z naszego miasta?

– Lepiej nie liczyć – mówię sentencjonalnie.

– O tak, lata lecą, nie sposób ich utrzymać w cuglach, pamiętasz, jak zabrałam cię na kawę do Kruka?

– Byłam wtedy po raz pierwszy w życiu w kawiarni – mówię.

Pamiętam, ale nie wiem już, czy pamiętam to własną pamięcią, czy też ten barwny obraz, pełen muzyki i słów, opisywany tylekroć przez matkę i ojca, a także przez samą Małą Pachnącą, ilekroć do nas przychodziła, powtarzany za każdym razem, gdy mijali tę kawiarnię, przebił się z łatwością przez kilkadziesiąt lat i objął swym urokiem nas obie. To przypadek, stoimy przy wejściu do dawnego Kruka. Teraz kawiarnia nazywa się inaczej, ale z wnętrza dobiegają te same dźwięki tak samo rozstrojonego fortepianu. Och, cóż to za rozklekotany instrument, mówiła wówczas Mała Pachnąca, zatykając uszy.

– Rozklekotany instrument – mówi teraz, zatykając uszy.

– Dziś ja zapraszam panią – mówię nagle, zanim zdążyłam pomyśleć.

– Nie jestem odpowiednio ubrana – odpowiada Mała Pachnąca.

– Przecież jest wcześnie, wystarczy nieobowiązujący, przedpołudniowy strój, nie idziemy na dancing. – Udaje mi się ją przekonać.

Obejmuję drobne ramiona. Ociąga się, ale ma wielką ochotę przedłużyć rozmowę.

Wchodzimy. Pamięć milczy. Nic znajomego.

– Znów jest elegancko – szepcze starsza pani. Czuję, jak cała drży, gdy pomagam jej zdjąć palto. Nie była tu od wielu, wielu lat. Ciemnoczerwony pluszowy chodnik wskazuje drogę do dużej oszklonej sali. Mała Pachnąca wybiera miejsce przy oknie. Podchodzi kelner.

– Całkiem podobny do tamtego – mówi, wciąż szeptem.

– Wypije pani czekoladę? – pytam i obie zaczynamy się śmiać.

Mała Pachnąca przyszła do domu rodziców, żeby odebrać nowe palto, które Bernard jej uszył „w drodze wyjątku", bo dawno już zamknął interes i przeszedł na rentę inwalidzką. Palto było jeszcze w robocie. Matka podwijała jedwabną podszewkę, ojciec kończył ręcznie obszywać dziurki. To potrwa, mówił.

– Wie pan co, panie Wegner? Zabiorę Bogienkę do Kruka na czekoladę.

– Przecież ona ma cztery lata – odzywa się matka, odgryzając nitkę.

– Pójdziesz ze mną, Bogienko? – pyta wtedy Pachnąca.

– Chcę iść! Chcę iść! – wołam.

Matka przebiera mnie w ciemną sukienkę z aksamitu.

– Haft richelieu – mówi, rozkładając biały kołnierz na moich ramionach.

Wychodzimy. Idziemy powoli, statecznie, jedna trzyma drugą za rękę. Pani Pachnąca sama jest mała jak dziewczynka.

Gdy siadamy przy stoliku, zamawia czekoladę „dla naszej malutkiej Bogusi, a dla mnie jak zwykle mokka, podwójna, wie pan, jaką lubię", mówi.

Kelner przyniósł słodką czekoladę i pachnącą mokkę. Postawił tacę na stole, a ja bez pytania sięgam po mokkę.

– To nie dla ciebie, dla ciebie jest czekolada – mówi kelner.

– Ja chcę mokkę! – upieram się.

– Malutkie dziewczynki nie piją takiej mocnej kawy – przekonuje Mała Pachnąca z tamtych czasów.

– Ja piję – odpowiadam i przysuwam do siebie filiżankę. Nie mogą mi jej odebrać, bo kawa się rozleje. Mocno trzymam za uszko.

– Nic nie poradzimy – mówi kelner.

– Oddaj mi kawę, proszę.

Piję mocną, gęstą kawę, słodką jak ulepek. Kręcę głową. Nie oddam jej. W kawie widzę swoje oczy. Piję tak długo, aż zobaczę połyskujące dno. Mała Pachnąca, nie mając innego wyjścia, zabiera się do czekolady.

– Co miałam zrobić – opowiada potem rodzicom, śmiejąc się. – Bogienka pije mokkę, a ja czekoladę!

Kelnerzy pękają ze śmiechu. Ludzie kiwają nam przyjaźnie od stolików.

– Bardzo źle, że pani do tego dopuściła – złości się matka.

– Dobra mokka. – Oblizuję się na samo wspomnienie.

– Co w tym złego? – zastanawia się Mała Pachnąca.

– Ja bym nie pozwoliła. Dziecko musi słuchać. Co to za moda, żeby czteroletnia dziewczynka dyrygowała dorosłymi?

Ojciec śmieje się. Po chwili jego śmiech przechodzi w astmatyczny kaszel. Słyszę ten kaszel w pamięci. Słyszę go we śnie, wtedy gdy ojciec przychodzi do mnie, żeby zapytać, co się dzieje. Pamięć ma także słuch. Dwa stoliki dalej siedzi mężczyzna kaszlący jak ojciec, zupełnie tak samo, choć całkiem do niego niepodobny. Może trochę ze sposobu zaciągania się papierosem.

– Ten kelner naprawdę jest zupełnie podobny do tamtego – mówi Mała Pachnąca.

– Może to jego syn – mówię.

– Nie, tamten umarł bezpotomnie, znałam go dobrze. Chodziłam do Kruka przez wiele lat!

Chwilę pijemy w milczeniu mokkę z małych filiżanek. Nie ma tego zapachu ani smaku co dawniej. Druga, trzecia i setna filiżanka nigdy nie pachnie jak pierwsza.

– Twoich rodziców dawno nie widziałam, przeprowadzili się gdzieś? – pyta, dosypując jeszcze jedną łyżeczkę cukru. Musi dowiedzieć się jak najwięcej. Wykorzystać to, że spotkała wreszcie tak po prostu, na ulicy, kogoś żywego, kogo dawno temu znała. Nie kogoś podobnego do człowieka, który od dawna już nie żyje, co się ostatnio zdarza, ale prawdziwą Bogusię Wegner, całkiem dorosłą kobietę. Prawdziwe spotkanie da jej wiele przyjemności, będzie potem roztrząsała każdą wypowiedzianą kwestię, siedząc w domu.

– Mieszkają daleko za miastem – odpowiadam, opuszczając powieki; posługuję się tym razem dość szczególnym rodzajem prawdy.

– No to, dzięki Bogu, mają przynajmniej świeże powietrze, w mieście strasznie śmierdzą spaliny, a twój ojciec miał zawsze kłopoty z oddychaniem, przez tę astmę potrzebuje świeżego powietrza.

– O tak, powietrze jest tam naprawdę czyste – mówię, dając znak kelnerowi. Mała Pachnąca chwyta moją rękę, ściska mocno, jak tylko potrafi; czas na pożegnanie. Obie wiemy, że to ostatnia wspólna chwila. Naprawdę ostatnia.

– Matka zawsze tak świetnie wygląda? – pyta, potrząsając moją dłonią. – Po niej nigdy nie było widać wieku, czas spływał po twojej matce jak woda po kaczce, no ale wreszcie czas musi zrobić swoje, jesteśmy w jednym wieku, czas wszystko wyrównuje, żeby nie wiem jak kto się trzymał!

– Pani także świetnie wygląda. – Nie wyrywam dłoni. Czekam spokojnie, aż Mała Pachnąca odda mi rękę, przesiąkniętą zapachem jej perfum. Robi to z ociąganiem.

Wstajemy. Idziemy czerwoną pluszową dróżką w kierunku drzwi. Ulica pachnie spalinami. Ludzie śpieszą się, nie dbając o pamięć. Spotkanie na ulicy już za chwilę stanie się przeszłością.

Jeszcze chwilę stoimy w teraźniejszości. Kłaniamy się sobie, życzymy wszystkiego, wszystkiego najlepszego.

– Pozdrów rodziców! Może do mnie któregoś dnia wpadną? – woła za mną, gdy odchodzę w głąb ulicy.

– Z pewnością dojdzie do spotkania. – Odwracam się i macham jej na pożegnanie ręką.

Chce mi się śmiać i płakać. Nie mogę dłużej rozmawiać, nie chcę niczego tłumaczyć. Niech wszystko zostanie, tak jak jest.

KWATERA T 17. Jaskółka z białym piórem w dziobie leci ku pierzastej chmurze, jakby tam wiła gniazdo. Ma dla siebie całe niebo. Nie wiadomo, gdzie się podziały inne ptaki, zawsze było tu wiele wron, związanych z tym miejscem, które rządzi się własnym porządkiem, opartym na prostokątach. Ruch jest niewielki, rzadko przejedzie samochód zbierający zbutwiałe liście albo wózek z narzędziami. Szeroka główna aleja, swobodnie mieści nawet dziesięć osób idących ramię przy ramieniu. Od tej arterii odchodzą małe alejki, uliczki, przy których mieszkają ci, co kiedyś żyli. W tej części groby są zadbane, czyste kolory kwiatów odcinają się na tle szarych i czarnych płyt.

Jest pogodny jesienny dzień. Prawie nie ma wiatru.

Z bukietem żółtych chryzantem przysiadam na wiekowej ławce, zbitej z trzech desek, i wdycham zapach stęchlizny. Z kaplicy wysypuje się chmara ludzi. Formują pochód. Szybko rusza obcy kondukt. Na czele dwóch chłopców w czarnych ubrankach, z matką. Muszą biec, żeby za nią nadążyć. Sądząc po sylwetce i dynamicznych ruchach, matka jest jeszcze młoda. Twarz zasłania welon przypięty do kapelusza. Dłonie w czarnych rękawiczkach ściskają białe ręce dzieci. Ojciec z pewnością leży w trumnie na akumulatorowym wózku. Ocieram ze złością mimowolną łzę, jak na kiepskim melodramacie. Ta łza na moment zbliża mnie do tych ludzi. Jeden z chłopców odchyla się do tyłu i za plecami matki pokazuje bratu język, drugi, nie przerywając biegu, odrzuca nogę w bok i za plecami matki kopie brata w kostkę. Matka nagle puszcza ich dłonie, łapie obu za kołnierze ubranek i mocno potrząsa, wzywając tym gestem do opamiętania.

Żywe podlega ciągłym zmianom, jest w ciągłym ruchu, nic, co żywe, nie jest skończone, forma skończona jest martwa, myślę o książce, którą piszę. Od dawna już czuję sztuczność zakończeń: jeśli napiszę ją zgodnie z kanonem i zamknę zwieńczeniem wszystkich wątków, to forma spocznie na katafalku tak jak ten biedny ojciec dwóch chłopców.

Wózek znów przyśpieszył i teraz już biegną wszyscy, zostawiając w tyle starszych i mniej sprawnych.

Na mnie też czas. Wstaję i ruszam w drogę zgodnie z adresem, który na szczęście zanotowałam, sporządzając dokładny szkic ze strzałkami.

KWATERA T 17
RZĄD 11
NR 7

Bez tego nigdy bym nie trafiła. Gdy w zeszłym roku zapomniałam kartki ze wskazówkami, błądziłam dwie godziny, zanim wreszcie znalazłam tę marną rezydencję. Tak samo zresztą jak zawsze, gdy odwiedzam kogoś mieszkającego w bloku, na którymś z nowo wybudowanych osiedli.

DRZEWO. Stoję pośrodku osiedla kilkunastopiętrowych domów. Nudne rytmy okien łamie gdzieniegdzie blask słońca. Unoszę głowę i liczę szyby w pionie klatki schodowej. Gdy dochodzę do parteru i patrzę na płyty chodnika, pełne blasku kwadraty okienne miękko i cicho, niby wielkie psy, kładą się u moich stóp. Powidok trwa parę sekund. Zamykam na chwilę oczy, a gdy je otwieram, osiedle bloków znika.

Jedynie słońce pozostało na swoim miejscu. Przestrzeń kawałka pamięci obejmuje białe chmury z ptakami lecącymi w szyku, pola z drzewami na horyzoncie oraz chałupkę babki stojącą w cieniu bardzo ważnego drzewa.

Jak dojść prawdy teraz, gdy nikt z tamtych nie żyje? Niestety, nie można ich wskrzesić. Niestety? A może dzięki Bogu?

Walka popiołów wciąż trwa. Duch matki odwiedza mnie sam albo razem z babką Schönmyth. Ojciec przychodzi oddzielnie. Trudno zrozumieć, co się tam dzieje.

Jednak matka miała rację, wystarczy, że znajdziesz się w tamtym miejscu, powiedziała. Wszystko się pojawia.

Dawno, dawno temu, za siedmioma górami, za siedmioma lasami, za siódmą pamięcią i ósmym zapomnieniem, stałam tu razem z matką, w tym samym miejscu, którego dziś już nie ma.

Matka wydawała mi się olbrzymką. Sięgałam jej zaledwie do biodra. Miała na sobie ciemny wyjściowy kostium, kremową bluzkę, niciane rękawiczki i granatowy kapelusz z małym rondem, obciętym po wojnie u przedwojennej modystki. Ten kapelusz zmieniał kolor, jeśli się go głaskało, pod włos granat pogłębiał się, z włosem szarzał.

Wielkie rondo mogło zwrócić uwagę, a to było niebezpieczne. Ojciec dowiedział się o tym w kawiarni, do której chodził na herbatkę wozaków.

TEATRY. Rodzice zawsze odgrywali przed sobą i przede mną w domowym teatrze to, co im się przytrafiło. Wystawiano krótkie scenki, jednoaktówki z przeszłości, czasem bardzo patetyczne, zwłaszcza te z wojny, ale królował teatr codzienny, teraźniejszy, bieżący. Często sztuczki powtarzano, a powiedzonka niektórych ulubionych bohaterów wchodziły na stałe do repertuaru. Zapominało się już, kto tak mówił, zostawało samo porzekadło, jak zawołanie: „Lełon, łoda!", gdy gotowała się woda na kawę; pochodziło z majątku ciotek, gdzie ojciec spędzał wakacje, i ktoś tak kogoś przyzywał od studni: „Lełon, łoda!", tak samo zresztą jak: „Dzień dobry jasnemu panu, przyjechałem po gnój, czy mogę brać?" Jeśli ojciec był w dobrym humorze i żegnał się z jakąś przedwojenną klientką, mówił do niej: „Polecam się po cenach fabrycznych".

Pamiętam dziesiątki, a może nawet setki odegranych scen.

Zawsze najpierw następował opis miejsca, potem osoby lub osób, pory dnia, ewentualnie pogody, zależy, kto co opisywał. Potem następował dialog odgrywany przez matkę lub ojca, bywało, że brali udział w spektaklu oboje, a ja byłam jedynym widzem. Rodzice mówili za różne osoby, za siebie normalnie, za innych głosem zmienionym. Ojciec, grając kobiety, spłaszczał i podwyższał głos, matka podawała tekst męski, nie zmieniając tonu. Za to inaczej, dobitniej akcentowała słowa. Nie lubiła się wygłupiać, co ojciec ubóstwiał.

W taki sposób poznałam bohaterów dzieciństwa ojca, jego młodości, poznałam dziadka Franciszka, bogate ciotki ojca, a także różnych prostaków, jak na przykład człowieka noszącego węgiel i rozpalającego za parę groszy w piecach w domu rodzinnym ojca, zbombardowanym w czasie wojny. Wiecznie wysmarowany sadzą, przychodził z koszem na plecach, w którym miał przygotowany papier, drobne drewienka, brykiety i węgiel. Wszystko szło piorunem, mówił ojciec. Układał w piecu rusztowanie, przykładał zapałkę, dmuchał i od razu słychać było cug.

– Słyszy pan, panie Wegner, jak się pali? Aż dudni – mówił ojciec schrypniętym głosem, naśladując go.

Ojciec uważał, że rozpalacz miał spirytusowy chuch, wystarczyło, że chuchnął, a płomień obejmował drewno. Odczekiwał chwilę, a potem roznosił zarzewie na szufelce do pozostałych pieców. Widziałam to, ponieważ ojciec rozpalał w naszym piecu i robił to tak samo, dmuchając, żeby drewienka szybciej zajęły się od papieru.

– Wojna się skończyła, nastały nowe porządki, ale na samym początku nikt nie wiedział jeszcze, w co się to obróci, spotykam ja na ulicy naszego rozpalacza i pytam grzecznie, czy nie przyjdzie napalić w piecu, a on rozpina kołnierz palta, pokazuje czerwony krawat i mówi, skończyło się, panie Wegner, teraz my będziemy wami rządzić.

– Powiedz Bogience, jak skończył, Berni – dopinguje matka.

– Upił się do nieprzytomności i zamarzł na ulicy, widzisz, jak to jest? Dawał ludziom ciepło, a zamarzł. Bolszewicy mu jakoś nie pomogli.

Sztuka o podpadaniu była tragifarsą. Miejscem akcji była kawiarnia Wiedeńska. Ojciec wszedł tam, jak zwykle zimą, na „herbatkę wozaków". Oszczędzano na wszystkim, sala była nie dogrzana, więc siedział w pelisie podbitej małpim futrem, z oposowym kołnierzem. Wtedy od stolika obok wstał jakiś ledwo trzymający się na nogach robociarz i podszedł do ojca.

– Te burżuj, od jutra takich jak ty, w futrach, będziemy wieszać.

– Eda, czy nie poznajesz pana Bernarda Wegnera? – woła kelnerka cienkim głosem ojca.

– Eda, od... się od pana Wegnera, bo dostaniesz wp... – mówi motorniczy, wiesz, ten spod dziewiątki.

– Eppp, a to, eeep, przepraszam – mówi ten jakiś Eda i spokojnie odchodzi. Nie wiem, co by było, jakby go nie uspokoili.

To wszystko ojciec odgrywał na głosy; udawał pijaka Edę, mówił twardym stanowczym basem motorniczego, piszczał jak kelnerka i czkał jak Eda. Nigdy nie używał brzydkich wyrazów, dlatego mówił „od... się".

Po tamtym zdarzeniu ojciec już nie chodził w pelisie. Matka przerobiła mu ją na długą kurtkę, odpruła oposowy kołnierz, a małpie podbicie wszyła pod podszewkę. Przez długie lata rodzice robili wszystko, żeby nie podpaść, i mnie uczyli tego samego. Dlatego matka zaniosła do przedwojennej modystki pilśniowy kapelusz. Matka staje prosto, grając samą siebie, panią, która przychodzi do swojej modystki, i udaje, że kładzie na stół kapelusz.

– Panno Andziu, proszę zmniejszyć to rondo, jest zbyt podpadające, mówię, ona patrzy na mnie, oczy zrobiła okrągłe jak guziki, ręce złożyła niczym do pacierza i mówi, ja bardzo panią przepraszam, pani Wegnerowa, ale muszę wyrazić sprzeciw, nie mogę tego zrobić, bo kapelusz straci fason i cały szyk. To ja na to mówię... – w tym miejscu matka podnosi głos: – ...a więc panna Andzia chce, żebym poszła do państwowej firmy? Tak? – pytam ją, a ona na to: nie, nie, proszę mnie źle nie zrozumieć, ale serce boli od takiego psucia, a to, powinnaś wiedzieć, Bogienko, była najlepsza modystka w całym mieście, pyta mnie więc, czy nie lepiej schować kapelusz na lepsze czasy? Poczekać, aż coś się zmieni? A ja jej na to: mój mąż mówi, że my nie dożyjemy lepszych czasów, nie warto się łudzić. Dobrze, zrobię to dla pani, ale z bólem serca.

STOJĘ TU z bólem serca. Mam ten okaleczony kapelusz. Został po matce. Zachowałam go, bo ma swą historię. Byłam całkiem mała, gdy przymierzyłam go po raz pierwszy przed lustrem. Opadał mi na oczy, ale właśnie ten kapelusz postanowiłam włożyć, kiedy wyruszyłam sama z domu, by zwiedzić świat. Skorzystałam z drzemki ojca. Matka wyszła do sklepu. Miałam na głowie kapelusz i długie do kolan perły matki. Wydawało mi się, że nikt się nie zdziwi, bo wyglądam jak dorosła. Wciąż jeszcze mam ten pusty kapelusz. Bez matki. Leży gdzieś na dnie szafy.

Słońce błyska przez dziurę w niebie jak oko podglądacza. Stał tu kiedyś najmniejszy w całej okolicy domek z czerwonej cegły, czerwieniał w blasku jeszcze bardziej. Okna wysyłały promienie.

Chodziłam wówczas prawie wyłącznie w mundurkach. Nikt w mojej klasie, a właściwie w całej szkole, tak nie chodził.

Moje codzienne mundurki były granatowe. Wyjściowe składały się z białej bluzy z marynarskim kołnierzem i granatowej spódnicy albo odwrotnie. Trzymałam matkę mocno za rękę, bo otwarta przestrzeń pól wydawała mi się ogromna, a wokół było tajemniczo i pusto. Z daleka zbliżał się ku nam powoli mężczyzna siejący ziarno. Był to wuj Henio, jednoręki brat matki, który hodował gołębie. Zręcznie wyjmował ziarno z płóciennego worka przewieszonego przez ramię pustego rękawa, spiętego klamerką.

Nie pamiętam, co siał, wytężam pamięć, bo jak znam matkę, musiała mi o tym powiedzieć. I ona, i ojciec uważali, że dziecku należy objaśniać świat. Nie mam pojęcia, co miało wzejść z tamtego ziarna, ale jednego jestem pewna, nikt nie chciał, żeby wyrosły te wysokie bloki z setkami okien.

Stałyśmy obie przed wielkim ważnym drzewem z okrągłą czupryną liści, którego też już nie ma. Wszędzie tylko te bloki.

Wypatrywałam na drzewie jednego z licznych braci matki, Staśka, o którym ojciec mówił, że powiesił się na gałęzi. Patrzyłam uważnie między liście, szukając wisielca, ale go tam nie było. Ani wysoko, ani nisko.

– Wujka Staśka już zdjęli? – spytałam matkę.

– Zdjęli – odpowiedziała.

Odwróciła się do mnie plecami i zaczęła gorączkowo szukać czegoś w torebce. Wyjęła chustkę i głośno siąkała nos, jakby dostała kataru.

– A gdzie go przewiesili?

– Jesteś za mała, żeby to zrozumieć – powiedziała, ocierając łzy. Nagle zaczęła się śmiać.

Pamiętam wszystko tak dokładnie, bo matka powtarzała naszą rozmowę wiele razy, po polsku i po niemiecku. Wyobrażasz sobie: gdzie go przewiesili, i co ja miałam jej odpowiedzieć, gdzie go przewiesili, pyta to dziecko. Bo też Bernard nie powinien mówić takich rzeczy przy dziecku, orzekła babka Schönmyth. Mówił tak wuj Henryk bez ręki, mówiła Szotka. Matka nigdy nie powiedziała o tym ojcu.

– Poznajesz chałupkę babki Sabiny? Babka czeka na nas – powiedziała matka.

Dobrze pamiętam wprowadzenie w zakazane i tajemnicze życie Schönmythów. Ojciec wyjechał w interesach. Matka zapytała, czy umiem dochować tajemnicy. Odpowiedziałam, że umiem, choć nie rozumiałam dobrze, o co chodzi.

– Jeśli nie powiesz tatusiowi, to zabiorę cię do babki Schönmythowej, to grzech, żeby tak długo nie widziała wnuczki, byłam tam z tobą jeden jedyny raz, kiedy jeszcze nie potrafiłaś chodzić.

— Czy ona umie mówić po polsku? — spytałam.

— Tak samo jak ty i ja.

To mnie uspokoiło. Długo jechało się tramwajem. Na pętli wstąpiłyśmy do kościoła. Matka modliła się, ukrywając twarz w dłoniach. Nie wiedziałam, co takiego mówi Bogu i co on jej odpowiada. Sądziłam, że modli się, żeby ojciec nie mówił tak często o wysokim blondynie w długim skórzanym płaszczu i żebym ja tego nie słuchała, bo wtedy, gdy zaczynał swoje gadanie, wskazywała brodą na mnie i mówiła szybko po niemiecku coś, z czego ojciec śmiał się niedobrym śmiechem. Nie chciała pewnie też, by naśmiewał się z babki Schönmyth. Dlatego dzień wprowadzenia mnie do Schönmythów, ludzi z nizin, gorszych niż rodzina Wegnerów, wydał mi się szczególnie uroczysty.

Chałupka spodobała mi się od razu. Bardziej niż willa wujostwa Wegnerów.

Spaceruję po osiedlu bloków, szukając pozostałości po miejscu, które było kością niezgody między matką a ojcem. Nie ma nic. Ani dębu, ani pól pociętych w kratkę, ani chałupki z czerwonej niemieckiej cegły, nasączonej, według ojca, polską krwią.

Kiedy podeszłam wówczas z matką blisko drzwi, szybko polizałam cegłę. Trudno powiedzieć, jaki miała smak, z pewnością jednak nie smakowała krwią. Często przy skaleczeniu zlizywałam kropelkę własnej krwi, która miała smak zardzewiałego żelaza. A przecież ojciec mówił, że dom Schönmythów, ten wielki, rodzinny, według matki, a według niego, stara rudera, był także zbudowany z czerwonej niemieckiej cegły. Jak chałupka babki i trzy domy braci stojące niedaleko.

– Widzisz, jaki to musiał być wielki dom? Te wszystkie domy, ten, ten i ten, powstały z niego.

Matka nie powiedziała, że ojciec kłamie, ani też, że mija się z prawdą. Zadała kłam jego wypowiedzi, pokazując trzy duże domy i jedną małą chałupkę, powstałą z jednego, przeżartego nędzą i złem domu Schönmythów.

RUDERA SCHÖNMYTHÓW. Rozwalająca się rudera, prychał ojciec pogardliwie. Ściany podparto niedbale belkami, a w miejsca wybitych szyb wprawiono deski, tak więc po latach w środku panowały egipskie ciemności. Po domu pętały się brudne dzieciaki i równie brudne i zaniedbane kundle. W tamtej okolicy nie widziało się nigdy rasowego psa, jamnika, jakiego miała moja siostra, mówił ojciec. Nikt też nie słyszał o łazience.

– No wiesz, Berni, tego już za dużo, w naszym domu były dwie łazienki, jedna na parterze, druga na piętrze – wtrącała matka.

No, może była tam jakaś sklecona z desek latryna. Czego się nie dotknęłaś, Bogusiu, lepiło się od brudu, bo nikt nie miał czasu ani ochoty sprzątać. Nie sposób upilnować takiej czeredy, zwłaszcza że nie wiadomo, jaka część tych dzieciaków była normalna.

Tu matka nie może zaprzeczyć, zaczyna się niemiecki wywód, podczas którego ojciec patrzy sponad okularów na matkę, słyszę imiona braci, pojawia się Staśku, jest więc wisielec, dom wariatów, potem alkohol i jeszcze inne sprawy, których w ogóle nie rozumiem. Nie wiemy, czy chodzili do szkoły, bo to była rodzina z gatunku tych, co to „nie czytaty, nie pisaty". Jaśnie pani Schönmythowa oddawała się różnym rozrywkom, znów dalej po niemiecku, szybko strzelającymi w matkę słowami. Gdyby spowiadała się z tego, ksiądz nigdy nie dałby rozgrzeszenia. Musisz wiedzieć, Bogusiu, że to były bardzo pobożne niewiasty, te wszystkie panie i panny Schönmyth. Babka Sabina wydała mi się straszną i pociągającą postacią ze złych baśni. Takie istoty miały na swoje usługi węże, ropuchy, odżywiały się glistami i każdemu, kto wpadł w ich pazury, robiły coś złego. Jednak miały władzę i były potężne.

Dlatego też gdy pierwszy raz zobaczyłam babkę, szczupłą i drobną w ciemnej sukni do kostek, uśmiechniętą, z porządnie zaczesanymi do tyłu włosami, z przedziałkiem pośrodku, zrobionym w tytoniowo-siwych włosach, zresztą w tym samym miejscu „ścieżkę" na głowie miała moja matka i ja sama, zastanawiałam się, czy mogę podać jej rękę bez lęku, że mi ją oderwie. Pocałowała mnie w czoło i nie był to wcale śliski pocałunek wiedźmy.

PRAWIE DWOREK. Według matki baśniowo idealny dom Schönmythów był oazą porządku i dobra. Nikt już nigdy nie dowiedzie, że prawda mogła leżeć pośrodku, bo nikt z tych, co go widzieli, nie żyje.

Był to przestronny dwupiętrowy dom z facjatkami; prawie dworek z gankiem i dwiema werandami, letnią, z markizą chroniącą przed słońcem, i zimową, całą oszkloną. Tu lubiła popołudniami siadywać Sabina Schönmyth z najmłodszymi dziećmi, które bawiły się u jej stóp pajacami na sznurkach.

– Takimi jak mój pamper na nitce? – spytałam, bo gdy leżałam w łóżku z gorączką, matka przyniosła mi drewnianego pajaca, ruszającego rękami i nogami, gdy ciągnęło się za sznurek.

– To jest jeden z pajaców moich braci, mój ojczym strugał je z drewna – powiedziała matka.

– To mój pajac jest taki stary?

– Grubo starszy niż ty.

– Ale to nie był pajac wujka Staśka? – spytałam ze strachem, bo trochę bałam się wisielca.

– Nie, to pamper Henryka.

Dom, mówiła matka, stał tam, był bardziej cofnięty niż te nowe domy, stał w głębi wielkiego ogrodu, z którego został teraz tylko mały ogródek babki Sabiny. Podwórko zawsze porządnie wysprzątane, z tyłu mieścił się warzywnik, kurnik, drewutnia, gołębnik, a z frontu kwietnik. Obchodziłam z matką za rękę nie istniejący dom, zwiedzałam ogród, którego już nie było. Stajnię, oborę i budynki gospodarcze zbudowano w dużej odległości od domu, żeby nie nanosić zapachu. Wielka stodoła i drewutnia stały w pobliżu. Każda rzecz miała swoje miejsce i każde dziecko miało swoje łóżko, co w takich dużych rodzinach jak nasza nie było częste, Bogienko, opowiadała matka. Zawsze pachniało praniem i czystością. Bielizna wciąż suszyła się na sznurach rozpiętych w kwadracie między czterema topolami. Odległość między jednym drzewem a drugim wynosiła dwadzieścia pięć stóp matki, kiedy miała mniej więcej tyle lat, ile ja wtedy, gdy pierwszy raz przyjechałam w odwiedziny do babki Schönmyth. Dwadzieścia pięć tiptopów. Tiptop był miarą, którą posługiwały się dzieci. Mierzyły nią boisko do palanta, trasę biegu na czas i wielkość mieszkań przy zabawach w dom. Dwadzieścia pięć tiptopów między jednym a drugim drzewem to wcale nie było mało.

– Teraz będziesz miała pojęcie, jak wielki musiał być ogród, jeżeli na podwórku w kwadracie rosły cztery topole.

To wszystko kiedyś było, potem została chałupka i domy braci, a teraz stoją tu kilkunastopiętrowe bloki.

MADAME SABINA SCHÖNMYTH. Sabina Schönmyth zawsze i wszędzie ciągnęła za sobą swych zmarłych. W dzień i w nocy, niezmordowanie, wlokła się za nią cała ta procesja. Zmarli nie dawali jej chwili wytchnienia. Wierzyła w istnienie życia pozagrobowego, chociaż nie całkiem tak, jak chciałby proboszcz z pobliskiej parafii, małego kościółka przy pętli, ze zbyt szerokimi schodami pasującymi raczej do bazyliki. Za każdym razem, gdy szłam z matką odwiedzić babkę, wstępowałyśmy po tych schodach, żeby się pomodlić. Babka twierdziła, że co dzień rozmawia z duchami, bo nikogo żywego przez większość czasu obok niej nie ma.

Zapytałam ją, czym różnią się rozmowy z duchami od pogawędki z żywymi, odpowiedziała, że niczym. Twierdziła, że duchy po śmierci wcale nie mądrzeją i są tak samo głupie jak wtedy, gdy były ludźmi. Wyobrażają sobie, że my, żywi, nie mamy nic lepszego do roboty, jak tylko rozpamiętywać to, co minęło.

Leżała oparta na wysokich poduszkach w jednoizbowej chałupce z czerwonej cegły, zbudowanej od razu po wojnie ze starego zrujnowanego domu Schönmythów. Był tam tylko jeden pokój, wnęka kuchenna, przepierzenie do mycia i toaleta, jak szumnie nazywała babka pomieszczenie z umywalką i klozetem, ciupkę o powierzchni jednego metra kwadratowego. Wszystko zostało obmyślone w ten sposób, żeby nie można było babce nikogo dokwaterować, co w tamtych czasach było dość częste. Ściany pokoju obito ciemnoczerwonym aksamitem.

Gdy byłam tam z matką po raz pierwszy, babka jeszcze wstawała z łóżka. Inne kobiety w jej wieku powłóczyły nogami albo garbiły się z jednej śmierci na drugą coraz bardziej. Ona chodziła po mieszkaniu szybko, wyprostowana i dumna. Uważała, że duchy są lekkie. Co to za ciężar? – pytała. Przecież dusze to nie worek ziemniaków. Owszem, czasem przycisną człowieka w nocy, przyjdą i męczą, pytają w kółko, jakbym ja była Panem Bogiem, a dlaczego źle rozdzielono spadek po Józefie, a kto nie dopilnował małego Leonka topielca. Dlaczego Staśku się powiesił, taki dobry, uczynny, najlepszy z nich wszystkich, i musiał iść do piekła, bo targnął się na życie. Bóg tego podobno nie przebacza. Co tam ludzie wiedzą o Bogu, jak chce, to przebaczy nawet samobójcy. Być może wszyscy oni razem wzięci siedzieli w czyśćcu, żaden jednak nie pisnął nawet słowa na ten temat. Musi obowiązywać ich tajemnica pozagrobowa. Jednego była pewna: po śmierci istnieje się nadal i nadal zawraca się ludziom głowę. Umarli są nudni jak flaki z olejem. Duchy mają pretensje do żywych, że ci na śmierć o nich zapominają.

Zapytałam ją, czy nie boi się duchów, bo wszystkie dzieci się bały. Opowiadało się o tym, jak to duch złapał kogoś „za girę" albo jak wył za oknem i grzechotał piszczelami. Babka Sabina śmiała się. Nie wierzyła w opowieści o powstałych z grobu, na wpół zgniłych nieboszczykach, przychodzących nie wiadomo dlaczego o dwunastej w nocy, żeby straszyć śpiących. Niechby tylko któryś spróbował! Przegnałaby go z powrotem na cmentarz i jeszcze porachowała kijem gnaty. Może w innych rodzinach tak jest, może u Wegnerów, powiedziała złośliwie jak mój ojciec, ale u Schönmythów taka rzecz jest nie do pomyślenia.

Jaka rodzina, takie duchy. Często powtarzała, że nadszedł czas, by Bóg powołał ją do siebie, ale każdego wieczoru modliła się o jeszcze jeden dzień, jedno śniadanie. Dopóki wstawała z łóżka, sama chodziła po zakupy. Nie potrzebowała wiele. Sucha bułka, kawałek białego sera i mała szklaneczka wódki. To było wszystko, czego oczekiwała od życia. Spieczona skórka chleba zawierała bogactwo smaków. Można było wyczuć w niej to, co najbardziej kiedyś lubiła, smażonego kurczaka, drożdżowe ciasto wielkanocne, a nawet smak truskawek ananasówek. W zapachu tym ukrywała się także woń mężczyzny i kobiety w łóżku, zgnilizna i świeżość. Sznapsik zaś, jak pieszczotliwie nazywała wódkę, i była w tym podobna do mojego ojca, uważała za lekarstwo na trawienie. Piła małymi łykami, zagryzając białym serem i kawałkami skórki od chleba, odrywanymi w sam raz na jeden kęs.

Mimo dobrze przekroczonej osiemdziesiątki babka zachowała ostro i wyraźnie w pamięci niektóre zdarzenia z dzieciństwa i młodości. Leżała w łóżku otulona pierzyną z puchu. Parę lat temu podskubała gęsi i zebrała puch do powłoki z inletu w kolorze biskupim. Teraz już o tym nie pamiętała. Cień niepamięci obejmował coraz bliższą przeszłość. Zdarzało się, że wstając z łóżka po kubek wody, zapomniawszy o pragnieniu, zastanawiała się, stojąc w progu, co chciała zrobić.

Światło obejmowało za to odległe i coraz głębiej sięgające chwile.

Czy domyślała się, że gdy pamięć dosięgnie krzyku jej narodzin i pierwszego oddechu, ten pierwszy krzyk i oddech spotka się z ostatnim?

Wstawała coraz wcześniej, ledwo mogła dospać świtu. Myła się przez cały rok zimną jak lód wodą. Ubierała się z wielką starannością, sprawdzając, czy dobrze zapięła guziki i mocno zawiązała sznurowadła.

— Bogienko, masz rozwiązane sznurowadło, dziewczynce to nie wypada! — mówiła tak samo jak matka.

Sabina Schönmyth miała świadomość faktu, że rozpad zaczyna się od drobiazgów. Krzywo zapięty guzik, dziura w spódnicy, nie umyte włosy, a za tym idą rozkojarzone myśli, leniwe dni w łóżku, wreszcie pustka, wypełniająca się powoli rozpaczą jak cynowe wiadro deszczówką. W tym chaosie przychodzi śmierć. Najważniejsze więc było trzymać się w karbach.

Najpierw wstępowała do kościoła na pętli, to był ładny kawałek drogi, potem szła do sklepu, a w razie potrzeby do apteki. Synowe, córki i synowie garnęli się do pomocy, chcieli za nią robić sprawunki, ale Sabina uważała, że od bezczynności się umiera. Musiała się choć trochę zmęczyć, żeby zasłużyć na odpoczynek. Mimo że od kilkudziesięciu lat nie zmieniała marszruty, nie nudziła się nigdy. Ta sama droga była co dzień inna. W słońcu, w deszczu. Zimą pod nogami skrzypiał śnieg, a mróz przejmował dreszczem, dotykając kości, latem upał pieścił cienką skórę i rozgrzewał resztę ciała, jakie babce zostało.

W pokrowcu wiecznej żałoby, w czarno przezroczystych pończochach, spod których połyskiwały piszczele, była stadium przejściowym pomiędzy życiem a śmiercią. Lekko stąpała po płytach chodnika. Stare buty wykoślawiły się trochę. Moja matka chciała kupić jej nowe, ale stanowczo zaprotestowała. Ceniła wygodę, a tych nowych nawet nie zdążę rozchodzić, powiedziała. Nosiła czarną skórzaną torbę, a w niej sprawunki.

Dobrze, że coś ważą, przynajmniej mnie wiatr nie porwie, mówiła. Bała się wiatru, bo co dzień stawała się lżejsza, ciało i kości wysychały i traciły ciężar. Kiedyś wreszcie uleci, a wieczny wdowi welon u kapelusza, wyraz zbiorowej pamięci po wszystkich mężach i innych mężczyznach, bo że miała kochanków, mój ojciec był pewien, gdy mówił o dzieciach międzymałżeńskich, właśnie ich miał na myśli, otóż welon będzie powiewał przez ułamek chwili na niebie, aż wzniesie się targany wiatrem wspomnień i pozostanie na wysokościach dopóty, dopóki ktoś, kto babkę przywołuje, jak ja teraz, nie straci jej z oczu pamięci. Pamięć ma bowiem oczy, uszy, nos, węch, smak i dotyk, i to bardzo wyostrzone zmysły. Jest Bogiem w człowieku, bo jak Bóg prowadzi do zmartwychwstania. Przecież ja od dawna już nie pamiętałam o babce Schönmyth, a teraz stoi przede mną jak żywa.

Babka Sabina także zastanawiała się nad fenomenem pamięci.

Leżała w szpitalnym łóżku, będąc samą teraźniejszością, samym jestem bez byłam. Nawet wtedy nie miała jednak ochoty umierać. Jestem było wystarczające, by żyć, choć przyznawała, że ciężko staremu człowiekowi urodzić się na nowo. Kołyska na starość robi się zbyt podobna do trumny. Z wysiłkiem starała się w pustej pamięci zbudować dom i zaludnić go. Powiedziano jej w szpitalu, że jest wdową i matką dziewięciorga dzieci, z których siedmioro żyje. Któregoś dnia w czas odwiedzin pojawiła się w sali szpitalnej kobieta w granatowym kostiumie, twierdząc, że ma na imię Aniela i jest jej córką. Sabina kazała sobie podać lustro, by sprawdzić podobieństwo. Gdy w nie spojrzała, nie rozpoznała samej siebie. Nie sądziła, że może być taka stara, musiała więc mieć w pamięci swój obraz.

– Nie poznaje mnie mama? – pytała Aniela, nie wierząc, że coś takiego może się zdarzyć. Przychodziła codziennie, czekając, aż matka ją rozpozna. Przynosiła fotografie rodzinne i opowiadała o osobach, które się na nich znajdowały, tłumaczyła, kim są dla Sabiny. Wreszcie stał się oczekiwany cud, odtajała gruba warstwa lodu, pokrywająca pamięć, i babka Sabina, zobaczywszy w drzwiach sali szpitalnej Anielę z małą dziewczynką, krzyknęła: Bogienko, pódź do babci, no chodź, nie bój się, pamiętasz, jak zrywałam dla ciebie agrest?

– Nie pamiętam – odpowiedziałam, witając się z nią. Trzymała moją rękę swą chudą dłonią poplamioną brązowymi piegami. Nie chciała puścić.

– A pamiętasz makówki?

– Pamiętam!

– Wysypywałaś na rączkę mak i jadłaś, a Aniela bała się, że ci zaszkodzi.

– Zobaczysz, zaśniesz i przez tydzień się nie obudzisz! – wołała Aniela, przypominając sobie scenę z ogrodu przed chałupką babki.

– Mam dla ciebie makówki! – zawołała babka, biorąc udział w zabawie w teatr zapomnianego życia.

Pamiętam, że gdy makówki zupełnie wyschły, brałam po kilka w ręce i potrząsałam nimi przy uchu. Wsłuchiwałam się w delikatny szept samby.

To był prawdziwy teatr. Odgrywałam przed babką Schönmyth samą siebie, skacząc z nogi na nogę, jak wówczas w ogrodzie, i wykrzykiwałam, lubię mak, lubię mak, lubię spać, lubię spać! – aż matka przywołała mnie do porządku.

– Tu jest szpital, Bogienko, nie bądź rozwiązła.

Przysiadłam na brzegu łóżka, starając się nie dotknąć leżącej.

Babka zauważyła to, przyciągnęła moją twarz do swojej, tak jak to często robiła, i powiedziała, żebym się nie bała, bo ona nie ma zamiaru umrzeć w szpitalu. Od czasu operacji było jej wciąż zimno. Wilgotny koc, koszula z cienkiego płótna nie mogły zastąpić pierzyny z żywym puchem. Moje policzki były gorące, skakałam przecież bez opamiętania, więc stara skóra babki rozgrzała się od nich. Wrócił jej dobry humor i ugryzła mnie delikatnie w płatek ucha.

Jej pamięć pozostała dziurawa, ale to, co wróciło, było żywsze niż kiedykolwiek. Nie martwiła się utratą hierarchii zdarzeń, tym, że śmierć bliskich i dwie wojny spełzły niczym kolory zbyt długo suszące się na słońcu. Miejsce katastrof na wielką i małą skalę zajęły pogodne sceny z codzienności. Od tamtego czasu jeszcze częściej obcowała ze zmarłymi.

– Znów była u mnie Szotka, pytała, co hobi Bogusza, nawet tam nie nauczyła się mówić porządnie – mówiła o swej siostrze, a ja przyjmowałam to jako rzecz całkiem naturalną, do mnie też przychodziły we śnie jakieś dziwne stwory, czasem były to nieznane zwierzęta, czasami ludzie, których wcale nie znałam.

MAŁY LEONEK. Babka Schönmyth przyciąga mnie do siebie z siłą, jakiej trudno się spodziewać po jej kruchym ciele. Chuda ręka, piszczel obciągnięta piegowatą skórą, mocno trzyma moje ramię. Twarz drobna, ładna, blada od leżenia w zaciemnionym pokoju. Ma głębokie zmarszczki. Na czole, na papierowych powiekach, przy ustach. Gdy zbliża się do mojej, czuję zapach wódki. A więc ojciec ma rację, ona pije wódkę na śniadanie. Jest przecież dopiero południe.

Jej wargi są tak blisko mojego ucha, że prawie je całują.

– Był u mnie Leonek i wszystko wyśpiewał – szepce, łaskotliwie chuchając mi w ucho. Lekko przygryza jego płatek. Taki ma zwyczaj.

Dostaję gęsiej skórki na ręce od nadgarstka aż do ramienia. Pokazuję matce: zobacz, co mi zrobiła! Babka śmieje się i mówi do matki po niemiecku. Potem już po polsku do mnie, wcześnie ci się zachciewa, wzięłaś po mnie temperament, twoja matka jest zimna jak ryba.

– Niech mama się uspokoi – mówi Aniela, żegnając się małym krzyżykiem między piersiami, jakby chciała odpędzić diabła.

Leonek wszystko wyśpiewał! Przysięgał. Podły. Nie wiem, co powiedzieć. Nie byłam na to przygotowana. Ja dochowałam przysięgi, więc myślałam, że nikt się o tym nigdy nie dowie. Oprócz Pana Boga, który jest wszędzie i widzi wszystko. Czasami, zwłaszcza gdy robię coś nagannego, wydaje mi się, że to prawda, ale zaraz oganiam się od tej myśli niczym od natrętnej muchy. Zmuszam ją, by wyleciała przez okno. I broję dalej.

Matka gotuje kompot z wiśni dla chorej babki Sabiny. Na elektrycznej maszynce z jedną płytką, która stoi w kącie pokoju, na wysokim stoliku, i zastępuje Sabinie kuchnię. Czeka, aż wiśnie się przewrócą, żeby wyłączyć. Miesza ciągle, dopóki nie wypłyną na wierzch. Zagapia się na chwilę na mnie i na babkę w tym nagłym zbliżeniu, i już kompot wykipiał.

Wstrętny Leonek, nie myślałam, że jest taki. Nawet teraz musi paplać. Sądziłam, że nasza tajemnica utopiła się razem z nim w rzece. Porwał go wir, wciągnął i uśmiercił nie na tyle jednak, żeby Leonek przestał gadać. Nawet nie przyszło mi do głowy, że mógł być u babki wcześniej i jej to opowiedział. Już ona potrafi wyciągnąć z każdego to, co chce, z żywego czy umarłego, chociaż nigdy o nic nie pyta. Ma swój sposób, naprowadza na temat, mówi coś, co wie, przekręca fakty albo zmyśla, a wtedy ten, z którym rozmawia, puszcza farbę. Gdyby Leonek żył, bałby się o tym opowiadać, bo wiedział, że to jest nieprzyzwoite, trzeba się z tego spowiadać i można dostać baty. A może przechwalał się przed babką, złamał przysięgę i dlatego musiał umrzeć?

Do mnie też przyszedł którejś nocy, niedługo po swoim pogrzebie. Był żywy, wcale nie wyglądał na topielca. Miał delikatne palce, jasnoróżowe paznokcie, żadne tam szpony nieboszczyka. Był chyba nawet ładniejszy niż za życia. Miał zupełnie blond włosy i nie miał ani jednego piega. Za życia był rudzielcem, nie płomienistym, ale zardzewiałym, a jego twarz była równomiernie upstrzona jasnymi kropkami. Ja miałam na nosie kilka piegów. Skarżyłam się matce, że to przez nią, bo ona też miała parę kropek i babka Schönmyth także. Nauczyłam się robić to samo co Aniela. Za każdym razem, gdy obrała ogórki na mizerię, pocierała nos delikatną jak aksamit skórką. Ogórek wybiela, mówiła, smarując ręce ogórkowym sokiem. Jeszcze dziś, gdy obiorę świeży ogórek, robię to samo. Ojciec wchodził do kuchni, żeby naśmiewać się z nas, ale niezbyt złośliwie.

– Pani hrabina i panna hrabianka chcą mieć białą skórę? – kaszlał. – Z tym trzeba się urodzić – dodawał po chwili, biorąc w palce cienki plasterek ogórka.

– Ja mam aż za białą – mówiłam urażona.

Wtedy ojciec pukał delikatnie wskazującym palcem w nos i pytał: a to co?

Matka odpowiadała: niebo bez gwiazd jest nieładne.

– W każdym razie po mnie ich nie odziedziczyłaś – mówił ostro, dodając po niemiecku coś, czego nie rozumiałam.

Dobrze pamiętam rękę ojca. Zawsze czystą, z wypielęgnowanymi paznokciami, jakich nie miał wówczas żaden inny mężczyzna. Ani nauczyciel, ani lekarz, nawet ksiądz. Ojciec polerował opiłowane i natłuszczone oliwą paznokcie wełnianym gałgankiem, a potem białą kredką malował od spodu półksiężyce. To była codzienna czynność, jak mycie, golenie, zaczesywanie włosów do góry. Ulizywanie, jak mówiliśmy. Może dlatego nigdy nie lakierowałam paznokci? Tak samo dbam o ręce, poleruję paznokcie i, jak on, białą kredką maluję półksiężyce. Nigdy o tym nie myślałam, nie zdawałam sobie sprawy, w jak wielkim stopniu pamięć tych drobiazgów rządzi moim życiem. Ile wzięłam po rodzinie, jak mówiła babka Sabina.

Choćby mizeria, z gęstą śmietaną roztrzepaną z cukrem, solą, cytryną i koperkiem. Żadne z dzieci, jedząc ją w niedzielę do ziemniaków, kurczaka lub sznycli cielęcych, nie myślało chyba, bo przecież nikt o tym nie wiedział, że „mizeria" znaczy „nędza".

– Znów nędza na obiad – mówił ojciec.

Gdy skończyłam pięć lat, poznałam znaczenie słowa pochodzącego z łaciny. Tym sposobem dowiedziałam się, że język, który uznawałam za święty – *Pater noster* i *Ave Maria*, a także *Tamtum ergo sacramentum*, te trzy modlitwy recytowałam z pamięci – znany mi dotąd wyłącznie z kościoła, język, którym nie mówi żaden naród, zawiera również całkiem świeckie słowa. Podobało mi się to i dlatego chętnie uczyłam się łaciny. Nie była niczyją własnością, ani żadnego narodu, ani też, jak się teraz okazało, księży.

Piegowaty Leonek w moim śnie robił to samo, co wtedy na wakacjach; chodź się bawić pod stołem, pokazywał dłonią, że droga wolna. Jego matka poszła po obiedzie zdrzemnąć się do sypialni. Inne dzieciaki bawiły się w podchody w parku i ogrodzie. Byliśmy sami w salonie. Stół przykryty obrusem, zwisającym aż do podłogi, czekał. Leonek odchylił go, ukazując chłodną czeluść. W tym upale można się było tam schronić. To był nasz turecki namiot. Zanim zwabił mnie po raz pierwszy, pokazał mi w jakiejś książce, może starej niemieckiej encyklopedii, bo w tym domu wiele rzeczy było poniemieckich – turecki namiot. Można się w nim schronić przed burzą albo przed upałem, mówił, stojąc z uniesionym obrusem w ręce. Weszłam tam, niczego nie przeczuwając. Siedliśmy blisko siebie, chichocząc.

– Nikt nas tu nie znajdzie – powiedział Leonek.

– Pokażesz mi? – zapytał.

– Co?

– No wiesz co, twoją literę „w".

Ja nie wiedziałam. Bawiłam się co prawda już w lekarza z koleżanką z podwórka, ale nie było mowy o pokazywaniu. Na to byłam jeszcze za mała. Na pokazywanie i macanie po piwnicach. Wiedziałam, że niektóre dziewczynki mają coś do pokazywania, bo słyszałam, jak stróżka skarżyła matkom: znów sobie pokazują, znów się obmacują, nie można wejść spokojnie do piwnicy, żeby się na kogoś nie natknąć! Smyrgają spod nóg jak szczury.

Moja ciekawość w tym względzie była nie rozbudzona. Spała niewinnym snem.

– Co?

– No to!

Zamiast wyjaśniać, dotknął miejsca między moimi nogami.

– To, co tu masz, literę „w".

Ścisnęłam wtedy po raz pierwszy w życiu uda tak mocno jak nigdy dotąd. Nigdy nie było takiej potrzeby. Zwinęłam się w kłębek niczym włochata liszka, dotknięta trawą.

Kręciłam głową. Nie, nie pokażę.

– Ja ci też pokażę – kusił mnie.

To zmieniało postać rzeczy. Coś za coś. Byłam ciekawa, choć spodziewałam się, że mamy tam, z grubsza biorąc, to samo. Bo ja nie wiedziałam dokładnie, co tam mam. Nigdy sama się nie oglądałam, nie dotykałam. Chyba tylko przy myciu. Nigdy nie sądziłam, że to miejsce coś w sobie kryje. Tajemnicę większą niż usta, ucho, dziurki w nosie.

– Najpierw przysięgamy – powiedział Leonek.

– Na co?

Przysięgi stosowałam często. Przysięgałam sobie, że nie będę czegoś robiła albo odwrotnie, zrobię to. Na podwórku musiałam przysięgać: jak Boga kocham, nikomu nie powiem, z powodu tajemnic rodzinnych, powierzanych mi przez moje koleżanki. Na wszelki wypadek mówiło się bełkotliwie: jakboakoaam, jeśli tajemnica była coś warta, i wiedziało się, że trudno będzie ją zachować. Tym razem sytuacja okazała się zupełnie wyjątkowa. Mieliśmy zrobić coś razem, o czym nikt nie mógł się dowiedzieć.

– Powiedz: jak Boga kocham, że nikomu nie powiem o tym, co robimy pod stołem – powiedział Leonek uroczyście.

– Ale my nic nie robimy.

– Zaraz zrobimy.

– Ty się przysięgnij pierwszy.

– Przysięgam się na Boga, że nigdy nikomu nie powiem, co robimy pod stołem.

– A co będzie, jak powiesz?

– Niech zginę.

– Niech zginę – powtórzyłam.

Leonek wyjrzał dla pewności spod stołu, wyszedł na korytarz sprawdzić, czy nikt nie podsłuchuje. Poobiednia cisza dzwoniła jedynie kryształami w kredensie, gdy Leonek wracał na palcach do namiotu.

– Musimy uklęknąć. Pokażemy sobie najlepiej na trzy cztery, tak będzie sprawiedliwie.

Uniósł rąbek sukienki, naprowadził moją rękę na swoją gumkę od spodenek, a swoją położył na mojej.

– Trzy, cztery! – zawołał szeptem.

Szarpnął i ja szarpnęłam. Moje zdziwienie było ogromne. Nie mogłam oderwać wzroku od tego, co zobaczyłam. On chyba widział już nieraz dziewczynkę, przecież miał kilka sióstr, bo wcale się nie zdziwił, tylko oczy zabłysły mu w półmroku namiotu.

– Możesz dotknąć – powiedział wspaniałomyślnie, ale nie mogłam się ruszyć.

Bałam się. Kręciłam głową i chciałam już wyjść. Uciec. Pomyśleć o tym, co zobaczyłam. Byłam całkiem skołowana. Leonek nie pozwolił mi wyjść. Dotykał mnie palcami. Bardzo lekko, delikatnie, jak ja w ogrodzie u babki Schönmyth dotykałam płatków ogrodowych maków.

– Czy pocałowałeś kiedyś różę? – chciałam zadać takie pytanie kilku mężczyznom, ale zawsze przeszkadzał mi wstyd.

– Różę? Czy całowałem różę?

Nikt nie dostąpił zaszczytu tego pytania.

Bałam się, że jakiś dowcipniś może odpowiedzieć: różę? Owszem, pocałowałem kiedyś pewną Różę. Była służącą w naszym domu. To byłby koniec spotkań w łóżku.

Zresztą, tak jak babka Schönmyth nie zadawałam żadnych pytań, więc dlaczego miałabym zadać właśnie to?

To byłby wstyd. Pocierałam różanym pąkiem o usta i zachwycałam się delikatnością nie mającą sobie równej. Nie było w tym nic erotycznego. Był może jedyny przypadek wiary, nadziei, miłości i żalu: ach, więc tu jesteś? Wierzyłam i miałam nadzieję, że jest tam w środku, kochałam Go w tej chwili, w ciągu tych paru wstydliwych sekund, ale naprawdę chodziło o akt miłości. Nie byłam na tyle głupia, by rozchylać pąk i zaglądać do środka. Wiedziałam, że nie przyłapie się niewidzialnego. Żal, żal, że nie daje żadnego znaku życia. Bóg? Znak życia?

Przynajmniej wiem, jak to jest, gdy człowiek szuka bliskości, pragnie odczuć obecność, i nic.

Często słyszę, jak mówią do mnie: dlaczego nie zatelefonujesz? Dlaczego nie wpadniesz? Dlaczego nie piszesz? Mam wrażenie, że to tylko mnie zależy na kontakcie z tobą, ty jesteś całkiem obojętna, to ja muszę się dobijać o łaskę spotkania. Tak mówią, tak właśnie ludzie czują upokorzenie ze strony innych ludzi.

Czują się podle.

Gorzej niż ja w jednostronnym kontakcie z Bogiem, bo przecież on się w końcu z nikim nie spotyka w taki sposób, by inni mogli mieć pewność. Niektórym tak się wydaje, ale nikt nie ma dowodów. Żadnych faktów, zdjęć, filmów, slajdów, żadnego śladu boskiej obecności w Internecie.

Czy moja skaza chłodu wzięła się stąd, że Leonek się utopił?

Przez całą podróż matka opowiadała mi o tym pięknym miejscu na Ziemiach Odzyskanych. Bardzo podobała mi się ta nazwa. Brzmiała pięknie: Ziemie Odzyskane, można pomyśleć, że to będzie raj.

Bagaż matka zostawiła u zawiadowcy, bo pociąg przyjechał pół godziny wcześniej: ktoś po niego przyjdzie, powiedziała niedbale. W takich sytuacjach podziwiałam jej królewski sposób bycia. Ktoś po niego przyjdzie!

Ze wzgórza wskazała mi szybko płynącą rzekę, połyskującą w słońcu srebrnymi łuskami wielką wijącą się rybę, w której grzbiecie przegląda się niebo.

– Czy rzeka też jest poniemiecka? – spytałam, bo wściekałam się, że piękne drzewa miały być niemieckie. Matka roześmiała się i powiedziała, że jesteśmy na dawnych niemieckich terenach i że po prostu Niemcy je posadzili.

– Niemcy sadzili drzewa?

– Bogienko, nie bądź nieznośna. Niemcy też są ludźmi, nie wszyscy byli tacy źli jak na filmach.

Rzeka wydawała się za duża na tę małą dziurę. Pogardy dla niej nabrałam już na stacji, a właściwie utwierdziłam się w niej. Gdy matka mówiła z nadmiernym entuzjazmem o pięknym miasteczku, w którym wszyscy się znają, wiedziałam, że czekać mnie tam może tylko nuda. Było samo południe. Z otwartych okien słyszało się hejnał. Słońce paliło tak mocno, że niebo straciło błękit. Po prostu świeciło, było jasne, bez żadnego koloru. Na spłowiałych od słońca kasztanowcach, tworzących aleję, siedziały ciche, osłabłe z gorąca ptaki. Na uliczkach prowadzących do parku nie było nikogo.

Siadłyśmy na ławce pod kasztanem, gdzie słońce dosięgało nas tylko przez liście. Nie czuło się wiatru, ale jednak liście poruszyły się, tworząc wolną przestrzeń, w której zmieściło się całe słońce. Mrużyłam oczy i łapałam drżące promienie na rzęsy, a wtedy słońce zamieniało się w złotą monstrancję. Widziałam na nim nawet litery IHS. W takich chwilach mogłam prosić Boga, żeby spełnił jakąś moją jedną prośbę. Ukrywałam to przed matką. Bóg to nie złota rybka z bajki, mówiła matka, kiedy skarżyłam się, że znów nie spełnił jakiegoś mojego życzenia. Dziś wyraziłam pragnienie przygody. Tak na wszelki wypadek, gdyby tam w górze ktoś słuchał westchnień małej dziewczynki.

Właściwie podobało mi się tutaj, ale nie mówiłam nic matce. Nie lubiłam być do niczego zmuszana, tak jak do tych wakacji u wujostwa. Chciałam pojechać na kolonie, ale z różnych względów było to niemożliwe. Po pierwsze dlatego, że byłam córką przedwojennego burżuja, należącego do prywatnej inicjatywy. Choć ten burżuj, mój ojciec, stracił wszystko podczas wojny i klepał biedę jak wszyscy. Po drugie zaś, miałam rodziców, którzy nigdy by się na taki wyjazd nie zgodzili, ponieważ mieli swoje zasady, i dla nich umieszczenie mnie w towarzystwie dzieci, z nie wiadomo jakich rodzin, było nie do pomyślenia. Ja zaś już pod koniec roku szkolnego zaczynałam marzyć o wesołej kompanii, o przygodach, o braku dyscypliny, ucieczkach nad morze w nocy i innych jeszcze rozkoszach, o jakich opowiadano po powrocie. Zielone noce! Wieczorki zapoznawcze, ogniska, konkursy, tańce! Czułam się pokrzywdzona. Nie dość, że jestem dzieckiem starych, przedpotopowych rodziców, którzy mogliby być moimi dziadkami – tak myślałam zawsze, kiedy byłam na nich wściekła, często zdarzało się, że koleżanki myślały, iż ojciec jest moim dziadkiem – to jeszcze musieli być przedwojennymi burżujami, i dlatego nikt nie mógł mnie odwiedzać w domu. Wstydzili się biedy, ponieważ byli kiedyś bogaci i mieli wszystko.

Niektóre zachowania dla nich oczywiste, jak to, że nie mogę chodzić do żadnej koleżanki, gdyż nie mogę odpłacić jej zaproszeniem do nas, bo nie ma gdzie przyjmować gości, były dla mnie nie do pojęcia. Wszyscy mieszkali wtedy w ciasnocie, jedli barszcz z ziemniakami, a na podwieczorek podsmażony na smalcu lub oliwie chleb posypany cukrem, ale moja matka podawała go na porcelanowych malowanych tackach ze srebrnym rancikiem, ojciec zaś pił mocną herbatę w dużej cienkiej filiżance z chińskiego serwisu, malowanego w scenki z życia Chińczyków, cudem ocalałego z wojny. Rodzice pewnie uważali, że jestem ponad tą całą czeredą, ale ja wiedziałam, że jestem poza. Bardzo chciałam pójść z wizytą do któregoś z „kołchozów", jak nazywano wielkie przedwojenne mieszkania. Pokoje w amfiladzie, w każdym inna rodzina, ale w całym korytarzu taki sam zapach tłuczonych ziemniaków i kapusty. I dzieci ze wszystkich rodzin, nawet skłóconych, bawiące się w chowanego w ciemnych tunelach.

Moi bracia byli już starzy, mieszkali poza domem, a ja, „ten nasz wyskrobek", jak matka określała mnie w rozmowach z krewnymi, miałam wyrastać na grzeczną panienkę. Było jasne, że muszę mieć kontakt z dziećmi, bo inaczej wyrosnę na dziwoląga. Babka Schönmyth kładła to matce do głowy: musisz ją wypuszczać na podwórko, Aniela, bo ci dziecko zdziczeje. No więc w końcu zaczęły się narady z ojcem, połowa rozmów po niemiecku, połowa po polsku. Matka przytaczała słowo w słowo to, co mówiła babka, ale nigdy się na nią nie powoływała. Nawet nie wspomniała, że tam byłyśmy.

– Wyrośnie na dzikuskę albo na jakiegoś dziwoląga. Te dzieci nie są złe, pochodzą po prostu z biednych rodzin, jak jest dużo dzieci, a rodzice pracują, to trudno je dopilnować.

– Już my wiemy, jakie są te wielodzietne rodziny.

– Do mnie pijesz? Moja matka nigdy nie pracowała – obruszała się Aniela.

– A gdzieżby madame Schönmyth mogła zhańbić się pracą! – Ojciec zanosił się astmatycznym śmiechem.

Dalej mówił po niemiecku. To był język obcy i chciałam, żeby obcy pozostał na zawsze. Ojcu chodziło o kwalifikacje babki. Czym mogła zarabiać, przecież nie głową, bo to za trudne, no i jej pociąg do sznapsa, zawsze gdy pojawiało się słowo „sznaps", była mowa o Sabinie Schönmyth. Tak jakby ojciec nie pijał sznapsa co dzień wieczorem w domu albo herbaty z wódką w Wiedeńskiej. Mimo że nie chciałam, to jednak rozumiałam coraz więcej. Ciekawość całkiem nieposkromiona, choć skrzętnie ukrywana, powodowała, że chwytałam znaczenia obcych słów w locie. Wściekła na siebie w duchu, nazywałam się Niemrą, obrzucałam wyzwiskami, *deutsche Schweine*, ale mój niemiecki słownik wzbogacał się o coraz to nowe pojęcia.

— U Schönmythów zawsze liczyło się serce, u Wegnerów bogactwo.

W miarę upływu lat matka hardziała. Takie odpowiedzi jeszcze rok, dwa wcześniej były niemożliwe. Nowe czasy zrównały obie rodziny. Wegnerowie stracili majątek, a Schönmythowie łącznie z Anielą mieli z tego *Schadenfreude*.

Trwało ze dwa tygodnie, nim wreszcie usłyszałam, że mogę wyjść na podwórko. Nie wierzyłam własnym uszom i własnemu szczęściu. Nie wyrosnę na dziwoląga!

Przez całą drogę z dworca do domu wujostwa miałam wydęte wargi i udawałam, że na nic nie patrzę, nie widzę nic interesującego ani pięknego. Przy drzewach w parku, które miały chyba po tysiąc lat, dałam za wygraną i zachwyciłam się głośno. Drzewa stanowiły dla mnie, odkąd pamiętam, aż do dziś, ten rodzaj piękna, jakiemu nie mogłam się oprzeć.

Najgorszy okazał się dom. Pachniał jak stara piwnica i był równie ciemny, bo wszędzie okna pozasłaniano grubymi zasłonami w kolorze popiołu. Od razu sprawdziłam, czy ciemnozielony dywan w salonie nie jest mchem, bo wyraźnie czułam zapach grzybów.

Ciotka Marta leżała w ciemności na wąskiej kanapce w salonie. Na nasz widok wstała powoli, opierając się o kanapę. Słaniając się, podeszła, by uściskać matkę. Miała twarz białą jak kartka z zeszytu z dobrym papierem. Na tym kredowym papierze czarnym ołówkiem wyrysowane były cienkie brwi, czarne dziurki od nosa, mocno uczernione rzęsy. Czerwoną kredką miała wymalowane usta z górną wargą w kształcie serca. Czarne loki wiły się dookoła twarzy.

– Wyglądasz jak śmierć na urlopie – powiedziała Aniela krótko. – Nie można tu wpuścić trochę światła?

– Och, proszę cię, Anielciu, tylko nie to, muszę chronić cerę, słońce jest dla mnie zabójcze.

– Bez słońca nie da się żyć.

Wydawało mi się, że matka jej nie lubi, i ucieszyło mnie to, bo ja od razu nabrałam do niej niechęci.

Po chwili w pokoju zrobiło się hałaśliwie i rojno od dzieci z rodziny Schönmythów, bo mężem ciotki Marty był Zenon, brat matki. Najwyższy z nich wszystkich, ponad metr dziewięćdziesiąt, co w tamtych czasach było rzadkością. Babka Sabina zawsze dziwiła się, jak mogła wydać na świat tego potwora. Ważył przeszło siedem kilo! I wciąż rósł. Gdyby nie to, że był wcześniakiem, to chyba pożarłby mnie od środka, mawiała. Byłam przy nim cienka jak nitka. Słyszysz, Bogienko? Siedem kilo, ty chyba teraz tyle ważysz, bo jesteś taka chudziutka.

– Niech mama nie przesadza, ona ma sześć lat, nie może ważyć siedem kilo.

Nie chciałam zostać w piwnicy nazywanej salonem, ale nikt nie pozostawił mi wyboru.

– Musisz przebywać dużo na świeżym powietrzu, doktor zalecił ci zmianę klimatu – mówiła matka.

Zdrowie było w domu Wegnerów wartością nadrzędną, o wiele wyższą niż wolność.

– Jedziesz i koniec, amentaterka, zabili Kacperka – tak kończył dyskusję ojciec.

Gdyby wiedzieli! Gdyby moi rodzice znali drugą wielką pasję Leonka, może zastanowiliby się nad wysłaniem mnie do wujostwa na wakacje, lecz oni znali tylko jedną jego pasję, zabawę w wojnę żołnierzykami w różnych mundurach. Były tam szwadrony napoleońskie, pułki niemieckie, modele czołgów z czerwonymi gwiazdami. W wielkie wojny Leonek wkładał sporo serca i inteligencji, ale zauważyłam, że gdy tylko stanęłam w pobliżu stołu i brałam do ręki żołnierzyka w niebieskim mundurze, przerywał zabawę i ciągnął mnie pod turecki namiot. Przyznaję, że już wtedy udawałam, choć nie pamiętam, z jakiej przyczyny. Że nie mam wcale ochoty, że to jest grzech, straszyłam go jego własną matką, która może zaraz wpaść do pokoju, mimo że ona nigdy nigdzie nie wpadała. Zawsze przecież zwlekała się z kanapy, wkładała pantofle bez pięty, na drewnianych obcasach i, stukając, szła wolno przez długi korytarz. Nie interesowała się swoimi dziećmi. Rodziła je, karmiła i to było wszystko. Leonek zaczynał zabawę w wojnę od razu po deserze. Jego siostry z lalkami szły do parku, a ja z nimi. Przychodziłam do domu tylko po chustkę albo po coś innego i przypadkowo znajdowałam się w pobliżu stołu.

– Chodź, tylko na chwilkę, tylko pokażesz – kusił Leonek.

– Zawsze tak mówisz, a potem dotykasz.

– Chodź. – Ciągnął mnie za rękę, nie zważając na udawane opory. Szedł przez pole bitwy, robiąc pogrom po obu stronach. To mnie przekonywało. Czułam, że zależy mu na tym, jak na niczym innym. Gdy jego siostry były w pokoju i bawił się wykrzykując komendy: Do ataku! *Hände hoch!* Naprzód, dalej, bo będę strzelał! – a któraś z nich niechcący przewróciła choćby jednego żołnierza, wrzeszczał jak opętany, gonił i bił winną, a nawet kopał ją w tyłek. Miałam dopiero siedem lat i naprawdę nie wiem, skąd wzięło się we mnie głębokie przeświadczenie, że nie wolno nikomu okazywać prawdziwych uczuć. To był jakiś kategoryczny imperatyw udawania; że mi nie zależy, że robię wielką łaskę. Zauważył to nawet mały Leonek, robisz wielką łaskę, jakbyś miała tam nie wiem co...

Jak na to wpadłam?

Czy to jest wrodzona kobiecość? Czy to, co uznaję za mętne męskie teorie, było w moim przypadku prawdą?

Siedmiolatka nie formułowała tego w ten sposób. Teraz jednak wiem, że oddalająca się obietnica jest równie ważna jak miłość.

Dostępność i szczerość w wyrażaniu uczuć były błędem mojego małżeństwa. Jedyne odstępstwo w katalogu moich miłości. Zawsze w domu, ciągle pod ręką. To jest błąd do naprawienia. Pierwszy krok został już zrobiony.

– Co się działo podczas mojej nieobecności?

– Wiele rzeczy.

– Opowiedz mi.

– Nie mogę, to tajemnica.

– Chciałbym, żebyś mi to wyjaśniła.

– Już nie ma czego wyjaśniać.

Skąd znałam tak wcześnie wartość wciąż oddalającej się obietnicy?

MADAME ŚMIERĆ. Po raz pierwszy śmierć pojawiła się w moim życiu przy śniadaniu.

– Nie będę jadła, nie chcę, nie chcę! – zakrzyczałam, odsuwając talerz z gzikiem z cebulą.

Miałam dość witamin w tej postaci.

– Jeśli nie chcesz umrzeć, musisz jeść – postraszyła mnie matka.

– Nie chcę umrzeć i nie chcę jeść.

– Musisz wybrać, albo jedno, albo drugie.

– Wybieram i to, i to.

Śmierć nikogo nie zabiera do końca. W tym tkwi jej siła i słabość. Jedną ręką zabiera ciało babki Schönmyth, drugą daje czarny pompadurek z prochami pamięci.

– Poznajesz mnie? To ja – mówi babka.

Twarz otulona czarnym szalem z żorżety w rozrzucone byle jak białe kostki do gry.

– *Schlank*, Sabine jest szlankowana – mówiła Szotka, bo babka wyróżniała się szczupłością.

Jakie wtedy były materiały! Duch babki szepce do mnie, że ona nie nosiłaby tego, co ja, te dzianiny, trykoty opinające ciało, to dobre na ciepłe majtki, ale na wierzch? To wszystko szajs, wszystko szajs, powtarza, dlaczego nie nosisz powiewnych sukienek?

Każde dziecko rodzi się z niewiasty, jak mały bóg, jak syn albo córka boska. Na podobieństwo boskie, tak mówi katechizm. Poczęcie zawsze jest niepokalane, bo przecież żadna rozsądna i logicznie myśląca kobieta, a taką była Aniela Wegner, nie bierze poważnie związku między tym, na co pozwala się mężczyźnie w łóżku, a urodzeniem dziecka.

A śmierć? Każda jest ukrzyżowaniem. Schönmythowie i Wegnerowie także powtarzają los Syna Boskiego, a nie jest to los wygrany na loterii, nie można wygrać go też w audiotele, bo nikt, jak dotąd, nie wygrał cielesnej nieśmiertelności, jedynej, jaka się liczy. To śmierć nadaje życiu horrendalną cenę; bez niej byłoby mało warte. Szajs, Aniela, wszystko szajs, mówiła na krótko przed śmiercią babka Schönmyth. Trzymała się życia mimo to i wcale nie miała zbytniej ochoty umierać.

Babka Schönmyth miała wtedy dobrze po osiemdziesiątce. Trochę oszukiwała z wiekiem. Ojciec twierdził, że miała już ponad dziewięćdziesiątkę. Była drobna jak wróbel wyrzucony z gniazda, jeszcze zanim zdążył obrosnąć w piórka. Chudziutka. Trudno uwierzyć, że wydała na świat dziewięcioro dzieci. Pół leży, pół siedzi oparta o wysokie poduszki. Matka przed chwilą zmieniła jej pościel; przesadzając babkę na krzesło, uniosła ją z łóżka jak dużą lalkę.

– Dlaczego śpisz w czarnej sukni? – pytam.

– Nie pozwolę, żeby te gamonie mnie ubierały. Nikt dziś nie umie już tego porządnie zrobić, boję się, że połamią mi kości. A tak jestem całkiem gotowa, włożą mi tylko buty na nogi, i w drogę!

– Och *Mutti, Mutti*, nie strasz mi dziecka – mówi matka, potrząsając karcąco głową.

– Ja się wcale nie boję, to ładna suknia – odpowiadam.

Babka śmieje się.

– Bogienka pasuje w świat – mówi.

– Gdzieś wychodzisz w tej czarnej sukni?

– Wyjeżdżam do lepszego świata.

– Na długo?

– Na zawsze.

– Na zawsze?

– Ale będę cię odwiedzała.

– *Mutti!*

Już parę godzin siedzimy w jednopokojowej chałupce, widzę to na niemieckim zegarze, choć trudno odczytać na nim godziny. Rzymskie cyfry pisane gotykiem.

Babka, matka i ja. Aniela wzięła szczotkę i grzebień. Rozczesywała długie siwotytoniowe włosy. Rozdzieliła je równo, ścieżką pośrodku głowy. Zaplotła z tyłu w warkocz i upięła dużymi metalowymi spinkami w kok. Patrzę na pochyloną matczyną głowę. Biała kreska dzieli ją na dwie połowy, zaczesane do tyłu i podwinięte na karku na drucianym wałku, ciemnoblond włosy matki. Lubię się przyglądać, jak zręcznie robi sobie fryzurę. Moje włosy są prawie białe, dziś rano matka, drapiąc drucianą szczotką, rozczesała je, a grzebieniem rozdzieliła równiusieńkim przedziałkiem, zaplotła warkocz, wplatając weń białą wstążkę, podwinęła go pod spód i zawiązała małą kokardę.

— Pomaluj mi trochę policzki i usta, trupio dzisiaj wyglądam — mówi babka, już uczesana, przeglądając się w lusterku ze srebrną rączką. Takie lustro miała macocha Królewny Śnieżki, w mojej niemieckiej bajce o krasnoludkach. To lustro odpowiadało na pytanie, kto jest najpiękniejszy na świecie. Było mi teraz żal babki, tak jak zawsze macochy. Lustro było bardzo nieuprzejme.

— Po co ci to, *Mutti*, pobrudzisz tylko poduszkę. — A jednak Aniela wyjmuje z szufladki tłusty róż w pudełku i lekko rozciera go na policzkach babki Sabiny.

— Widzisz, Bogienko, jak to jest? Na starość cały kolor ucieka, czas zwijać manatki, śmierć stoi w nogach. — Babka Schönmyth patrzy w lustro, ale nie czeka na odpowiedź.

Trójca zmienna w czasie. Jednia stanowiąca fazy, starość, dojrzałość, dzieciństwo. Wszystkie trzy w jednym

237

małym pokoju, w zgodzie i harmonii. Babka zrezygno-
wana, czyli pogodzona ze śmiercią, należy do przeszłości; matka pogodzona z życiem jest teraźniejszością; ja
jestem własnością przyszłości.

Od pętli tramwajowej przy kościele, przez całą drogę
do babki, matka pouczała mnie, jak mam się zachowywać. Grzecznie, przyzwoicie, miło. Musimy ją uspokoić
i pomóc w tym trudnym czasie, to jej ostatnie chwile,
Bogienko; w oczach matki pojawiają się łzy.

– Dlaczego dziś jest trudny czas? – spytałam, bo
był piękny słoneczny dzień i ptaki śpiewały w żywo-
płotach.

– Nie zadawaj za dużo pytań, bo nigdy nie wiadomo,
co sprawi przykrość babce Sabinie.

Matka nie odpowiedziała mi na pytanie. Bardzo
szybko zapomniałam o wskazówkach, ponieważ babka
Schönmyth nie sprawiała wrażenia kogoś znajdujące-
go się w trudnym czasie, miała lepszy humor niż moja
matka, nie roniła ukradkiem łez, i wcale nie były to jej
ostatnie chwile, bo siedziałyśmy tam wiele godzin, a ona
przez cały czas była razem z nami.

– Daj mi kieliszek taty z mamą – domagała się od razu
po naszym przyjściu. Matka wyjęła z szafki kredensu
dwie ciemnobrązowe butelki apteczne. Nalała trochę
z jednej, trochę z drugiej do dzbanuszka. Wymieszała
to łyżeczką.

– Kto tata, a kto mama? – pytam.

– Czy ty, dziecko, musisz naprawdę wszystko wiedzieć? – odpowiada pytaniem matka. – Zapomniałaś, o co cię prosiłam? – dodaje cicho.

– Aniela ma takie widzimisię, że ze wszystkiego robi tajemnicę – mówi babka. – Czemu Bogusia nie ma wiedzieć? Spirytus jest tatą, a sok wiśniowy mamą.

– Tatuś mówi, że pijesz wódkę codziennie na śniadanie, czy to prawda? – pytam znowu, nie przejmując się zakazem.

– Nie wierz mu, to jest moje lekarstwo.

Na samo wspomnienie ojca czoło babki zachmurzyło się. Szczeknęła coś krótko po niemiecku. Przekleństwo. Poznaję niemieckie przekleństwa, choć ojciec nigdy ich nie używa. Przeklinają tylko u Schönmythów. Szotka, wuj Henryk, babka. Przekleństwa potrzebne są ludziom z nizin, mówił ojciec, bo oni nie potrafią inaczej wyrazić, co myślą, okazać radości ani złości. U Wegnerów nigdy nie usłyszysz przekleństw. I to jest prawda. Nie wyobrażam sobie sióstr ojca, ciotek i kuzynów z tamtej strony, używających mocnych słów. Nawet kłótnie odbywają się na tym samym tonie, zamiast krzyków słowa wypowiada się w rodzinie Wegnerów z sykiem, im większa wściekłość, tym ciszej i bardziej przez zęby. Ojciec, gdy wpada w złość, nawet gdy traci nerwy i uderza pięścią w stół, prawie nigdy nie podnosi głosu i nigdy nie zaklnie.

– Ten Berni jest za mądry, wydaje mu się, że wszystkie rozumy pojadł. Pocieszna figura. Wiesz, dziecko, on dlatego nie urósł, że od dziecka był taki niegodziwy. Nie wiem, co ta Aniela sobie ubrdała, że musi za niego wyjść. Chciała uratować rodzinę, a zgubiła siebie. Głupia dziewucha myślała, że on nam pomoże. Zamknął ją i nie pozwala nawet widywać się z matką! Widział to świat, widzieli to ludzie? Córka nie może odwiedzać chorej matki! Widzisz, Bogienka?! Widzisz? A przecież mogła wyjść za kogoś, kto ją naprawdę kochał. Był taki jeden. Mężczyzna dla niej! Bogaty i wysoki. Nie *Zwerg* jak Berni. Ooo, tamten, całą rodzinę Wegnerów mógł kupić, jak nic, to była dla niego pestka.

– *Mutter!* – upominała ostro matka, przywołując babkę do porządku. Wzięła mnie delikatnie za ramiona i odsunęła od łóżka.

– To jest twoja córka, musi wiedzieć, jakie masz życie. Kiedyś i tak będziesz musiała jej wszystko powiedzieć.

Matka zaczyna znów coś babce tłumaczyć po niemiecku.

– Ach, szajs, Aniela, wszystko szajs – odpowiada babka, ze zniecierpliwieniem machając ręką.

Chwilę leży w milczeniu z zamkniętymi oczami. Oddycha głęboko. Matka w tym czasie sprząta pokój. Wzdycha, patrząc z niepokojem w twarz babki Sabiny.

– No to co, Bogienka, będziesz pamiętała babcię Sabinę? – pyta babka, siadając na łóżku.

Zdejmuje trzy złote obrączki z palców. Trzyma je na dłoni, kiwa palcem, żebym podeszła. Bierze moją rękę i kładzie na niej jedno złote kółko. Dwa podaje matce.

– Nie można dziecku dawać złota! – oburza się Aniela.

Chce odebrać mi obrączkę. Nie oddaję. Zaciskam palce w pięść.

– A to dlaczego? Chcę, żeby coś ode mnie miała, musi ją tylko dobrze schować, żeby ten cały Berni jej nie znalazł. No co, Bogienka, będziesz umiała ją przechować? Szak tak?

Jak niewiele zostało z tamtych czasów. Nie ma chałupki babki Schönmyth, nie ma jej samej. Mam czarny szal w białe kostki do gry, pompadurek i złotą obrączkę. Zegar z ciężarkami na łańcuszkach z porcelanową tarczą głośno tyka. Bije raz co pół godziny, co godzina wybija tę, którą wskazał.

Koronny świadek o płaskiej porcelanowej twarzy, ze zwisającymi warkoczami łańcuchów, zakończonych kręconymi ciężarkami z mosiądzu. Między nimi porusza się złote słońce wahadła, kroczek w lewo, kroczek w prawo. Krzywo wisi, lekko utyka na jedną nogę.

Inaczej niż mój nowy kwarcowy, który chodzi z idealną precyzją.

Już widzę jego reklamę.

Na tle nieskończonych przestrzeni, wyrażonych głębią planów niebieskich, świetliste planety układają się w godziny: „Zapewniamy ci komfort. Wyrzuć zegar, który głośno tyka i bije. Masz teraz zegarek nowej generacji.

Natrętnym tykaniem nie przypomina ci o śmierci. Jest wieczny, mierzy puls, ciśnienie, temperaturę. Jeśli zaczniesz stygnąć, będziesz wiedział o tym pierwszy."

Zegar wybił godzinę. Wydawało się, że babka zasnęła. Chciałam wyjść. Już za długo trwały te ostatnie chwile. Nudziłam się. Lubiłam chodzić do babki Schönmyth, bo jechało się długo tramwajem, bo to była wielka tajemnica, bo wuj Henryk pokazywał mi gołębie, a Szotka mówiła tak, że płakałam ze śmiechu. Dzisiaj jednak było inaczej. Było cicho, nie miałam się z kim bawić i nikt nie odwiedził babki. Trochę pogadała i zasnęła, a ja musiałam być grzeczna.

Zaczęłam śpiewać. Najpierw cichutko, potem coraz głośniej.

– Ciii, to ostatnie chwile babci – upomniała mnie matka.

– Wcale nie ostatnie, siedzimy tu już trzy godziny – poskarżyłam się.

– Dobrze, że przyszłaś i przyprowadziłaś ze sobą Bogienkę. Chwała Bogu, zdążyłaś. Chodź do mnie, Bogienka, usiądź tu na łóżku, nie bój się, śmierć nie jest zaraźliwa – mówi babka Schönmyth, biorąc mnie za rękę. – Będę chyba musiała już umrzeć – dodaje po chwili.

– Boisz się? – pytam.

– A ty bałaś się urodzić?

– Wcale nie! Nie, nie, nie! – wołam, skacząc na sprężynach materaca.

– Bądź poważna – karci mnie matka.

– A to dlaczego? – pyta babka.

Jeszcze niedawno, całkiem zdrowa, tańczyła na weselu wnuka, świńskiego blondyna Kazia. Oni wszyscy tak wyglądają, że trudno się połapać, który jest który. Kaziu to najbardziej świński ze wszystkich świńskich blondynów. A ja, pytam babkę Sabinę, czy ja też jestem świńska? Nie, ty nie. Ty jesteś jasną blondynką, odpowiada.

– Jeszcze nie tak dawno byłam zdrowa, jak to jest, Aniela, widzisz, przecież tańczyłam na weselu Kazia.

– *Mutti*, to wesele było ładnych parę lat temu, syn Kazia jest już w wieku Bogienki.

– W tej rodzinie dzieci są starsze od rodziców, wszystko się pomieszało! – mówi babka ze śmiechem.

Opowiada mi, jak matka przed pójściem na bal kręciła jej loki i układała fale. Kładła nożyce z drewnianymi rączkami na płomieniu gazowym i trzymała je tak długo, aż rozgrzały się do różowości. Czekała chwilę, aż przestygną, i łapała gazetę w ich rozwartą paszczę. Ściskała, a papier, sycząc, czerniał z gorąca, robił się kruchy, pękał, następny kawałek brązowiał, kolejny żółkł. Wokół rozchodził się słodki zapach karmelu. Gdy papier był biały, matka brała pasmo włosów babki i, kłapiąc żelazną paszczą smoka, robiła falę przy fali. Wiem o tym dobrze, bo kiedyś, gdy była w dobrym humorze, pokazała mi, jak to się robiło, i zakręciła mi włosy nad czołem.

Na tym weselu Aniela wstydziła się za swoją matkę, gdy Sabina tańczyła z panem młodym, wiejskim chłopakiem, obleczonym na czas uroczystości w granatowy garnitur. Jego muskuły napinały materiał rękawów, kiedy unosił Sabinę Schönmyth wysoko nad podłogą. Trzymał ją w talii, obejmując prawie złączonymi dłońmi szczupły stan.

Aniela siedziała sztywna, jakby połknęła kij od szczotki, i kręciła z niezadowoleniem głową. Gdy Kaziu odprowadził babkę na miejsce, Aniela pochyliła się do swojej matki i, robiąc parawan z dłoni, żeby nikt jej nie słyszał, szeptała, że nie godzi się starej kobiecie tak szaleć w tańcu.

– A godziło się uczynić człowieka starym? – spytała babka tak głośno, że aż wszyscy przy stole odstawili kieliszki.

Spostrzegła, że jest ośrodkiem zainteresowania. Nie znosiła rozmów o starości i śmierci, nie chciała roztrząsać tego przy stole, więc zastukała nożem w pusty kieliszek. Zaraz któryś z licznych świńskich blondynów nalał jej wiśniówki. Wypiła duszkiem, choć małymi łyczkami, i znów ruszyła w tany. Chciała pociągnąć za sobą Anielę, ale jej córka nigdy nie lubiła tańca. Została na miejscu. Teraz także siedzi wyprostowana na krześle obok łóżka babki. Wstydzi się swoich myśli, pamięta je. Odetchnęła i ucieszyła się, kiedy Sabina Schönmyth już nie mogła wychodzić z domu. Przestała przynosić wstyd rodzinie.

Gdyby Bernard widział ją wtedy tańczącą, miałby o czym mówić do końca życia.

Siedzę na brzegu łóżka babki, skaczę na sprężynach materaca, chcę sprowokować ją do zabawy, ale ona nie ma dziś na to ochoty. Przymyka oczy i ustami łapie powietrze. Coraz trudniej oddycha, cicho przy tym pogwizdując.

Nagle unosi się na łokciu, otwiera szeroko oczy, uśmiecha się do kogoś, kogo my nie widzimy, wcale nie do nas. Jej oddech wyrównuje się, twarz wygładza i uspokaja.

– *Mutti! Mutti!* – woła tak samo jak moja poniemiecka lalka, leżąca w wiklinowym koszyczku.

Gdy ją ciągnęłam za sobą, machała rączkami i nóżkami, wołając żałośnie, tak jak babka teraz: *Mutti, Mutti!* Aniela siedzi wyprostowana na krześle; trzymać się prosto to jedna z zasad matki, trzymaj się prosto, a reszta sama przyjdzie. Siedzi więc z tym swoim połkniętym kijem, ale ciche łzy płyną po jej policzkach.

– Co ona mówi, powiedz mi, co ona mówi? – proszę matkę, szarpiąc jej spódnicę.

– Prosi swoją matkę, żeby dała jej kubek zimnego mleka.

– To dajmy jej – mówię, przypominając sobie znaną tylko z fotografii prababkę o surowej, męskiej twarzy, przypominającej koński pysk i okolonej białą chustą. Prababka jest już od dawna w niebie, ale gdyby nawet tu była, nie podałaby babce mleka.

– Nie powinna teraz pić mleka.

– Dlaczego? – pytam, nie rozumiejąc.

– Musi mieć pusty żołądek, żeby wrócić tam, skąd przyszła – odpowiada matka tajemniczo, a ja nic z tego nie rozumiem.

Idę do miniaturowej wnęki za kotarą, biorę w obie ręce dzban; aż mną zakołysało, taki jest ciężki. Napełniam kubek mlekiem, rozlewając tylko trochę na podłogę.

Podchodzę do łóżka i wyciągam dłoń z kubkiem. Przytykam do ust leżącej na wysokich poduszkach babki. Babka Schönmyth łyka głośno, syci wielkie pragnienie, bierze kubek w drżące ręce. Jeszcze dwa łyki i kubek wypada, babka Sabina krzyknęła głośno, reszta mleka wylewa się na pościel. Boję się, co matka powie, nie chciała przecież dawać jej mleka, ale ona wciąż siedzi prosto jak w kościelnej ławce i wciąż płacze. Babka uśmiechnęła się, pomachała mi ręką na pożegnanie, a potem zamknęła oczy.

– Spełniłaś dobry uczynek, spotka cię za to nagroda – mówi matka, gdy idziemy przez pole.

– Kiedy?

– W swoim czasie.

KOŁYSKA. Szłyśmy przez pole aż do horyzontu, który wciąż się oddalał, ale nikomu to nie przeszkadzało, bo droga była piękna.

Tuż za horyzontem wyznaczonym przez sosny, na skraju wioski, mieszkał stolarz. Matka trzymała mnie mocno za rękę, gdy wchodziłyśmy na podwórko, bo bałam się żółtego kundla na łańcuchu. Miał ostre zęby w rozwartej paszczy, a język czerwony i nakrapiany jak muchomor. Stawał na dwóch łapach, chciał koniecznie zerwać się i gryźć.

Stanęłyśmy w połowie podwórka. Wtedy pokazał się stolarz. Nagle wyrósł jak spod ziemi. Huknął na psa, który natychmiast schował się do budy.

– Muszę zdjąć miarę? – spytał.

– Nie trzeba, znał pan przecież panią Schönmyth, była średniego wzrostu, szczupła, a pod koniec jeszcze bardziej zmalała i wyschła – mówi matka.

Zdziwiłam się; o swojej matce mówi per pani Schönmyth? Wyciągnęłam pośpieszny wniosek, że gdy ktoś idzie do nieba, staje się obcy, przestaje być matką, babką, ojcem. Staje się panią lub panem.

– Dąb? – zapytał stolarz.

– Dąb – potwierdziła matka.

– To my tu sobie wszystko ustalimy, a mała niech idzie na porzeczki. – Wziął mnie za rękę i poprowadził na tyły domu, gdzie mieścił się duży, zarośnięty ogród. Wskazał mi rozłożyste krzaki porzeczek i odszedł nieśpiesznym krokiem.

Rozejrzałam się. Nikogo tu nie było. Skubnęłam trochę czerwonych jagód. Kwasiło. Zaczęłam zbierać maki rosnące w wysokiej trawie.

Oddaliłam się kawałek, tak jak zawsze w bajkach, i wtedy usłyszałam dziwny głos. Śpiewanie bez melodii. Jakieś guuu, lalalalla, guuu...

Ruszyłam w kierunku tego głosu i po chwili zobaczyłam stojącą wśród polnych maków bardzo długą skrzynię z jasnego drewna. Zbliżyłam się ostrożnie. W jednym końcu skrzyni leżało dziecko, które obgryzało pulchną rączkę i śpiewało swoją pieśń, w drugim spało z zaciśniętymi powiekami drugie dziecko. Dzieci były do siebie podobne jak dwie krople wody.

Dotknęłam policzka śpiącego dziecka. Otworzyło oczy i zaśmiało się. To drugie wciąż gadało po swojemu. Dawałam im stokrotki, a one wkładały je do buzi.

Usłyszałam wołanie matki i zaraz zobaczyłam ją razem ze stolarzem. Matka nigdy nie spuszczała mnie z oka na dłużej niż pięć minut. Na widok skrzyni klasnęła w ręce.

– No wie pan!

– Bliźniaki – powiedział stolarz.

– Nie boi się pan trzymać ich w tym?

– Czego? Przecie to tylko kawał drewna – odpowiedział, śmiejąc się, stolarz. – Sypiają tylko przejściowo, póki nie skończę łóżeczek.

ODKLUK ZAKLUK. To były prawdziwe zaklęcia. W taki sposób otwierało się i zamykało drzwi podczas zabawy w dom. Mówiłam jak inne dzieci: odkluk, i byłam w środku. Proszę cię, jak będziesz wychodził, nie zapomnij zakluczyć drzwi, wołałam do chłopca grającego rolę mojego męża w zabawie w dom. W ojca i w matkę. On zawsze o wszystkim zapomina, jest roztrzepany jak dziecko, mówiłam głosem swojej matki, do mojej sąsiadki z *vis à vis* w narysowanym na ziemi domu.

Odkluk. Już jestem w środku, w samym centrum kosmosu pamięci, tam gdzie nie dociera światło teraźniejszości, gdzie śpiący czas śni swój sen.

ŚWIĘTO PŁACZU. Dawno temu matka pochylała się nad moim łóżkiem, tak jak ja nad jej trumną. Oddaję jej ten ukłon. Moja łza kapnęła na twarz matki. Łza przywracająca życie? Wtedy właśnie, w czarnej sukience, w czarnych pończochach, w ciężkiej żałobie, jak mówiła matka, gdy pochyliłam się jeszcze niżej nad martwą, choć wyglądającą jak żywa, twarzą matki, poczułam chłód bijący z wnętrza trumny. Śmierć chwyciła mnie za ramię i potrząsnęła mną: no, dość tego ożywiania, ja tu rządzę!

Druga gorąca łza kapnęła na policzek matki. Nie mogłam sobie przypomnieć, z jakiej bajki pochodzi ta łza. A może to postać z ballady, Irlandczyk Finnegan? Murarz, który spadł z rusztowania i zabił się, ale obudził się na dźwięk słowa „whisky". Słowa? Czy przypadkiem nie spadła na niego kropla? W Irlandii nieboszczyk brał udział we własnej stypie, leżąc sobie spokojnie w otwartej trumnie. Jestem prawie pewna, że kompani spryskali Finnegana whisky.

Poprawiam koronkę poduszki pod ciężką głową matki, jak stara doświadczona kobieta czuwająca przy zwłokach. Nieraz widziałam baby przy trumnach sąsiadek, które przecież nie mogły odpłacić im tym samym. Każda następna czuwała przy poprzedniej. Ciągłość, a nie wzajemność. One także są w mojej pamięci. Odezwały się teraz, wiem, co robić, jak się zachować. Hejże, dzieci, hejże ha, róbcie wszystko to, co ja.

O czym ja myślę? Przy trumnie? Lepiej myśleć o tym niż o śmierci ciasno splecionej z miłością, o tym, co działo się zaledwie godzinę temu. Przyniosłam wszystkie swoje skarby, ale przecież nie mogę złożyć ich razem z matką do grobu. Matka tego nigdy nie pojmie. Już słyszę głos pełen zgrozy: jak możesz, w dniu mojej śmierci takie rzeczy!

– Dobrze, dobrze, i tak tego nie zrozumiesz, jestem już spokojna, jestem syta, mogę zająć się teraz tobą – mówię.

MATKA NIE MATKA. Istniała podobno jeszcze przed moim narodzeniem, wówczas nie żadna matka, tylko dziewczyna ze wsi, która kiedyś, w jakiejś mitycznej przeszłości chciała być zakonnicą.

Kiedyś, gdy matka była taka mała, jak ja teraz, to znaczy, jak ja wtedy, gdy mi to opowiadała, czyli już za czasów mojej własnej pamięci, chciała pójść do klasztoru.

Matka żyła, zanim pamięć wykluła się w mojej jajowatej głowie, osłoniętej czapeczką z koronką.

Wykradana matce, ojcu i wszystkim pamięć stała się teraz tylko moją własnością. Świat sprzed moich narodzin był oczywisty i realny dla rodziców. Dla mnie jest mniej namacalny niż jedwabny kwiat wpięty w kołnierz kostiumu matki na fotografii. A jednak ten sam kwiat widziałam wiele lat później w tekturowym pudełku z rekwizytami ze sztuki o przedwojennym życiu matki. Nie wiadomo, dlaczego ocalał.

Matka przed moim przyjściem na świat istniała dla mnie mniej niż teraz, gdy umarła.

Znalazłam jej brązową fotografię sprzed moich narodzin. Poważna dziewczyna w białym kapeluszu-hełmie, ciasno przylegającym do głowy. Wydała mi się całkiem obca. Uśmiechała się jednym kącikiem ust podniesionym, drugim opuszczonym. Uśmiech odziedziczyłam po niej, była w nim tajemnica wiecznego niezdecydowania. Więc chcesz czy nie, pyta mnie mąż, jesteś zadowolona? Nie widać tego, niby się uśmiechasz, ale tak jakoś dziwnie. Linia ust wciąż balansowała pomiędzy tak i nie, między chcę a nie chcę, był to zewnętrzny wyraz walki sprzecznych sił wewnętrznych.

Gdy odwróciło się fotografię, można było odczytać gotyckimi literami: Aniela, maj i zamazany rok.

Dlaczego muszę przyjąć, że ta dziewczyna jest moją matką, Anielą Schönmyth, która wyszła później za mąż za Bernarda Wegnera? Kiepskie dowody, odziedziczony uśmiech i gotyckie litery. Nikt z pamiętających te czasy nie żyje, a jeśli nawet żyje ktoś z rodziny, to nie odróżnia już siebie od łóżka; jest po tamtej stronie, nie mogę więc wierzyć w to, co mówi. Czy przypadkiem ktoś się nie pomylił, podpisując fotografię? Bo to nie jest charakter pisma matki. Może pisała to jakaś niedowidząca ciotka albo podchmielony wuj? Uśmiech przemawia za tym, że to jest moja matka. Ma też, podobnie jak ja, proste czoło i cienki nos. Z fotografii spogląda jasnymi oczami w ciemną przyszłość osoba nie mająca w sobie nic, co mogłoby uchodzić za wiejskie. Świadomość nadaje twarzy powagę. Dziewczyna musi pracować, by pomóc matce, która kolejny raz owdowiała. Trzeba utrzymać niezliczoną liczbę dzieci, nikt poza babką Schönmyth nie mógł się połapać, ile ich naprawdę było.

Naturalnym stanem babki było macierzyństwo na przemian z wdowieństwem.

JUŻ ZA CZASÓW WŁASNEJ PAMIĘCI siedziałam na plaży nad morzem, przesypując złoty piasek. To była taka zabawa. Nabiera się piasku w muszelkę złożonych dłoni, wyrzuca go w górę, potem obraca się szybko dłonie na zewnętrzną stronę, by złapać wyrzucone w górę ziarenka piasku. Inne dzieci, bawiąc się w ten sposób, mówiły za każdym obrotem rąk: tyle matka miała dzieci, tyle poszło na wojnę, tyle zachorowało i umarło, tyle przejechał samochód... A ja, siedząc na brzegu leżącego spokojnie morza, mamrotałam: tyle babka Schönmyth miała dzieci, tyle poszło na wojnę, tyle zwariowało, tyle się powiesiło, tyle zapiło na śmierć, a tyle poszło do kryminału. Dobrze pamiętałam wszystko, co ojciec mówił o rodzinie matki.

ANIELA SCHÖNMYTH do fabryki chodziła pieszo przez pola. Ścieżka rozpościerała się przed nią jak dywan, zwijany natychmiast, gdy przeszła, bo kiedy odwracała się za siebie, zboże aż po horyzont tworzyło zamkniętą płaszczyznę kłosów. Nigdy się nie spóźniała, mimo że musiała wychodzić o piątej rano, żeby zdążyć. Co dzień wstępowała do kościoła, by modlić się o zdrowie brata, który urodził się z felerem i wkrótce umarł na tajemniczą chorobę. Babka Schönmyth robiła mu okłady z płótna zwilżonego zimną wodą z octem, przytrzymywanego obręczą z bandaża. Ojciec mówił, że ten mały był wariatem bez dwóch zdań, jego szczęście, że nie wyżył. Matka chciała wstąpić do klasztoru, żeby mieć wreszcie spokój. Była pobożna, więc uważała, że to będzie najlepsze wyjście. W domu wszystko odbywało się w rejwachu i hałasie. Dzień w dzień dziewczęta szorowały podłogi, chłopcy trzepali dywaniki sprzed łóżek. Wszyscy biegali z kąta w kąt, chlapali się wodą. Słychać było krzyki, piski, poszturchiwania. Od rana do wieczora bawili się wyłącznie w hałaśliwe zabawy. Nawet w nocy nie było ciszy, ktoś chrapał, inny krzyczał przez sen. Najgorzej było, gdy zaczynał się sezon klapinosków, czyli jednoskrzydłych nasion klonowych, na których grało się ustami. Poza sezonem tataraku i klapinosków grywali na grzebieniach i bębnach z garnków. Ciągła obecność hałaśliwego rodzeństwa, nadmiar głosów i gestów powodowały, że Aniela tęskniła za cichą samotnością.

– Hałas to życie, Aniela – mówiła babka, gdy córka skarżyła się, że nie może tego wytrzymać.

Aniela, gdy była mała, chodziła do klasztoru po lekarstwa dla chorego brata. Panowała tam zupełna cisza. Zakonnice mówiły szeptem, śpiewały tylko podczas mszy w kaplicy. Matka pomyślała wtedy, że Bóg jest ciszą, i zaczęła do niego tęsknić.

Gdy stanęłam wraz z matką na skraju pola, które obsiewał jednoręki wuj Henryk, spytałam, gdzie jest rozwalająca się rudera, o której mówił ojciec, gdzie jest dworek z facjatkami, o którym opowiadała matka. Trudno mi było pojąć, że chodziło o ten sam dom.

– Babka Schönmyth nie chciała z nikim mieszkać, już taka była, jak się uparła, to nic nie pomogły prośby, więc bracia rozebrali nasz wielki dom rodzinny i zbudowali te trzy, widzisz, tam za polem, jeden należy do Henryka, drugi do mojej siostry Janki, a trzeci do rodziny biednego Staśka. Cegły starczyło jeszcze na chałupkę babki Sabiny.

– Widzisz sama, jaki wielki był nasz dom. Wyszły z niego trzy całkiem porządne domy i ta chałupka.

– To są mity? – spytałam, bo przypomniałam sobie, co mówił ojciec; nie wierz w te ich włości, Bogusiu, to wszystko są mity, pole jaśniepani Schönmyth było wielkości chustki do nosa, a ten, pożal się Boże, dworek, to rozwalająca się rudera.

– Żadne mity, to najprawdziwsza prawda.

BLONDYN W SKÓRZANYM PŁASZCZU. Wszystkie szafy i szafki, bieliźniarki i toaletki były dostępne, a klucze tkwiły w zamkach, zawsze otwarta była szafa matki, w kolorze kości słoniowej. Na półkach leżały czyste, krochmalone powłoczki i prześcieradła, bielizna matki pachnąca kwiatami suszonej lawendy, jej uprasowane bluzki poukładane według kolorów. W drugiej części na ramiączkach wisiały sukienki, kostiumy i płaszcze. Jedna tylko szafa pozostawała tajemnicą. Czarna jak heban, rzeźbiona szafa ojca. Właściwie zamykana była jedna jej część, wąskie prawe skrzydło, bo środek i skrzydło lewe były takie jak w szafie matki, zresztą to ona dbała o to, żeby wszystko było tu czyste i wyprasowane. Nigdy nie odłożyłaby na półkę nie uprasowanych koszul czy bielizny. Klucz od tajemniczej części ojciec zawsze miał przy sobie. Śledziłam go, gdy otwierał skrzypiące drzwi. Udawałam, że czytam, pochylałam głowę i zasłaniałam twarz dłońmi, ale przez szpary między palcami widziałam, jak bierze do ręki butelkę z wąską szyjką, przechyla ją i nalewa z niej wódkę do stojącego na półce kieliszka, słyszałam krótkie bul-bul-bul, ojciec przechylał głowę i jednym ruchem wlewał płyn do gardła. Nawet pijąc ukradkiem, jak dzieciak w tajemnicy przed rodzicami, nigdy nie pił z butelki, gdyż uważał to za chamstwo. Głośno odchrząkiwał i zakręcał butelkę. Szeleścił papierami, udając, że szuka dokumentów, stawiał butelkę w głębi, kieliszek nieco bliżej, i zamykał szafę. Kiedyś podczas drzemki ojca wyjęłam z kieszeni jego marynarki klucz i otworzyłam po cichu szafę, ale niewiele ciekawego w niej znalazłam. Banknoty ułożone w niewielkie kupki; codziennie rano wydzielał matce jeden z nich na sprawunki w sklepiku i na targu. Był tam także wielki, oprawiony w skórę album z fotografiami, który wyjmowało się podczas świąt, gdy ojciec opowiadał o rodzinie. Były zdjęcia nagich kobiet bawiących się na piasku i w morzu. Z niemieckimi podpisami. A więc to tak, powiedziałam sobie, taki z ciebie patriota, Berni? Z albumu wypadła jedna mała fotografia i wpadła pod szafę. W tym momencie ojciec lekko chrapnął, więc szybko przekręciłam klucz i wrzuciłam go z powrotem do kieszeni ojca. Przetarł oczy i rozciągnął ramiona. Nic nie zauważył.

Gdy wypijał więcej niż jeden kieliszek, robił się zaczepny, dokuczał matce. Nie lubiłam momentów, kiedy się tak nagle zmieniał.

— Nie ma to jak wysoki blondyn w skórzanym płaszczu, co? — rzucał w przestrzeń po paru kieliszkach.

– Jak możesz mówić coś takiego, Berni, jak możesz? – Drżenie w głosie matki zapowiadało płacz.

– A kto to jest ten pan w skórzanym płaszczu? – pytam.

– Ja go nie znam, o to musisz zapytać matkę – śmiał się ojciec złym, niewesołym śmiechem i zaczynał kaszleć.

– Bernard, proszę, nie przy dziecku!

– Teraz prosisz!? Ciekawe, ciekawe. Jego też prosiłaś?

– Czy ten pan był kiedyś u nas? – pytam nieustępliwie.

– Tatuś sobie żartuje, dziecko – mówi matka, ale ja odróżniam żart od prawdy.

Ojciec ma metr pięćdziesiąt osiem w butach na podwyższonym obcasie. Matka jest od niego wyższa o pół głowy. Nosi zawsze płaskie czółenka, ale ma też pantofle na wysokim obcasie. Gdy ojciec mówi o polskiej krwi, którą nasiąkła niemiecka cegła domu Schönmythów, albo o wysokim blondynie w długim skórzanym płaszczu, wtedy ona wkłada szare zamszowe pantofle na wysokim obcasie i staje blisko niego. Chodzi po domu i patrzy na ojca z góry. Robi tak również wtedy, gdy ojciec zadaje pytania dotyczące Szotki: czy ona, twoja Szotka, rozumiała choć słowo po polsku? czy potrafiła wymówić poprawnie choćby najprostsze zdanie? – pyta i ciągnie dalej ten śliski temat. Co tutaj, u nas, po kimś, kto nie zna słowa po polsku? Powinna zostać folksdojczerką!

– Jak możesz mi tak ubliżać, Bernard? Nikt w naszej rodzinie nie był folksdojczerem.

– A jednak wyjechała do Vaterlandu! – krzyknął ojciec z triumfem.

– Pojechała tam umrzeć.

– Umrzeć można wszędzie. Nie powinna wyjeżdżać.

– Chyba wolno stare kości złożyć w ojczyźnie?

I tak w kółko, dziesiątki razy.

Ojciec do śmierci się łudził, że chroni mnie przed tymi ludźmi, którym przytrafiały się tragikomedie i tragifarsy.

– O rodzinie Schönmythów można by napisać tragifarsę, Bogusiu – mówił do mnie.

Poznałam te słowa, zanim po raz pierwszy zabrał mnie do teatru lalkowego. Tragikomedia i tragifarsa miały miejsce wtedy, gdy matka miała czerwone oczy i milczała z pochyloną głową, a ojciec naśmiewał się z jej rodziny i mówił o jej braciach z nizin i babce Sabinie Schönmyth, którą przedstawiał jako wiedźmę.

Przyklejona policzkiem i uchem do drzwi, podsłuchiwałam, łowiąc poszczególne słowa z dziwnych, niezrozumiałych rozmów rodziców na temat wysokich blondynów w skórzanych płaszczach. Ataki ojca czynione całkiem zimno, niby pozbawione emocji, miały w sobie hamowaną pasję. Przezierała z nich w gestach; przez szparę w drzwiach widziałam szczęki ojca, zaciśnięte zbyt mocno, i papieros drżący w jego dłoni. Rozmowa urywała się nagle, tak jak się zaczęła, i po paru minutach panował już wrogi spokój.

Wszystko, o czym mówili, działo się w czasie mitycznym, przeszłym, nieciągłym, rozbitym przez czas teraźniejszy, bieżący, na odłamki. Chciałam je poskładać, ale nie udało mi się. Niczego nie mogłam się dowiedzieć wprost, kradłam więc wspomnienia, podkradałam pamięć i chomikowałam w nieświadomości, żeby móc później wyciągać króliki z cylindra albo rękawa czy też odkrywać w snach.

Rodzina Schönmythów mieszkała w wielkim domu pełnym dzieci, Berni z ojcem wrócił do kraju z Berlina.

Babka Sabina, no, jaśniepani Schönmyth, to był osobny rozdział. Trzech mężów, a co było między małżeństwami, lepiej się nie domyślać, powtarzał ojciec. Jej wysokość wiedźma mogła by pomniejszym czarownicom udzielać korepetycji...

Kołuję jak sęp nad pamięcią, żeby wyrwać z niej jeszcze jedną rozmowę, jeszcze jedną zapomnianą myśl. Napływają obrazy nieprzetłumaczalne na język. Wciąż dotykam czegoś, co parzy lub mrozi, całkiem jakby istota pamięci wiązała się z temperaturą uczuć, a nie z chłodnym umysłem. Nawet dziś, gdy pomyślę o wysokim blondynie w długim skórzanym płaszczu, robi mi się na przemian zimno i gorąco.

MAŁA FOTOGRAFIA. Teraz już nikt nie robi zdjęć takiego małego formatu, jakieś cztery na sześć centymetrów, nie pamiętam dobrze, bo nigdy potem już jej nie widziałam, nie było jej w albumie ani też w kartonie ze szpargałami po matce i po ojcu. Mała czarno-biała fotografia, która wpadła pod szafę, zginęła, ulotniła się jak kamfora.

Gdy tylko ojciec wyszedł z pokoju, podniosłam zdjęcie z podłogi. Była na nim kobieta w toczku owiniętym woalką, spod którego wymykały się jasne, wijące włosy. Była podobna do mojej matki, ale nie miałam pewności, czy to ona. Miała na sobie narzucone futro z wielkim szalowym kołnierzem, a pod spodem mocno wydekoltowaną ciemną suknię bez ramion i długi sznur pereł. Z tego wszystkiego matka miała tylko perły. Nigdy nie widziałam w domu takiego futra ani też tak głęboko wyciętej sukienki, mimo że często myszkowałam w przedwojennych rzeczach matki. Poza tym matka miała zawsze proste włosy, rozdzielone przedziałkiem pośrodku głowy, zaczesane do tyłu i tu upięte w niski kok. Nigdy nie zmieniała fryzury. Nie pamiętam, żeby kiedykolwiek nosiła inną. Nawet na uroczystościach familijnych, na które czesała się u fryzjera, wyglądała podobnie. Malowanie oczu, ust czy golenie pach uważała za dobre dla kobiet lekkich obyczajów.

Wiem to na pewno, bo gdy zobaczyła, że biorę brzytwę ojca, żeby pozbyć się włosów pod pachami przed pójściem na tańce, powiedziała, że porządna dziewczyna nie robi takich rzeczy.

– Będę podnosiła ręce w tańcu, nie chcę, żeby ktoś oglądał moje włosy – broniłam się.

– Nie ma potrzeby unoszenia rąk w tańcu tak wysoko, ręce trzeba trzymać przy sobie.

– Przy rock and rollu? – spytałam, ale zarazem zrozumiałam, że matka jeszcze nigdy nie widziała młodych ludzi tańczących rock and rolla.

Nie zmieniła swych zapatrywań nawet wtedy, gdy świat zamienił się w teatr pełen postaci o kolorowych włosach, grubo uszminkowanych ustach, z rzęsami ciężkimi od tuszu. Kobieta na fotografii wyglądała tak, jakby miała umalowane usta, rzęsy i przyciemnione brwi. Znałam siostry matki, żadna z nich nie była podobna do osoby na zdjęciu. Jeśli ktoś był do niej podobny, to ja, ale jeszcze nie wówczas, gdy miałam dziewięć czy dziesięć lat, znacznie później, dopiero gdy naprawdę dorosłam.

Najdziwniejsze jednak było to, że matka, bo w końcu uznałam, że musiała to być ona, nie była sama. Obok niej stoi wysoki jasnowłosy mężczyzna w mundurze, takim samym, jakie znałam z filmów o Niemcach. Ma gładko ogoloną podłużną twarz, brodę wysuniętą do przodu. Zmrużył jasne oczy krótkowidza. Długi nos zwiększa wrażenie smutku. Stoją na tle ciemnej draperii, ujęci do połowy, wyglądają trochę jak popiersia rzeźb.

Fotograf, który z pewnością prosił o przyjemny wyraz twarzy, nie był w stanie wykrzesać z tej pary ludzi nawet cienia uśmiechu.

Przez szparę w drzwiach czarnej szafy wsunęłam zdjęcie z powrotem.

MADAME GRI-GRI. Późnym popołudniem to samo miasto. Nazywa się tak samo jak tamto i leży w tym samym miejscu. Tam panował senny spokój, nigdy nie było tylu ludzi, a już na pewno nikt się nigdzie nie śpieszył. Przecież pamiętam. Właśnie dlatego stąd wyjechałam, denerwowała mnie powolność tego miasta.

Dziś trwa tu gigantyczna ucieczka, nieustający popłoch, zorganizowany exodus. Ludzie wysypują się z biur, firm i fabryk. Oblegają przystanki, wpychają się do autobusów albo z nich wysiadają. Wsiadają do samochodów, parkują, wygrażają pięściami. Jedni pędzą w tę stronę, z której inni wracają.

Widać z tego, że nie ma ucieczki, nigdzie nie dojdzie się do celu.

Taksówkarz jedzie wolniutko. Wreszcie staje.

– Znowu, kurde, korek – mówi – bambrów z bambryjewa najechało, szpilki się nie wetknie, girami nie chce się kmiotkom przebierać, nie? Myślą, że miasto jest z gumy, że się, kurde, rozciąga, jak guma do gaci. Kiedyś bamber siedział w chacie, nie, a teraz wielki pan, samochodem do miasta jedzie, wydaje się jemu, że pierdzikółko to auto, pani patrzy, jaki czarny dym mu wali z rury, ja bym, mówię pani, wprowadził paszporty ze wsi do miasta, od razu luźniej by się zrobiło, nie? – Wychyla się przez okienko, patrzy na pośladki idącej chodnikiem kobiety, oblizuje wargi, gdy odwraca się do mnie, widzę siny koniec języka. – Luźno by się zrobiło, nie?

– No, luźniej – odpowiadam.

Rozumiem ten język. Znam go, mimo że nigdy go nie używałam. Czuję się cudzoziemcem, który zawędrował do egzotycznego kraju dzieciństwa, gdzie spędził kilka lat życia z rodzicami na placówce.

Pegaz na dachu opery wciąż stoi. Nie uleciał, ale wciąż jeszcze ma nadzieję, bo nie złożył skrzydeł.

– Tu wysiądę, to już niedaleko, nie ma sensu stać w korku, jest tak pięknie – mówię, podając taksówkarzowi banknot.

Wzrusza ramionami. Co w tym pięknego?

Idę prosto. Ta ulica była kiedyś taka długa, a teraz? Dziesięć minut i jestem na miejscu. Wchodzę na klatkę, staję przy windzie. Zastanawiam się chwilę, coś tu się nie zgadza. Szpara światła zjechała w dół. Winda? Nie było jej tu nigdy. Wychodzę, by sprawdzić numer domu. To nie tu, to obok.

Wchodziło się po skrzypiących szerokich schodach na trzecie piętro. Tu mieszkały trzy stare panny. Domek trzech dziewcząt. To była prawdziwa rodzina. Madame Gri-Gri miała na imię Bola, liczyła sobie wtedy około osiemdziesiątki i pełniła rolę ojca. Zastanawiam się, czy mogła się dowiedzieć, że ją perfidnie wykorzystałam w pewnym opowiadaniu, ale wydaje mi się to niemożliwe. Madame musiałaby mieć wówczas około stu dziesięciu lat. Na szczęście żadna z trzech sióstr nie doczekała tego wieku. Jestem więc bezkarna. Zresztą w tamtym opowiadaniu Madame była samotną, jedyną na świecie osobą, pozostałą z całej rodziny. Pozbawiłam ją sióstr, nie były mi wówczas potrzebne.

Siedemdziesięcioletnia Mouche była matką w tym stadle; gotowała, sprzątała i narzekała, że Inka, najmłodsza, wówczas już sporo po sześćdziesiątce, którą obie traktowały jak kapryśną córkę na wydaniu, za mało jej pomaga, żadnej wyręki z tej dziewczyny, siedzi po całych dniach i czyta. Nic pożytecznego, francuskie romanse.

Bola karciła Inkę surowo i potem przez jakiś czas Inka, z ufarbowanymi na blond lokami, z miną obrażonej dziewczynki, trzepała wytarty dywan albo robiła sprawunki w pobliskim sklepiku pana Majera. Wyobrażała sobie, że jest pięknością podobną do Grety Garbo. Sklepik stanowił jedno z niewielu miejsc, do jakich docierała. Była to już, co prawda, państwowa spółdzielnia, ale przedwojenny właściciel został kierownikiem, więc zawsze chodziło się do Majera, nawet wtedy, gdy go już pochowano. Starannie ubrana, z włosami upiętymi nad czołem w loki, zgodnie z modą sprzed lat, z upudrowaną białą twarzą arlekina, z łukami wyrysowanymi starannie w miejscu, gdzie były kiedyś brwi, i z sercem ust pociągniętych różową szminką, była przygotowana na spotkanie z nieznajomym, który wreszcie pozna się na jej urodzie i kulturze osobistej, wdrapie się po skrzypiących schodach na trzecie piętro i poprosi rodziców zastępczych, czyli Madame Gri-Gri i Mouche, o rękę. Oświadczy się, jak przystało na dżentelmena, przyklęknąwszy na jedno kolano. Z prawą ręką na sercu. Lewą poda Ince bukiet.

Stojąc w kolejce u Majera w małym sklepiku mieszczącym się w piwnicy, patrzyła przez szybę na postrzępione nogawki spodni i nędzne buty przechodniów. Tyle widziała, ale nie było wśród nich tego, na którego czekała. Może mógłby mieć nawet wykoślawione buty, wszyscy w tych czasach byli w równym stopniu biedni, ale musiałby mieć odpowiednią prezencję. Inka wiedziała dobrze, czego pragnie, takie oświadczyny przeżyła dawno temu jako młoda dziewczyna, jeszcze przed pierwszą wojną. Zgięte kolano, ręka na sercu, bukiet, prawdziwi rodzice, obie siostry, data ślubu. Potem wojna, narzeczony zginął pod Verdun. Tam walczył i stamtąd nie wrócił. Nigdy nie miała żadnej wiadomości, nigdy nie spotkała nikogo z jego rodziny, więc opowiadała o tej stracie, dodając coraz to nowe szczegóły. Trzeba się zdać na los nieszczęścia, mówiła, wypatrując gabardynowych nogawek i wysoko sznurowanych butów.

Mouche, w fioletowej długiej sukni i w żółtym turbanie, spiętym szpilą z turkusem, gotowała dla całej rodziny. Wypiekała ciasteczka cynamonowe albo rogaliki z konfiturą z róży, które podawała w pokoju najstarszej siostry. Jej rola polegała na wytwarzaniu ciepła domowego ogniska, więc piekarnik był stale w użyciu. Gdy przychodziłam na lekcję francuskiego, czułam zapach pieczeni z czosnkiem, chleba albo ciastek. Często podkreślała, że przed wojną nie musiała nigdy nic takiego robić, ale czasy się zmieniły, a inteligentny człowiek musi sobie zawsze jakoś poradzić. Ojciec mówił, że siostry pochodziły z bardzo bogatej fabrykanckiej rodziny, były wykształcone, świetnie mówiły po francusku, dobrze po niemiecku, i chyba dlatego wszystkie zostały starymi pannami, że w końcu zawsze się okazywało, że kawalerowie byli biedniejsi niż myszy kościelne, za to świetnie umieli liczyć cudze pieniądze.

Mouche czekała, aż Madame Gri-Gri zadzwoni, by wejść z porcją pachnących, jeszcze ciepłych rogalików na tacy. Madame umiała postępować z dziewczętami, ponieważ prowadziła prywatną pensję, eksperymentalną szkołę języka, literatury, filozofii i zajęć praktycznych. Kształcone u niej panny na rynku matrymonialnym szły jak ciepłe bułki u Majera.

Nazwałam ją Madame Gri-Gri, bo ubierała się zawsze na szaro, miała bluzki i spódnice we wszystkich odcieniach szarości, a do tego jej francuskie „r" gruchało i bulgotało, jak w gołębim gardziołku. Żabot na wypukłej, trzymanej w ryzach gorsetem piersi potęgował wrażenie gołębiowatości Madame. Do tego dochodził zdecydowany, ostry nos, przypominający dziób i nasuwający domysły co do jej pochodzenia. Moja matka często zbaczała na ten temat i po niemiecku pytała ojca, czy czasami Bola nie należy do „tej rasy". Mówiła, że pyta tylko tak, z ciekawości, bo spójrz tylko, Bernard, na jej nos, co?

Ojciec kręcił głową: to francuska krew, mówił, Francuzi czasem bywają nie do odróżnienia.

Mała, okrągła głowa Madame, z mikroskopijnym koczkiem upiętym z resztek włosów, obracała się we wszystkie strony szybkimi, mechanicznymi ruchami. Miałam niekiedy wrażenie, że w odróżnieniu od innych ludzi, Bola może kręcić głową dookoła. Wpatrywała się w moją twarz z pełnym uwagi napięciem, chcąc zmusić mnie do opuszczenia powiek. Jednak często brałam na podwórku udział w zawodach na siłę spojrzenia. W tym ja byłam mistrzynią.

Wymagała ode mnie żelaznej dyscypliny, musiałam uczyć się na pamięć słówek, nazw przedmiotów, które widziałam tylko u niej, jak pożółkła ze starości wykałaczka do zębów z kości słoniowej, z herbem wyrzeźbionym na główce, specjalna drapaczka do szudrania się pod łopatką albo piłka do ścinania czubków jaj, sprytna mała gilotyna.

Nauczyłam się u niej wielu rzeczy, o których w tamtych ciemnych czasach nikt nawet nie pomyślał, starsi starali się o nich zapomnieć, młodzi nie przeczuwali ich istnienia. Zawsze z niecierpliwością czekałam na konwersację. Najbardziej lubiłam, gdy Madame gruchała do mnie, mówiąc powoli i bardzo wyraźnie, czekając na moje skinienie głową, że rozumiem, nadążam za tym, co mówi. Opowiadała o zamierzchłych czasach, o życiu w Paryżu, o domu ciotki w Prowansji, gdzie spędzała wakacje jako dziecko. Nietrudno mi było wyobrazić ją sobie jako dziewczynkę. Była niewysoka, okrągła i bardzo ruchliwa, jak żywe dziecko. Tyle że stara. Pozwalała na zadawanie pytań, aż do znudzenia. Nawet najgłupsze nie pozostawało bez odpowiedzi. Przypominała mi ojca, który w tym względzie nigdy nie tracił cierpliwości.

Gdy pomyliłam rodzajniki lub źle odmieniałam czasowniki nieregularne, podskakiwała na sprężynach kanapy tak wysoko i energicznie, że stara kanapa zaczynała wygrywać melodię. Chwytała się za głowę, jakby miała jej za chwilę pęknąć na dwoje. Trzymała ją tak, jęcząc w kółko: *mon Dieu, mon Dieu, oh mon Dieu.*

Pamiętam jedną z pierwszych lekcji, kiedy odkryłam, że Madame jest podobna do gołębia. Mouche wniosła herbatę i rogaliki różane. Siedziałam z Madame Gri-Gri przy małym stoliku. Podała mi srebrną cukiernicę i zagruchała: ile chcesz cukrrrru, cukrrru, cukrrru? Posłodziła małą filiżankę herbaty trzema kostkami, a dwie schrupała, zanim zaczęła pić.

– Cukierrr daje siłę, zapamiętaj to sobie, nie słuchaj lekarzy, są na usługach rrreżimu, jedz zawsze dużo cukrrrru, ja przez całe życie jadłam dużo cukrrru, cukrrru i nigdy nie chorrrrowałam.

Wtedy zobaczyłam w niej kobietę-gołębia.

– Poprrroszę cukrrru, cukrrru! – przedrzeźniałam ją, biorąc dwie kostki srebrnymi szczypcami.

Co roku w lecie domek trzech dziewcząt przenosił się do białego pensjonatu w Puszczykówku. A może w Puszczykowie? Nie jestem pewna, ale chyba jeździło się do Puszczykówka. Nie pamiętam też, kto wpadł na pomysł, ojciec czy matka, żeby mnie, siedmioletnią dziewczynkę, wysłać tam razem z siostrami. Będziesz na powietrzu, pod dobrą opieką, jedzenie jest wspaniałe, a do tego jeszcze podrasujesz francuski, bo tam jeżdżą ludzie, którzy dobrze znają ten język. Takie wakacje mogła dziecku zgotować tylko rodzina Wegnerów. To musiał być pomysł ojca.

Pojechałam więc tam, do pięknego białego domu, z oknami złożonymi z kwadratów grubego szkła w ramkach, z dużymi werandami, na których jadało się w pogodne dni.

Prawie wszystkie dni były pogodne. Ci zgnojeni przez wojnę i ustrój ludzie w lekko podniszczonych białych ubraniach z tropiku, w słomkowych kapeluszach, w jasnych sukniach, z białymi parasolami, siedząc na białych ławkach pod olbrzymimi czuprynami drzew, byli pogodni, byli weseli. Rozmawiali wciąż o polityce, bez żadnych złudzeń. Nikt nie wierzył, że sytuacja może się poprawić. Prześmiewali się z polityków, przygadywali bzdurom czytanym przez radiowego spikera. Słuchali radia, bo lubili, tak samo jak mój ojciec, być *au courant*. Najweselszy miał zmiażdżone palce prawej dłoni. Gdy spytałam dziecięcym, przeraźliwie głośnym szeptem, dlaczego ten pan ma takie palce, Madame bez owijania w bawełnę zagruchała: torrrturrrrowali go.

Najbardziej złośliwy „wycierał kąty w najcięższych więzieniach", a stara, ciągle przysypiająca dama nie płaciła za nic, nawet za jedzenie, bo nic nie miała. Madame Gri-Gri poinformowała mnie, że Stalin złupił ją do cna, obrał ze wszystkiego. To zdarzyło się gdzieś daleko, nie uczyłam się jeszcze geografii i nie wiedziałam, gdzie leży Samarkanda. Rzeczywiście, dama była równie chuda i przezroczysta jak babka Schönmyth, wtedy gdy przestała wstawać z łóżka. Tak mówiła matka: że babka Sabina jest przezroczysta. Często chwytała mnie za rękę, jakby się czegoś bała, mogłam więc porównać ją z babką. Taka sama lekka piszczel, obciągnięta piegowatą skórą.

Byłam jedyną dziewczynką, maskotką starców, gadającą po francusku lalką, którą lubili się bawić. Napatrzyłam się na śpiącą na leżakach, owiniętą w pledy starość. Na łzy płynące bez przerwy ze starych, zakraplanych oczu, na ocierane chustką kapki wiszące z nosów, na sztuczne szczęki gruchoczące w szklankach jak lód do whisky. Nasłuchałam się chrząkania, charkania, kaszlu, astmatycznych oddechów. Widziałam także starczą miłość. Najmłodsza siostra Madame, Inka, paradowała w wyciętej w literę V sukni, czekając na zwycięski dzień, w którym zdarzy się wreszcie to, na co czekała od kilkudziesięciu lat. Uśmiechnięta, nie traciła nadziei, pozwalała całować ręce, obejmować się za ramiona, bo wiedziała to samo co ja: że wszystko jest możliwe.

Madame Gri-Gri uczyła mnie przez parę lat, dopóki nie umarła. Nigdy wcześniej nie była chora. Matka mówiła zawsze, że Madame cieszy się żelaznym zdrowiem. Którejś nocy, śniąc swój gołębi sen, wyzionęła ducha. Wtedy przejęła mnie Inka, ale to już nie było to samo. Opuszczałam lekcje, nie wkuwałam słówek, a ona nie miała energii, by mnie karcić.

Tyle lat wchodziłam na trzecie piętro, dwa, a czasem nawet trzy razy w tygodniu, powtarzając po drodze słówka. Stoję na klatce schodowej, mówię cicho do siebie: *le petit moineau* – wróbelek, *la corneille* – wrona, *le ciel est couvert* – niebo jest pochmurne; *faire l'innocente* – udawać niewiniątko. *Faire l'innocente*.

Czy to jest to miejsce? Ten sam numer klatki, ta sama ulica? Stare nowe kąty.

Nie znalazłam tego, czego szukałam.

Pochodzę trochę po tym obcym mieście, zanim rozpacz chwyci mnie za gardło.

Jezdnie zakorkowane, samochody, napędzane wściekłością, charczą silnikami. Klaksony śpiewają pieśń zemsty. Silni wpychają się, wymuszają, potrącają. Słabi stoją pokornie, czekając, aż przyjdzie ich pora. Czas słabych musi nadejść.

– Te światła nie zmieniają się całą wieczność, my możemy tu stać w nieskończoność, co ich to obchodzi – mówi do mnie staruszka.

Całą wieczność. Staruszka i wieczność. Nieznajoma, choć pochylenie, właściwie lekki garb, budzi wspomnienie. Dotknąć garbu na szczęście. Zbliżam się, delikatnie pocieram twardą narośl. Szczęście jest przy mnie. Jestem tutaj, oddycham, żyję. Piesi tupią ze złości. Czekają na pasach. Kierowcy wlepiają tępy wzrok w czerwone oko.

Korek. Wypadek. Na moście przyczyna. Ciężarówka leży na boku jak upolowany mamut. Tarasuje całe dwa pasma. Dźwig usiłuje zahaczyć ją ramieniem i przenieść kawałek dalej, żeby zrobić miejsce choć na jeden samochód. Zmagania potworów. Dobrze, że idę pieszo.

Za mostem nowoczesny przeszklony biurowiec, z daleka widać kolejne piętra. Serwantka pełna porcelanowych figurek na półkach. Muzeum sztuki konceptualnej. Obok smukłych wieżowców dostojne matrony kamienic, wypacykowana secesja. Odnowiona jasnym tynkiem od strony ulicy. Znam ten sposób działania, pamiętam. Malowana fasada szkoły; front kamienicy. Zaglądam od podwórka, widzę, że mury są tak samo jak kiedyś pokryte liszajami; odpadają płaty skóry, aż do żywego mięsa cegieł. Za to wszystkie okna lśnią czystością. Znajomy porządek. Musi być czysto wokół mnie. Pokoje są wypucowane. Robię, co do mnie należy, utrzymuję porządek, mówi matka.

Miasto nie spełnia swych obowiązków. Miasto jest brudne, nie odnawia podwórek. O fasady dbają właściciele sklepów i firm. Przed witrynami czyściutkie marmurowe płyty, schludna dziewczyna w pomarańczowej sukience zmywa z nich brud zostawiony przez wchodzących do wnętrza. Ma bezchmurną twarz. Czternaście albo piętnaście lat. Jak tamta, w tamtym mieście, co w krótkiej spódnicy idzie przed siebie i wydaje się jej, że dostała na własność wszystkie ulice, po których chodzi.

Dziewczyna uśmiecha się zapraszająco. Odwzajemniam uśmiech; jest w niej coś znajomego. Nie mogę jej znać. Mogłaby być moją córką. Moją córką jest raczej tamta w krótkiej spódnicy. Czuję się jak matka samej siebie.

Mijam bank. Potem sklep z materiałami. Bele wciąż leżą jedna na drugiej, tak samo jak wtedy. Sprzedawczyni rozwija przed klientem czerwone sukno. Mijam nowo otwarte firmy, mieszczące się w starych śródmiejskich kamienicach.

MALARZ. Szukam pewnej bramy, wielkiej, ziejącej chłodem i pleśnią groty. Poznaję od razu podwórko wyłożone, jak wtedy, kocimi łbami. Przychodziłam tu w krótkiej spódnicy i trumniakach, płytkich pantoflach na cienkiej podeszwie; wyczuwałam przez nią obłość tych kamiennych czaszek. Szło się ukosem przez podwórko do oficyny. Drewniane schody trzeszczały i uginały się pod stopami. Czarna poręcz, polerowana dłońmi przez dziesiątki lat, odchylała się od schodów w kierunku czeluści. Nigdy nie było tu światła, bo zawsze ktoś wykręcał żarówki.

Tak było tutaj zawsze.

Jest więc wreszcie coś znajomego. Wchodziło się na ostatnie piętro. Pracownia przerobiona ze strychu. Wysoki strop. Belkowanie. Wszędzie obrazy miasta, ulice w innej niż realistyczna perspektywie. Domy, które kłaniały mi się, osłaniały przed światłem, gdy szłam słoneczną ulicą, tutaj pochyliły się ku sobie i zetknęły dachami, tworząc tunel.

Stoję przed drzwiami. Są jak zawsze półotwarte. Na łóżku w szarej pościeli leży siwowłosy mężczyzna. Straszny smród wydziela się z wnętrza pracowni, jak z paszczy gada, zabijającego trującą wonią. Nie trzeba zamykać drzwi, i tak nikt tu nie wejdzie. Zabić martwego? Ukraść zakurzone obrazy? Zostało jeszcze trochę wódki w butelce.

Był starszy niż ja, ale przecież nie tyle. Długie pasma siwych włosów zasłaniają mu twarz. Co się stało, gdzie może być tamten? Rozglądam się przez chwilę. Tak jak kiedyś, gdy wchodziłam i szukałam go oczami wśród dziesiątków sztalug, które kolekcjonował. Stoi przy jednej z nich w przeciwległym kącie. Maluje. Nie widzi mnie. Paleta z przewagą czerni, błękitu paryskiego, ultramaryny i zieleni Veronese'a. Śmieję się z niego, że maluje przy sztalugach bez modela. Maluje miasto z zezem zbieżnym. Dachy stykają się, drzewa mieszają korony. Nikogo nie ma w alejach ani na ulicach. Wszyscy gdzieś uciekli.

Mogłabym go obudzić. Nigdy nie zrobił mi krzywdy. Pozowałam do jego innych obrazów, do portretów, aktów. Półpornograficzne rysunki robił całymi nocami. Pokazywał mi je, gdy uciekałam z lekcji i przychodziłam do niego w kusej spódnicy. Rysował to, czego nigdy nie widział, czego nigdy ze mną nie robił. Patrzyłam chciwie na plątaninę rozwierających się kresek, które coś ukrywały. Wyłaniała się z nich nieznana namiętność.

Czułam, że chcę tego, co naszkicowane, ale gdy tylko znajdował się blisko, gdy dotykał moich piersi, całował je i łaskotał gęstymi ciemnymi włosami, ubierałam się i proponowałam, żebyśmy gdzieś pojechali. Na podwórku stał olbrzymi czarny motor, jakiego nikt w mieście wtedy nie miał. Zbiegaliśmy po schodach, uciekałam, a on mnie gonił. Siadał na motorze, uruchamiał ryczący silnik, ja siadałam z tyłu i przyklejałam się rozpalonym ciałem do jego pleców. Kiedyś namalował *Szał*, taki jak tamten, muzealny. Motor z jego głową staje dęba, na nim siedzi odchylona do tyłu dziewczyna z rozwianymi włosami, bez oczu i nosa, ma w twarzy tylko wielkie, rozwarte czerwone usta. Trzyma kierownicę, jest nią wygięty penis. To był wstrętny, pociągający obraz. Budził moją odrazę, ale nie mogłam oderwać od niego wzroku.

Na sztaludze w głębi olbrzymiej pracowni widzę jedno z płócien. Dziewczyna z przysłoniętą białymi włosami połową twarzy, bez oczu, z olbrzymimi krwistymi ustami, spogląda przez ramię, proste jak u chłopca; wysoko umieszczone piersi, wąska talia rozszerza się w szeroki owadzi odwłok. Siedzę na draperii prześcieradła.

Oddycham powietrzem z przeszłości. Nie czuję smrodu. Mogłabym obudzić malarza. Narzekał, że mam za mało ciała. Teraz mogłabym pozować do tego obrazu, który zawsze chciał namalować.

Powoli cofam się w teraźniejszość. Niezbyt szybko, tyłem, żeby nie doznać szoku. Schodzę po skrzypiących schodach. Liczę je, tak jak wtedy. Czaszki są jasnoszare, bardzo realistyczne; nie chcę, by popękały. Stąpam delikatnie. Znów muszę unosić się nad ziemią, żeby nie profanować przeszłości, żeby jej nie ranić.

SKLEPIK Z CUKIERKAMI. Nić zapachu wanilii, marcepanu i kakao prowadzi mnie poprzez labirynt ulic do małego sklepiku cukierniczego, po schodkach w dół. W mojej prehistorii dwie stare kobiety sprzedawały tu cukierki. Stara matka ze starą córką. Za szybą okrągłe marcepanowe twarze. Czekoladowe oczy. Siwa cukrowa wata nad czołem. Równy wzrost, niewiele powyżej metra pięćdziesięciu. Ta sama mocna budowa ciała. Równe kretonowe sukienki. Ten sam fryzjer, ta sama krawcowa. Bliźniaczki, jedna urodziła się o trzydzieści lat wcześniej niż druga, ale na oko nie ma różnicy. Jak można zachować takie podobieństwo, tak całkowicie zgubić ojca? Jakiegoś mężczyznę, który przecież musiał mieć swój udział w powstaniu tej młodszej.

Starsza trzyma drabinę. Córka stoi na wysokim szczeblu, macza szeroki pędzel w różowej farbie. Zręcznymi ruchami zamalowuje brudną powierzchnię muru. Kwadrat krzyczącej różowości obejmuje drzwi i okno wystawowe, pełne złotego staniolu i kolorowych cukierków. Wszystko atrapy; często trzeba je wymieniać, bo blakną na słońcu. Papierki spełzły na nic, cały kolor uciekł, mówiły do mojej matki, kiedyś, kiedyś. Jak mogły tak zblaknąć? Przecież tu słońce nie dochodzi, to piwnica, śmieje się matka, gdy wychodzimy z torebką pełną cukierków majowych i marcepanowym wieprzem w kolorze farby w kubełku.

Mury powyżej i po bokach różowego tła wyglądają gorzej niż przed malowaniem. Kawałek czystego niemowlęcego policzka w pomarszczonej, starej i brudnej twarzy.

Ludzie w tym mieście to mężczyźni, co wyrośli z chłopców, których kiedyś znałam. Kobiety w niczym nie przypominają dawnych dziewczynek. Tropię, wdycham zapachy niczym policyjny pies. Szukam śladów naszego wspólnego dzieciństwa. Zatrzymaj się, to przecież ty. W gestach, w zagubionym kształcie ust, w kolorze oczu. Chcę rozpoznać, ale nie widzę nikogo z podwórka, ani spod dziewiątki, ani spod dziesiątki. Nigdzie nikogo.

Plakat z twarzą dziewczyny jak pogodne niebo bez chmur, gładką i martwą. Obcą w swej pomarańczowej sukience.

Nowe kino. Olbrzymie fotosy. Nigdy takich nie było. Ludzie przed kinem czekają na seans.

OKRĄGLAK. Stary, okrągły jak koloseum dom towarowy z siatką na samobójcze motyle, rozpiętą kiedyś na którymś piętrze. Nie ma w niej dziewczyny z pięknymi czarnymi włosami i prostym nosem. Nie złapała się. Siatkę założono dopiero później. Grubo później, po paru udanych skokach. Oto miejsce kultu. Tu chodziłam składać wiązanki plugawych przekleństw przeciwko uczącym w moim liceum ludzkim armatom, zabijającym piękne czarnowłose dziewczyny. Tu rodziła się moja mściwość, powstawały obrazy kaźni świńskich nauczycieli, torturujących słabe istoty. Tu wymyślałam okrutne rodzaje śmierci i zbrodnie doskonałe. Nauczyłam posługiwać się myślami jak ostrą bronią. Przysięgałam sobie, że nie dam się nikomu zranić. To miejsce groźne kiedyś, obłaskawione dziś jak kanapowe zwierzę, zęby wyrwane, bujna sierść ostrzyżona, męskość wykastrowana, chodzi na dwóch łapkach, cholerny Molly, maltańczyk o kudłach z konopnego sznurka. Nawet w palec nie ugryzie. Lustra, marmury, granit, perfumy wszystkich firm świata. Chodzą grubi ludzie, bardzo dużo grubych, właściwie wszyscy z nadwagą, zawsze tego trochę było, ale nie tyle, muszą żreć na potęgę. Kupują, śmieją się. Nie są szczęśliwi, nie mogą być. Nie mogą być szczęśliwi, muszą cierpieć. Chyba że dla nich nic się nie zmieniło. Ktoś mi się ukłonił. Widać przypominam mu kogoś. Obcy stanie się bliski, wystarczy, że pochodzi po ulicach.

NA GROBLI. Jak tu wszędzie blisko. Idę małe pół godzinki, a już jestem na Grobli. Grobla; ruch ręką przy czole, imitujący łapanie muchy. Stukanie wskazującym palcem w sam środek czoła. Wylądowała na Grobli. Ooo, nic gorszego nie mogło się tej dziewuszce przytrafić.

Na Grobli lądował co jakiś czas wieczny harcerz, noszący latem krótkie harcerskie spodnie i niebieską chustę, choć wtedy niebieskiego harcerstwa już nie było. Lądował na Grobli, tam gdzie musieli wylądować w końcu wszyscy wyjący do księżyca, powtarzający w kółko, że na nich czyhają, co było czasami prawdą; szukająca owieczek i licząca znalezione stado, ktoś rechoczący ze śmiechu przez dziesięć godzin na dobę, ktoś inny płaczący cicho, komu wydaje się, że jest dzieckiem porzuconym przez matkę, ma siedemdziesiątkę, więc to budzi podejrzenia lekarzy, stary nie płacze po matce.

Pamiętam ich wszystkich dobrze.

Wtedy odwiedziłam Bożenę dopiero po dziesięciu dniach. Naprawdę nie było tu klamek.

Ten szpital przypominał boską pakamerę, pełną zepsutych ludzi, porzuconych w pół roboty.

To niemożliwe, żeby tu była, myślę, ale wchodzę, pytam, podaję nazwisko. Jest. Znów tutaj jest. Cóż za przypadek, nie wierzę własnym oczom, ale widzę to samo nazwisko.

Nawet nie wyszła za mąż.

Do sali prowadzi mnie zaleczony mężczyzna, gadając przez cały czas, na jednym tonie, bez chwili wytchnienia, bez interpunkcji: mówi, że najpierw odeszły go sny, zawsze miał ich tyle, że nie mógł spamiętać, budził się zlany potem, a teraz nic, spokój, psy go nie gonią, w ziemię nie wrasta, pusto i sucho, chciał sobie wymyślić sen, ale nie dał rady, oni mnie, proszę pani, ogłuszyli, mam głowę jak z rtęci. Prawda, że miał koszmary pełne robactwa, brudu, strachu i krwi, to było piekło, a teraz co? Nic, samochód to jest samochód, a człowiek to człowiek, żadnej fantazji, widzę tylko to, co jest, modliłem się, żeby skończyły się koszmary, bo czasem chciałem kogoś niewinnego za to przetrącić, bo mi się zdawało, że z mojego snu wstał, ale ja chyba umarłem, niech mnie pani uszczypnie, muszę się przekonać, że żyję, mówi, prowadząc mnie korytarzami labiryntu, zamiast mnie idzie tu jakiś drewniany człowiek, pewnie, że się wtedy bałem, ale strach to życie, a teraz jem, piję, wydalam jak każdy, sam oskubałem się z pierza, głupi gołąb... To już tu leży ta, co pani jej szuka, popełniła grzech śmiertelny.

Usiłowała popełnić samobójstwo. Kiedyś dawno. Teraz też. Pętla czasu zacisnęła się na jej szyi. Bóg jeden wie, z jakiego powodu. Wtedy pokochała pewnego młodego idiotę, ale on miał inny gust. Teraz leży na łóżku, uśmiecha się do mnie, gdy siadam na brzegu, daleko, daleko, *noli me tangere*, przez dotykanie nieczystego stanę się nieczysta. Obok leży ta, która wciąż się modli, powtarza pierwsze trzy wiersze *Ojcze nasz*. Sama się szczypię, bo wtedy obok też leżała modląca się, zupełnie podobna, choć pewnie inna kobieta. Można z nimi zwariować, mówi.

– Mój mózg był zamknięty, a klamka schowana pod poduszką tego głupiego faceta, tyle mogę ci powiedzieć. – Jest zadowolona, zamknęła temat.

Zachwyca się liśćmi czerwonego dębu, dotykającego szyb w pokoju, gdzie przedtem leżała. Żałuje, że ją stamtąd zabrano, bo szybciej przyszłaby do siebie. Mówi o brązach i fioletach składających się na wyszukany odcień, o połysku wierzchniej strony liścia i matowości jego siwego spodu. Napawa się słowami, wymienianiem, synonimami, czaruje mnie językiem jak poetka, mimo że kiedyś nie była biegła w jego używaniu. Nigdy jej język nie był tak bogaty jak tutaj, pośród tych, którzy w większości nie potrafią korzystać z prawideł gramatyki, posługują się poezją rozpadu lub zwykłym bełkotem. Pewnie dlatego mówi do mnie tak dużo, biegle operując konstrukcją zdań. Nie pyta mnie o nic. Ani co robię, ani co myślę. Jakby wszystko wiedziała, jakby minęło dziesięć dni od czasu, gdy zagadnęła mnie po raz ostatni.

Madame Memory nie ma tu czego szukać. Jest tylko teraźniejszość, i właśnie jej nie ma.

WE ŚNIE CZASU. To tu. Nikt nie wie, że kobieta stojąca przed brązowymi drzwiami czasu to ja, dawna Bogusia Wegner.

Kiedyś był tu dzwonek podobny do podnieconej brodawki. Dziś jest domofon, znamię nowoczesności.

Nikt nie wie, że jestem tamtą Bogną, i nikt się o tym nie dowie. Odmieniona, nierozpoznawalna, ciemniejszy blond krótko ostrzyżonych włosów. Nikt oprócz Małej Pachnącej mnie nie rozpozna. Dlaczego ona wykrzyknęła na mój widok: Bogusia Wegner! Jak mnie odkryła? To był cud, który się już nie powtórzy.

Od dawna nie jestem chudą dziewczynką o lnianych włosach. Nie jestem też dziewczyną w krótkiej spódnicy, ledwo zakrywającej pośladki, której wydawało się, że ulice, po których chodzi, są jej własnością.

Mam nowe nazwisko męża i drugie, nie znane im wszystkim imię w dowodzie osobistym.

Podwórko przeciął Murzyn w czerwonej marynarce. Skurczyłam się pod jego spojrzeniem. Przeszedł długim krokiem przez żelazną bramę. Czy to możliwe? Czarny człowiek na tym podwórku? Nie lalka Murzynek, nie Piotruś spod dziewiątki wyglądający jak młodociany Otello z Harlemu, gdy przemalował się z okazji Pierwszego Maja na Murzynka Bambo. Słyszę w głowie jego piskliwy głos, o którym zapomniała mutacja. Słyszę, jak Piotruś śpiewa, wieczorem, już po akademii, jeszcze wciąż czarny, wysokim głosem: „To jest Ameryka, to słynne UUUesaaa".

W czasie targów przyjeżdżało tu sporo cudzoziemców. Wszyscy w kamienicy wynajmowali pokoje. Bywali tu Arabowie w turbanach, bywali Japończycy, ale czarnym nikt tu nie wynajmował.

Zostało jednak jeszcze trochę dawnego podwórka, został senny czas, płynący wolniej niż na ulicy.

Z okna wychyla się siwa głowa kobiety.

– Zapomniałeś klucza! – woła, gdy spod dziesiątki wybiega kilkunastoletni chłopiec o żółtych włosach, i rzuca w skórzanym woreczku klucze.

Ja nie zapomniałam klucza. Mam ich cały pęk, otworzę wszystkie drzwi, może nawet te na końcu korytarza.

– Szukam, szukam! – woła chłopak.

PIERWORODNY POCAŁUNEK. Chowam się w piwnicy, sama przy stercie węgla połyskującej strużkami złota. Niemrawe światło dochodzi nie wiadomo skąd. Może z okienka pokrytego węglowym pyłem jak szkiełko do obserwacji zaćmionego słońca. Opieram się plecami o zimną, spoconą ścianę. Ze strachu zamykam oczy i czekam. Czuję czyjąś obecność. Mam w pamięci opowieści o wampirze grasującym w mieście, nie było go jeszcze na naszym podwórku, ale mógł się tu znaleźć. Nie otwieram oczu. Ktoś przyciska mnie do ściany. Spierzchnięte usta cisną się do moich. Rozpłaszczają się na nich, czuję zaciśnięte zęby. Trwa to moment i chłopak ucieka. Zdążyłam zauważyć jego żółte włosy, świeciły nawet w piwnicy.

Zataiłam pierworodny pocałunek na spowiedzi.

To przecież nie była moja wina.

Nie myślałam, nie spodziewałam się. Nie? A po co chowałaś się w piwnicy? A serce bijące wysoko i tak głośno, że przestraszyłam się, że ktoś usłyszy i znajdzie mnie, kierując się tym łomotem. Bałam się wampira, nie wierzyłam jednak, że to on. Wampira boję się zawsze, wampiry przybierają różną postać, wampir stanowi część umeblowania mojej głowy, jest obecny przy wszystkim, co się dzieje, należy do świata duchów, diabłów, w odróżnieniu od Boga interesuje się ludźmi i uczestniczy w ich życiu.

Nie spowiadałam się, bo nie było intencji grzechu. Ksiądz Dziurkiewicz zawsze powtarzał, że intencja grzechu jest równie ważna, jak sam grzech. Rozgrzeszyłam się więc z pierworodnego pocałunku bardzo szybko.

Nie wzięłam pod uwagę tego, że właśnie ten pocałunek rozbudził pragnienie czegoś więcej. Czegoś jeszcze nieznanego, co powinno się zdarzyć. Pragnienie wciąż się odradza, obiecuje, mami, łudzi spełnieniem. Pojawia się wciąż od nowa w dziwnych momentach, ni w pięć, ni w dziewięć, nagle, przy czarnej jak węgiel trumnie ze złotymi gałązkami. Czuję ból. Sztywnieje mi z bólu lewa ręka. Kłucie za mostkiem wzmaga się.

Dookoła pachnie piwnicą, rozproszone światło upiększa kaplicę pogrzebową, dodaje jej tajemniczości, bo też zawiera tajemnicę. Czarny granit katafalku błyszczy jak pryzma węgla.

Słaniam się, w takiej chwili to przecież nic dziwnego. Osuwam się na ramię męża. Podtrzymuje mnie.

Zasłabła, zasłabła, szepczą głosy.

– Wyjdźmy stąd – mówię.

I zaraz życie wkracza do akcji. Daje kopniaka majestatowi śmierci. Przebitka z życia w scenie śmierci, coś dla mojego reżysera. To by mu się spodobało. Nigdy się nie dowie, czym zajmowała się nasza bohaterka.

Oboje w czarnych strojach, uroczyści jak para kochanków z czarnego horroru, bladzi jak zombi powstali z trumny.

– Nigdzie nie czuję, że żyję, tak mocno jak na cmentarzu – mówię z pogodą.

Ratuje mnie dar zapominania. Wiem, że jestem na cmentarzu, że odbywa się nabożeństwo żałobne, ale teraz jest słońce, a my idziemy szeroką aleją ku gęstym chaszczom na tyłach cmentarza, gdzie stoi ławka, ta sama, na której niedawno siedziałam.

Nie ma nikogo, choć trudno dać za to głowę. Jakaś posiniała twarz patrzy na nas. Nie wiadomo, czy należy do grabarza, co przysiadł na pryzmie świeżo wykopanej ziemi, czy do nieboszczyka, co nie zdążył uciec przed słońcem. Nic się nie liczy oprócz pragnienia. Czarna spódnica przykryje wszystko, czarne rękawiczki rozpinają guziki dzielące nas od siebie.

– Tutaj? To niemożliwe.

– Jak to niemożliwe, skoro już się dzieje?

Sina twarz znika.

– Lubisz mocne wrażenia.

– Wrażenia? Nareszcie znów czuję, że żyję. Nie dam się wciągnąć w śmierć.

To wszystko zaczęło się od pierworodnego pocałunku.

To ten sam chłopak, który dał mi w prezencie pierwszy grzech. Grzeszek, niewinny figielek diabła.

Chcę podbiec, pogłaskać go po żółtych włosach, oddać mu teraz ten pocałunek, który podarował mi kobiecą pewność na całe życie, tak chcę mu powiedzieć. Dziękuję za gest, za pocałunek bez słowa wyjaśnienia, byłeś chłopcem, który nic nie rozumiał, ale nie mówiąc nic, powiedziałeś: może jesteś za chuda, tak jak mówią, może jesteś jeszcze za młoda, ale twoje usta są takie, jakie powinny być, ani za chude, ani za młode. Matka odzyskała znów swą moc i ciągnie mnie za kieckę, powstrzymuje sykiem przed kompromitacją, daj spokój, Bogna, jesteś dorosłą kobietą, a to jest chłopiec, zachowuj się przyzwoicie.

Racja, dzięki. Byłabym na śmierć zapomniała, że jestem we śnie czasu prawdziwego podwórka, a nie w moim własnym śnie, w którym wszystko może się wydarzyć.

— Pani kogoś szuka? — Chłopiec podszedł do mnie.

— Tu kiedyś mieszkali Wegnerowie z córką.

— Od dawna nie żyją — odpowiedział obojętnie. Słowem nie zająknął się o Bognie, jakby w ogóle nie istniała. Miał czerwone spierzchnięte usta. Znałam ich dotyk.

— A Molly?

— Kto?

— Pies Molly.

— Molly? Nie wiem, jest tam jakiś pies, ale czy Molly, nie wiem.

— A stara Rzepowa?

— Madame Tiwi? Wykorkowała jakieś dwa lata temu.

— Od dawna tu mieszkasz?

— Od urodzenia.

MOLI, pewnie Molly, choć wątpię, by ciotka Rzepowa nazwała go tak na cześć Molly Bloom. Przenigdy. Po pierwsze, nie czytała takich książek, po drugie, nie nazwałaby psa na cześć Żydówki, żony Żyda. Nie miała nic przeciw Żydom, nie wierzyła w głupoty opowiadane przez dzieci o krwi niemowląt dodawanej do macy, ale Żydzi się popierają, mówiła. Przed wielu laty ciotka przepłaciła urzędniczkę w biurze wynajmu, żeby czasami nie przysłali jej Murzyna na wolny pokój. Mam dwie dorastające córki, niech coś się przytrafi, choćby z ciekawości, a wstyd na całe życie gotowy, mówiła. Moli miał sierść w kolorze konopnego sznurka z domieszką siwizny. Matowe oczy zasłonięte frędzlami. Długa sierść często była posklejana, tak samo jak włosy ciotki przy ciężkiej robocie. Czasami wiązała mu frędzle wstążką na czubku łba, ale z grzywką, tak by część kłaków zakrywała oczy. Te psy nie mogą oglądać naszego świata, od razu ślepną, mówiła, a jak pies oślepnie, to zdechnie.

Przez chwilę jestem sama na podwórku. Stoję w prawie-ciszy. Szumi ulica, a z wysokiego nieba dochodzi monotonne buczenie, jakby słońce nuciło swoją starą piosenkę. Dawno, dawno temu ojciec wytłumaczył mi, że to buczą silniki samolotów. Niewidocznych, poza zasięgiem naszego wzroku, ale ja wciąż wierzę, że to słońce śpiewa.

Ktoś wyrzuca śmieci. Gruby mężczyzna w dresie. Kołysze się z nogi na nogę, niosąc brzuch. Głowa łysa i biała jak wielkie jajo. Chowam się przed jego przenikliwym wzrokiem we wnękę w żelaznej bramie.

To ta sama wnęka. Tu bawiłam się w tajemnicy przed wszystkimi w Matkę Boską. Stawałam nieruchomo z lalką w beciku, przytuloną do piersi. Wiedziałam, że to jest świętokradztwo, ale czułam się wtedy czysta i święta, z tą piękną amerykańską lalką z prawdziwymi włosami i szklanymi oczami. Bogini ze swą boską córką, której zawsze brakowało mi w Trójcy Świętej.

DOMY. Te same stare domy w zamkniętym czworoboku. Od strony ulicy odnowione, od podwórka jak zawsze pokryte liszajami. Modrzewie pod oknami urosły. Zamknięty świat, do którego można się było dostać przez trzy klatki schodowe i dużą żelazną bramę z krat; między nimi uwięzło wiele głów. Kiedyś przytrafiło się to grubasowi z wielkim łbem i trzeba było wezwać mechanika z warsztatu naprzeciwko, żeby rozgiął żelazne pręty i uwolnił Bulaja nastraszonego przez inne dzieci, że amputują mu głowę. Ten dzieciak wierzył we wszystko, co mu się powiedziało. Utną ci głowę i jak będziesz chodził do szkoły? Gdzie jest teraz Bulaj? Kim jest? Czy to ten łysy?

Wysokie kamienice, zbudowane na krótko przed drugą wojną tak, żeby można się było bez windy dotelepać na ostatnie piętro, pięć pięter zamieszkanych, na szóstym strych z pralnią i maglem. Luksusowe były mieszkania na pierwszym i drugim piętrze, zbudowane dla ówczesnej dyrekcji tramwajów. Tak się mówiło. Jeszcze długo po wojnie mieszkał tam zgnojony przez system, za to otoczony powszechnym ludzkim szacunkiem przedwojenny dyrektor. Nigdy nie słyszałam oficjalnej nazwy. Zawsze mówiło się dyrekcja tramwajów.

TRAMWAJE. Tramwaje i tramwajarze królowali w tej dzielnicy. Remiza tramwajowa była miejscem naszych nabożnych pielgrzymek. Wieczorem zjeżdżały tam dziesiątki, dwójki, ósemki, siódemki, może też jedynka, która miała najkrótszą trasę. Nie pamiętam, jak jeździły te przemalowane w pięćdziesiątym szóstym z czerwonych na zielone tramwaje. Niewiele jest piękniejszych rzeczy niż pusty przeszklony tramwaj, rzęsiście oświetlony nocą w zajezdni. Udało mi się kiedyś namówić stróża, by mnie wpuścił do królestwa tramwajów. Nie rozumiał, o co chodzi. Przecież nikogo tu nie ma, mówił. Weszłam, dopiero gdy zamknął psy pilnujące terenu. Bał się mnie spuścić z oka, usiedliśmy więc razem w pierwszym wagonie dwójki. Stróż zdjął czapkę i położył ją na kolanach, jakby wybierał się w daleką podróż.

MADAME TIWI. To tutaj. Naciskam klawisz domofonu. Kobiecy głos pyta, o co chodzi.

– Czy jest wolny pokój od podwórka?

Brzęczyk domofonu zwiastuje otwarcie bram czasu przeszłego teraźniejszego.

– Tak, ale jest mały, dla jednej osoby, jeżeli na krótko, i to bez przyjmowania gości – poinformowała replika ciotki. Jedna z nich, z dziewczynek, ale która? Zaraz ukazała się druga, która to? Po chwili przyszły jeszcze dwie, może sześcioletnie, a może trochę starsze albo młodsze.

– Biorę ten mały pokoik.

– Jedna osoba?

– Jedna.

– Na noc nie mamy dwóch miejsc.

– Zgadzam się.

Drugi garnitur, nowa generacja dziewczynek, zaczyna gadać szybko o batonach czekoladowych, śpiewać piosenkę o gumie do żucia. Dziewczynki są łakome jak ich matka czy matki, które odziedziczyły apetyt po ciotce;

nie wiem nic o tych małych, ale czuję, że znam je dobrze.

– Wynosić mi się stąd! – krzyknęła jedna ze starszych dziewczynek do małych.

– Ale myyyy chcemyyyy zobaczyyyć tą panią! – zaskamlała jedna z małych.

– Do kogo ja mówię?! – wrzasnęła potężnie druga ze starszych. – Powiedziałam, nie przeszkadzać! Idę po trzepakę!

Po chwili pojawia się furia z wiklinową, splecioną jak precel trzepaką.

Dziewczynki skuliły się i zasłoniły głowy.

Trzepaka zaświszczała przez zęby swą sadystyczną melodię.

Odetchnęłam głęboko. Jestem tu. W miejscu, którego szukałam.

Mam pokój od podwórka, ten, na którym mi zależało. Kiedyś, dawno, pokój mojej matki. Leżę na nowym, twardym tapczanie, szukam na suficie śladów naszego mieszkania. Wszystko zatarte, poprzerabiane. Z tamtego czasu został tylko biały sufit, tak samo biały jak kiedyś. Ściany wyklejono tapetą w liście klonu z okresu późnej jesieni, zastygły w locie, zanim przysypią wszystko.

Na stoliku niciana serweta. W oknach szydełkowe zazdrostki. Wszystko robota ciotki Rzepowej, całe mieszkanie w jej robótkach.

Ciotka, tak jak teraz jej córki, wynajmowała pokoje w czasie targów, organizowała wtedy obóz dla całej rodziny. Spali wszyscy w kuchni na rozkładanych rosyjskich polówkach, a dziewczęta odrabiały lekcje przy kuchennym stole. Obok otwartych zeszytów leżała gruba deska; ciotka metalowym tłuczkiem rozbijała na niej kotlety. Ze schabu, z karkówki albo z mięsa od szynki. Codziennie oprócz piątków, kiedy trzeba było pościć, znęcała się nad tym mięsem jak nad wrogiem. Wreszcie robiło się cienkie niczym materiał. Drobinki ciała wieprza pryskały na wszystkie strony. Córki osłaniały zeszyty i twarze, ale i tak na wymęczonym wypracowaniu pojawiały się blade plamki zeschniętej krwi. Dziewczynki były tłuste jak matka i wieprzowina, którą wciąż jadły. Matka jednak, mimo że gruba, tryskała energią i była szybka w ruchach. One obie, choć młode, ruszały się powoli, z wysiłkiem nosząc duże głowy z kręconymi ciemnymi włosami. Do szkoły, ze szkoły do domu, od razu lekcje, na obiad kotlet, potem zabawa, powolna i nudna. Czasem, gdy ciotka wyszła na dłuższe zakupy, a ja „miałam melodię, żeby poszaleć", wciągałam kuzynki i maltańczyka w dzikie tańce murzyńskie przy muzyce z radia rozkręconego na pełen regulator. Szczekanie i śpiewy słychać było na całym podwórku. Wtedy okazywało się, że te powolne, małe, grube cielska zdolne są do uniesień aż do zatracenia. Tupot ciężkich stóp po podłodze przypominał dudnienie cyrkowej areny przy popisie słoni. Ciotka pojawiała się nagle w środku wściekłej zabawy przygotowana do ataku. Brała Molika za kłaki i wyrzucała za drzwi. Wiklinowa trzepaka furczała w jej czerwonych dłoniach. Kuzynki ryczały, wijąc się na podłodze. Ciotka wrzeszczała: ja wam pokażę, ja wam pokażę! Wreszcie padała komenda: przeproś! Wtedy klękały przed matką i na kolanach, bo tego od nich wymagała, błagały o wybaczenie. Powiedz, że nie będziesz rozwiązła! – krzyczała ciotka do obu, jakby były jedną osobą, przysięgnij, że nie będziesz rozwiązła! Stałam w drzwiach i przyglądałam się tym scenom, bo ciotka nie miała prawa mnie bić. Przeklinała tylko diabła siedzącego w tej dziewusze, której nikt jeszcze nie nauczył porządku i która ma zły wpływ na dwie grzeczne dziewczynki. Diabeł ze świstem uciekał z córek pod wpływem trzepaki. Chlipały coraz ciszej, kurcząc się w sobie, aż ciotka zmęczyła się i odgarnęła ze spoconego czoła frędzle posklejanych włosów. Teraz mogły się umyć i wrócić do swojej powolnej zabawy.

Czasem podczas bezsennej nocy, patrząc w okno, myślałam o tym, by wyzwolić swoje niemrawe kuzynki spod władzy ciotki. Żałowałam, że nie są sierotami. Lubiły się bawić i miały pomysły. Chciałam nawet zabić ciotkę, ale gdy zdałam sobie sprawę z tego, że moi rodzice musieliby wtedy wziąć obie dziewczynki na wychowanie, zrezygnowałam z tego i nawet w wieczornej modlitwie polecałam Bogu zdrowie ciotki.

Ktoś zapukał do drzwi.

Nikogo nie zapraszałam, nikt nie wie, że tu jestem, zresztą gdyby ktoś przyszedł, musiałabym usłyszeć dzwonek.

Prawie od razu, bez mojego „proszę", bo udaję, że śpię, wchodzi jedna z kuzynek. Tym różnią się wynajęte pokoje od numerów hotelowych. Ograniczeniem wolności gościa.

– Przepraszam, ale siostra mówi, że to pani, głupio tak się pytać, ale ona jest pewna, że to pani.

Nareszcie jestem zdemaskowana. Długo trwało, zanim zdjęły mi dorosłą maskę i odkryły swoją kuzynkę, przypomniały sobie szalone zabawy, murzyńskie tańce, ujadanie Moliczka i trzepakę w ruchu, gdy w ciotkę wstępował święty szał. Biła jak rasowy psychopata. Nie mogła przestać.

– Mamu, już nie będę, mamu nie bij! – krzyczały kuzynki, a ja je przedrzeźniałam, by doprowadzić ciotkę do szewskiej pasji: mamut, nie bij, mamut, nie bij! Mamut, mamut!

Teraz bąkam coś, kręcę.

– Ja, ja, naprawdę, nie chcę, nie chciałam krępować.

– Oglądamy panią zawsze w telewizji.

Oddycham. Nie zostałam więc zdemaskowana. Zostałam jedynie rozpoznana w swym ostatnim wcieleniu.

– Siostra i ja prosimy na herbatę.

Ktoś, kogo zna się z telewizji, ma prawo do wypicia herbaty. Jestem dla nich kimś z rodziny. Kimś, kto liczy się bardziej i jest bardziej pożądany niż prawdziwy krewny. Znaczy tyle, co kiedyś ich wuj ze Szwecji. Pamiętam odwiedziny tych Szwedów. Przyjechali, gdy trochę zelżało, kiedy ludzie nie bali się już przyznawać do cudzoziemskich krewnych. Wszystkie pokrowce z mebli pościągane. Podłogi pastowane, dwa tygodnie wcześniej zaczęły się przygotowania na przyjęcie ludzi namaszczonych dobrobytem, wolnością, ludzi z tamtej strony lustra. Kiedy czytałam *Alicję w krainie czarów*, przestrzeń po tamtej stronie lustra była – jak część świata po drugiej stronie żelaznej kurtyny – Zachodem. Potem, kiedy zobaczyłam, jak matka w dniu śmierci ojca zasłania lustro płóciennym prześcieradłem, zrozumiałam, że ojciec przeszedł na tamtą stronę, a biały materiał ma zasłonić tajemnicę tamtego świata i chronić nas żywych, żebyśmy nie chcieli pójść za nim.

Ludzie występujący w telewizji dla tych, którzy nigdy się w niej nie pokazali, pochodzą także z tamtej strony lustra. Naciskając guzik domofonu, nie liczyłam na to, że pozostanę anonimowa. Myślałam, że odkryją natychmiast nasze pokrewieństwo, i rozpoznają mnie jak Mała Pachnąca, która wykrzyknęła na mój widok: Bogusia Wegner, kto by się spodziewał!

– Prosimy do salonu!

Tak samo było, gdy zjechała familia ze Szwecji. Przymilny, sztucznie posłodzony głos ciotki Rzepowej wołał jak w sztuce Fredry: prosimy do salonu! Salon to duży, wysoki pokój w kształcie idealnego kwadratu. Nikt tu nie siadywał i dlatego też nie ogrzewano go. Był zimny jak kostnica. Gdy ciotka wychodziła, kuzynki wołały mnie na tańce. W salonie stał stary gramofon, który sprawiał, że wszystkie płyty były przeziębione, a wszyscy śpiewacy mieli chrypkę, niektórzy charczeli i skrzeczeli, jakby mieli galopujące suchoty. Jednak tańczyło się tam świetnie.

– Mamu wyszła! Chodź do kostnicy! – wołały kuzynki, bo przejmowały ode mnie wszystkie powiedzonka.

Oficjalnie jednak pokój pełnił rolę salonu. Kilka razy do roku. W imieniny ciotki, wuja, w święta Wielkiej Nocy i na Boże Narodzenie. Choinka trzymała się tu prawie do Wielkiej Nocy, igły nie opadały ze względu na panujący chłód.

Dziś salon jest dość przytulnym dużym pokojem. Dwie miękkie kanapy, dwa fotele pod stojącymi lampami, duży stół z sześcioma krzesłami stojącymi sztywno, półka z albumami i kolorowymi magazynami. Wiklinowy stolik, na nim kosz z motkami, duży czarny kłębek włóczki z utkwionymi w nim drutami wygląda jak kok japońskiej gejszy. Wielki telewizor na centralnej ścianie. Antena powtarza układ drutów w kłębku wełny.

Druga z kuzynek wniosła srebrny komplet do herbaty. Nigdy w tamtych czasach nie używany. Wyjmują z serwantki porcelanę, wszystkie najpiękniejsze przedmioty są teraz w użyciu. Siadamy na kanapach. Ja na jednej, one obie na drugiej.

Kuzynki, tak jak je pamiętam, zawsze chodziły w swetrach zrobionych na drutach przez ciotkę. Ona sama nosiła wełniane kamizele i olbrzymie chusty o dużych oczkach. Śmiałam się z niej, że wygląda jak wieloryb złapany w sieć. W wełnie musiała być magiczna siła, którą ciotka, dotykając każdego kawałka włóczkowej nitki, wkładała w robótkę. Z pewnością używała do tego zaklęć. One sprawiły, że córki nigdy się od niej nie uwolniły. Były z nią od samego urodzenia aż do jej śmierci. Ich mężowie byli tylko koniecznym dodatkiem, wymogiem obyczajowym, służącym do zarabiania pieniędzy na dom, podczas gdy żony miały zajmować się dziećmi. Tak to z zewnątrz wyglądało, a naprawdę zostawały w domu, by niańczyć i obiegać ciotkę. Gotować budyń, kisiel i galaretki, stanowiące jej główne pożywienie. Galaretki w każdej postaci z żelatyną i bez, na słodko i na słono, z nóżek cielęcych, wieprzowych, z ryb i z kury, jadała codziennie, zamieniając się powoli w olbrzymią porcję mocno stężałej galarety. Po żarciu chciało jej się stale pić. Poiły ją więc litrami herbaty i kawy. Siedzące w fotelu ciało zawsze czegoś łaknęło albo pragnęło, a one z wielką, samarytańską cierpliwością spełniały posługi. Ciotka Rzepowa chlubiła się tym, że stanowią wzorową rodzinę, i przypisywała sobie wszelkie zasługi. Nie wiedziała, że po każdym katowaniu trzepaką, gdy oglądały sine pręgi i krwawe ślady na plecach i tyłkach, zastanawiały się wraz ze mną, co zrobić, by pozbyć się matki. Namawiałam je na ucieczkę, były jednak na to zbyt tchórzliwe.

Tłumaczyły mi, że nie mogą zostawić mamuta samego, gdy ich ojciec wyjechał na tak długo do Czechosłowacji.

Ja wiedziałam, czym naprawdę była Czechosłowacja, wszyscy sąsiedzi wiedzieli, wiedziały dzieci na podwórku, tylko one brały na serio kit wciskany im przez ciotkę. Dowiedziały się, gdzie bawił, dopiero gdy wrócił, gdy zaczęli wypuszczać politycznych. Wrócił zielony na twarzy, siny na plecach, z odbitymi nerkami. Wiem dobrze, bo słyszałam, jak późnym wieczorem, od razu pierwszego dnia po powrocie męża z Czechosłowacji, ciotka Rzepowa opowiedziała to wszystko szeptem moim rodzicom. Najgorsze jest, że coś mu się w głowie poprzestawiało. Mój ojciec pocieszał ją, że to tylko szok, że to przejdzie, jak już się uspokoi i dotrze do niego fakt, że jest na wolności. Ciotka przyszła po radę i pociechę. Nie wrzeszczała jak zwykle, nie potrafiła sobie poradzić z tym diabłem, którego nie dało się wypędzić trzepaką.

Wuj zamykał się w pokoju, siedział tam dwa albo trzy dni. Ciotka nosiła mu na tacy kotlety z czarnym chlebem i kawę zbożową. Przy łóżku miał wiadro i w ogóle się nie pokazywał.

W końcu przyznałam im rację, nie powinny w takiej sytuacji sprawiać kłopotów. Zresztą powrót wuja zmienił ciotkę. Nie waliła już trzepaką tak jak dawniej. Gdy kiedyś zaczęła łoić córki, stojąc jak zawsze w drzwiach i patrząc na nią, krzyknęłam głośno, na cały dom: ludzie, ludzie, chodźcie zobaczyć, jak ciotka Rzepowa odbija nerki dzieciom! Zamierzyła się, ale trzepaka zastygła nad moją głową. Przez jakiś czas był spokój, a potem, gdy wuj się pozbierał i wrócił na swoją inżynierską posadę, wszystko wróciło do normy.

Naprzeciw telewizora stoi piękny stolik z czarnego drewna na rzeźbionej nodze. Pamiętam, że był to posag ciotki. Na nim srebrna urna. Nie mogę oderwać od niej wzroku.

– To mamu – mówi starsza kuzynka.

Nie pytam o nic. Pytania zabijają odpowiedzi. Pytanie powinno być nieme, powinno zawisnąć w powietrzu, zadane oczami, wyczekującym pochyleniem głowy albo gestem dłoni, zachęcającym do opowiadania.

Zastygłe w nie wypowiedzianym zwrocie, jak teraz, nic nie mówcie, wiem, że to dla was zbyt bolesne.

Długa chwila milczenia.

Wytrzymuję ją.

Zaczynają opowiadać jedna przez drugą. O matce siedzącej całymi latami przed telewizorem. Migocą druty, oczka tworzą chusty, swetry, poduszki na kanapę, nawet narzuty. W ciotczyne sieci wpada wszystko i wszyscy.

Nikt się z nich nie uwolni, nawet wówczas, gdy jej zabraknie.

Jest więc tu z nami. Pijemy herbatę, a ona milczy. Urna z prochami, przybrana czarną peruką, którą nosiła na wyjątkowe okazje, wygląda jak głowa stwora z fantastycznego filmu. Stoi na wysmukłym stoliczku, naprzeciw telewizora, kuzynka przeprasza i wyłącza dźwięk, zostaje sam obraz.

– Przepraszam, ale przysięgłyśmy, że będziemy jej puszczać wszystkie seriale.

– Jak idziemy do pracy, to zostawiamy włączony telewizor, żeby się nie nudziła – mówi druga i zaczyna się śmiać.

Śmieją się obie, a ja dołączam do nich. Dostajemy szaleju, jak dawno temu przy murzyńskich tańcach. Ocieramy oczy, łzy płyną coraz mocniej, coraz obficiej, śmiech zbliża się już do granicy. Zaraz zacznie świstać trzepaka. Drzwi uchylają się, widać nos i oczy, podwójne. Jedna z kuzynek wstaje i pędzi w tamtym kierunku. Przegania dziewczynki jak kury, a sio, a sio, do łóżka! Dlaczego nie możemyyy zobaczyyyyć tej paniii, buczą. No dobrze, wejdźcie i powiedzcie ładnie dobranoc.

Wchodzą obie w kanarkowych bawełnianych koszulach, dygają wyuczone tak samo jak ich matka czy też matki, bo nie wiem, czy obie są córkami jednej z kuzynek, czy też każda innej. Za nimi cicho wślizguje się pies. Na szczęście nie wyrwało mi się: chodź tu, Molly! Te psy się w ogóle nie zmieniają. Wiem przecież, że ten, który pojawił się nagle i cicho jak duch, nie jest duchem swego poprzednika, ale może być jego wnukiem.

– Molly, siad! Leżeć! Wstać!

Pies wykonuje wszystkie komendy.

– Łapeczkami! No, łapeczkami! – wołam bez namysłu, tak jak zawsze krzyczała ciotka.

Kuzynki patrzą zdumione. Molly staje na tylnych łapach i zaczyna przebierać przednimi łapkami, dokładnie tak robił jego prapradziadek na komendę ciotki. Wytresowany, wyuczony, jak córki kuzynek, grzecznego dygania.

– Dobry piesek! – mówią chórem kuzynki.

– Na miejsce.

Idzie na swoje miejsce, siada przy nodze stojącej obok fotela lampy, przy koszyku z wełną, blisko stoliczka z urną w peruce. To jego pani. Ciotka. Ona ma tu w dalszym ciągu władzę. Siedzi w fotelu, żując gumę, zawsze lubiła nowości, a guma to była dla niej nowość. Tak jak kiedyś margaryna. Dlaczego wy nie jadacie margaryny, Aniela, przecież to takie zdrowe, Berni ma słabe serce, powinien jeść margarynę.

– Nie zamierzam odżywiać się stearyną – mówi mój ojciec i zanosi się swoim kaszlem-śmiechem.

– Doktor Rafiński powiedział, że choroby od masła już znamy, a od margaryny jeszcze nie, ja bym nigdy dziecku nie dała chleba z margaryną, chyba że z nędzy, no ale wtedy lepiej jeść suchary – mówi matka.

Pod koniec ciotka żuła gumę po to, żeby nie jeść cukierków. Miała ich pełne kieszenie. Z powodu tuszy rzadko ruszała się z fotela. Odżywiała się głównie kotletami z tłustej karkówki i słodyczami. Jej skóra zawsze pachniała łojem, a włosy wydzielały woń psich kudłów zmoczonych deszczem.

Ten zapach był znakiem rozpoznawczym kobiet z tamtej rodziny. Siostry ciotki pachniały tak samo. Prochy zamknięte są w szczelnej urnie, a jednak słodkawy aromat łoju przebija się przez mocne dezodoranty córek.

Pod fotelem, ostatnią rezydencją ciotki, widzę tasak.

Jedna z kuzynek podnosi go.

– Mamu przepadała za serialami kryminalnymi, oglądała wszystkie, mówiła, że bandyci zawsze mogą wleźć do domu, gdy ona będzie sama, i może będą chcieli zarżnąć ją tak brutalnie, jak to się dzieje na filmach, już oni robią wywiad i wiedzą, kto co ma.

– A mamu wiedziała, że jest coś warta – dodaje druga.

– Stara kobieta jest tyle warta, ile ma, a ona miała poczucie własnej wartości. Kochała swoje życie i nie miała zamiaru oddawać go nikomu.

– Tasak był zawsze w pogotowiu, przykryty fałdami szerokiej spódnicy, cieszyła się jak dziecko, wyobrażając sobie, jak do niej podchodzi bandyta, jak się na nią zamierza, a ona nagle łup, wali łobuza w łeb, przecina go na pół.

Śmieją się.

– Ćwiczyła codziennie szybkie wyjmowanie tasaka, w końcu wyjmowała go tak błyskawicznie, jak rewolwerowiec kolt.

– Prawdę mówiąc, mamu była zawiedziona, że to się nie zdarzyło.

– Wtedy jeszcze bandyci nie strzelali do ofiar – mówię.

– Mamu rzuciłaby tasakiem celnie, zanimby który wystrzelił – mówi z dumą starsza.

Ciotka prowadziła siedzący, pozornie gadzi, nieruchawy tryb życia. Posługiwała się komendami i rozkazami. Wydawała je córkom, które z biegiem lat przestały się jej bać. Nie była w stanie użyć trzepaki, więc one robiły się coraz bardziej samodzielne. Wymykały się spod kontroli.

Od czasu do czasu unosiła się na rękach, wczepiając dłonie w oparcie fotela, podnosiła ciężki tyłek, kazała córkom okryć sobie plecy wielką wełnianą chustą i ruszała przez pokój powoli, z namaszczeniem, jak procesja Bożego Ciała.

Im bardziej córki oddalały się od niej, oddając własnym sprawom rodzinnym, tym bardziej ciotka Rzepowa pogrążała się w swoim drugim życiu, znacznie ważniejszym niż biologiczne. Od rana do późnego wieczora oglądała telewizję.

– Telewizja stała się jej boginią – mówi młodsza kuzynka.

– Modliła się do ekranu jak do Matki Boskiej. Serial za serialem, film za filmem.

– My nie miałyśmy czasu tyle oglądać, więc zaczęła nami pogardzać, co wy tam wiecie, jak nie widziałaś, to się nie odzywaj. Ja jestem w środku wydarzeń.

W końcu przestała rozmawiać z córkami, gadała wyłącznie z bohaterami z ekranu. Płakała, śmiała się, podpowiadała im, co mają robić, karciła, wchodziła im w słowo bezczelnie, czasem obelżywie, z rzadka tylko uprzejmie. Po raz pierwszy zobaczyły swoją matkę płaczącą nad jakimś porzuconym serialowym dzieckiem. Ona, która nigdy nie ulitowała się nad swoimi córkami, nie miała żadnych sentymentów, waliła trzepaką, gdzie popadło, i nigdy nie przebaczała bez bicia, zalewała się łzami na widok odzyskanego przez rodziców maleństwa. Całą złość wyrzucała z siebie w codziennej walce z dziećmi, a czułość, o którą nikt by jej nie posądzał, ofiarowywała postaciom znikającym lub pojawiającym się za naciśnięciem klawisza.

– Pani ma do czynienia z telewizją, może pani naszą matkę zrozumie.

Bała się umrzeć, nie dlatego, żeby była szczególnie mocno przywiązana do życia w fotelu, do swoich odleżyn i wstawania okupowanego wysiłkiem podobnym do wspinaczki na wysoki szczyt – lękała się ciszy ciemnej trumny, bez telewizyjnego ekranu. Piekło to miejsce bez telewizora, powiedziała na krótko przed śmiercią.

– Żeby chociaż dawali za karę seriale kryminalne bez zakończenia albo horrory bez rozwiązania – mówiła.

Tego się nie obawiała, bo po obejrzeniu tysięcy filmów potrafiła bezbłędnie przewidzieć każde rozwiązanie, nawet najbardziej nieoczekiwane.

– Mamu zawsze wiedziała, co będzie dalej.

Starsza wyjęła z szafki wino i kieliszki. Były bardzo sympatyczne te moje kuzynki.

– Mówmy sobie ty – zaproponowałam.

– Ojej, trochę się krępuję, pani występuje w telewizji – powiedziała młodsza z kokieterią.

Były dość grube, ale miały pogodne, gładkie twarze. Ładne regularne rysy, trochę wiejskie, po ojcu.

– No więc możesz sobie wyobrazić, jak się zdziwiłyśmy, kiedy wezwała notariusza, żeby spisać testament.

– Bałam się, że chce nas wydziedziczyć za to, że nie oglądamy z nią telewizji, serio, potrafiłaby to zrobić.

– Nic nam nie powiedziała, co postanowiła.

– Mamu umierała już dziesięć razy, nie zauważyłyśmy więc, że tym razem to nie drzemka przed telewizorem.

– W ręce trzymała program na cały tydzień, nie pozwoliła go sobie odebrać.

– Pochowałyśmy ją z nim, owijając go różańcem. Przykryło się ręce koronką i dobrze, zresztą trumna nie była otwarta, bo jak przyszedł notariusz, to się okazało, że...

– Dziedziczymy wszystko pod jednym warunkiem: każemy spalić jej ciało, a urnę z prochami postawimy na stoliczku przed telewizorem. Mamy puszczać cały program, jak leci, a ona sama będzie sobie wybierać, co chce.

– Czasem mi się zdaje, że przełącza kanały, słyszę wyraźnie, w połowie zdania zmienia nudny film na inny.

– To się rozeszło po ludziach; niektórzy wiedzieli, bo co kto do nas wpadł, to widział matkę gadającą do telewizora, nie zwracała uwagi na żywych gości, nie istnieli dla niej.

– Nazywali ją Madame Tiwi.

– Dowiedzieli się o tym wypadku dziennikarze, o, zobacz, mamy tu nawet wycinek z gazety, ostatnia wola madame Tiwi.

Pod notatką zamieszczono zdjęcie urny, jednak bez peruki, bo to by głupio wyglądało. Jak przyszedł reporter zrobić zdjęcie, schowałyśmy perukę, poinformowała mnie starsza kuzynka.

– Nie powiedziałam im o tym, co mamu naprawdę myślała, że piekło to jest miejsce bez telewizora.

– No i powiedz sama, czy to by się nie nadawało do telewizji? – zapytała z nadzieją w głosie młodsza kuzynka.

PUPENSZTUBA. Balansowałam pantoflem na palcach stopy. Bawiłam się nim, rozmawiając z kuzynkami. Nagle stuknął o podłogę. Spadł i obudził Moliczka; pies zerwał się z nagłą energią, wziął go w pysk i zawlókł za kanapę. Zajrzałam tam, sięgnęłam, by odzyskać but, i wtedy zobaczyłam coś, co było kiedyś moją własnością. Nie sposób się pomylić.

Pupensztuba była stara jak moja pamięć i istniała w domu od zawsze. Nie pamiętam, żebym ją od kogoś dostała w prezencie. Myślę, że mogła być jeszcze zabawką matki albo jej sióstr. Wyglądało to na ręczną robotę, a przecież ojczym Anieli, cieśla, wykonywał też prace stolarskie. Wszystkie dzieciaki Schönmythów miały pajacyki jego konstrukcji. Ja także dostałam pajaca po wuju Henryku. Babka Sabina nazywała je pamprami na nitce, tak też określała ludzi, którzy zachowywali się jak marionetki. To pamper na nitce, mówiła z pogardą o swoim synu, ojcu małego Leonka, ona pociąga za sznurek, on tańczy, jak ona mu zagra. Gdy byłam na wakacjach i poznałam rodziców Leonka, przypomniałam sobie, co mówiła babka Schönmyth, ale nie zauważyłam nic takiego, co by to potwierdzało. Wuj Zenon był wielkim mężczyzną, mierzącym przeszło metr dziewięćdziesiąt, co w tamtych czasach było rzadkością, nie wyglądał na pampra, stale siedział w biurze, a ciotka, chorowita i blada, snuła się po domu, niezdolna chyba nawet ciągnąć za sznurki. Trzymała go jednak w szachu, o czym

wiedziały obie, babka i moja matka. Uważały, że udaje chorobę, jest leniwa, ale umie manipulować mężem,
czego Aniela nigdy się nie nauczyła.

Pokoik dla lalek wielkości dużego akwarium, a właściwie cały domek ze zdjętym dachem, z podłogą z minia-
turowego parkietu, z mebelkami wystruganymi z drewna przetrwał tyle lat, że trudno policzyć. W dużym
pokoju na łóżku leżała lalka Barbie, ostatni krzyk mody
wśród dziewczynek. Ja zwykle kładłam tam mojego bebisia, laleczkę niemowlę. Pajac siedział w drzwiach, pil-
nując domu.

– Ooo, pupensztuba – zdziwiłam się.

– Stara jak świat – powiedziała starsza kuzynka.

– Należała do Bogny, naszej kuzynki – dorzuciła
młodsza.

– Miałam bardzo podobną.

– Mój mąż założył światło – powiedziała młodsza.

Starsza wyjęła pupensztubę zza kanapy i postawiła
przed nami na stoliku. Zapaliła światło.

Nie miałam wątpliwości. Moja pupensztuba. Brałam
do ręki stoliczki i krzesła, oglądałam łóżko i toaletkę.
Stał tu nawet mały klozecik z rosenthalowskiej porce-
lany, z drewnianą deską i napisem: *Besenftige dich!*, co
miało dwa znaczenia, „pomusztarduj sobie" i drugie,
którego już nie pamiętam.

– Typowo niemiecki dowcip, podają w tym musztardę
do sosysek, do piwa – słyszę głos ojca.

Sosyski to było coś w rodzaju parówek, małe kiełbaski w prawdziwym zwierzęcym flaku.

– U nas w rodzinie nigdy nie było czegoś podobnego ani do musztardy, ani do śmiechu – powiedział z obrzydzeniem. Oglądam tylną ściankę pupensztuby, wiem, czego szukam. W tamtych czasach podpisywałam wszystko imieniem i nazwiskiem. Jest: Bogusia Wegner, niebieskim atramentem, trochę zatarte, kulfoniaste litery. Tak wówczas pisałam. Wybujałe poczucie własności. Trudno się dziwić, miałam tak mało rzeczy, zabawek, książek. Bieda kazała dawać dowód, że to moje, tylko moje. Niektóre książki, szczególnie dla mnie cenne, podpisywałam co dziesięć stron.

Dziwne uczucie, odczytać własne imię i nazwisko. Czytam głośno, udaję, że nie mogę rozszyfrować Bogusia... Wagner?

– Wegner. To nasza kuzynka. Mieszkała tu z nami przez jakiś czas. Wujek Bernard Wegner był krewnym naszej matki.

– Mamu mówiła, że ona chyba wyjechała do Niemiec na stałe.

– Do Niemiec? – pytam zupełnie skonsternowana.

– Tak – odpowiada młodsza kuzynka. – Mamu na krótko przed śmiercią powiedziała, że wujek Berni nie był prawdziwym ojcem Bogusi.

– Tak, to jakaś romantyczna historia, podobno był jakiś Niemiec, który się po latach odnalazł, ciotka była już od dawna mężatką, ale podobno doszło między nimi do czegoś, chciał ją zabrać do Niemiec.

– Ciotka Aniela nie spodziewała się, że zajdzie w ciążę, była już wtedy po czterdziestce i wcale tego nie chciała.

– Przestań zanudzać naszego gościa – mówi oficjalnym tonem starsza kuzynka.

– To wcale nie jest nudne, to bardzo zajmująca historia – mówię, myśląc o tym, co matka tyle razy powtarzała, że jestem dzieckiem z kalendarza małżeńskiego, a ona nigdy nie zabiłaby dziecka... Dziecko z kalendarza pozamałżeńskiego, szanowna pani Anielo Wegner, której życie było podobno przezroczyste jak świeżo umyta szyba.

– Czy jednak wasza matka nie pomyliła losów waszej kuzynki z losami bohaterki jakiegoś serialu?

– Nie, nie, mamu była do końca przytomna, żadnych dziur w pamięci nie miała, to prawda na sto procent. Ten Niemiec u nas był, szukał adresu ciotki Anieli, kiedy już się wyprowadziła. Wysoki, przystojny facet.

Młodsza przynosi album. Muszę najpierw obejrzeć dzieje ciotki Rzepowej w obrazach. Kiedyś już to oglądałam. Krzyknęłam wtedy, że to niemożliwe, żeby ta piękna i szczupła dziewczyna z czarnymi włosami upiętymi na czubku głowy, miękko okalającymi twarz o melancholijnym wyrazie, wąska w talii jak osa, stała się później najgrubszą na świecie ciotką. Nie mogłam uwierzyć, jak podczas kilkudziesięciu lat mogło dojść do takiego monstrualnego rozdęcia. Rodzina, wujowie, kuzynki jako oseski, ich dzieci jako oseski. Wreszcie są dwa zdjęcia. Na jednym ja z kuzynkami, leżymy na kocu, na podwórku za żywopłotem, wszystkie trzy w wiankach z koniczyny. Na drugim moi rodzice siedzą na kanapie, daleko od siebie, między nimi puste miejsce. Z tyłu stoją moi dwaj bracia, a ja pośrodku, pochylona, z głową wsuniętą między głowy rodziców. Mam zupełnie białe włosy.

– Ciotka Aniela była bardzo ładna.

– Bogusia też, ale nie wiemy, jak później wyglądała, bo kontakt się urwał.

– Nigdy się niczym nie przejmowała. Pamiętasz, jak szalała? Nawet nasza matka nie mogła jej poskromić.

– Była krnąbrna. Robiła to, co chciała.

– Mogła stąd wyjechać – mówi młodsza z przekonaniem.

– Skoro miała tam prawdziwego ojca... – dodaje starsza.

– Wujek Berni nigdy by nie wyjechał. Był patriotą.

– Może odziedziczyła geny po tym Niemcu – rozmawiają, jakby o mnie zapomniały.

O Jezu, myślę sobie, geny zbłądziły już nawet tutaj. Nie wiem, czy mam samą siebie przeklinać, czy błogosławić. Gdybym przedstawiła się dawnym imieniem i panieńskim nazwiskiem, powiedziała, że jestem ich kuzynką, nigdy nie dowiedziałabym się tego, czego dowiedziałam się incognito, jako obca kobieta, znana im tylko z telewizji. Nie wiem, co mówić. Piję powoli wino. Sączę je, cedząc przez zęby.

– Ale najgorsze dla wujka było, że ten Niemiec był esesmanem.

– Nie! To niemożliwe! – krzyczę.

Patrzą na mnie dziwnie. Myślą, że może mam trochę w czubie, poza tym ludzie z telewizji są znani ze swoich szusów. Nie obowiązują ich normy dobrego wychowania. Wypijam znów parę łyków. Starsza otwiera następną butelkę.

– Ta historia nadaje się do telewizji, co?

– Właśnie się zastanawiam, czyby tego nie opisać – mówię już spokojnie, bezosobowo; czuję w mózgu świdrowanie i pulsowanie, jakby trwały tam jakieś roboty. – No dobrze – ciągnę dalej. – Trzeba uporządkować to, co wiemy, jej matka, jak miała na imię, bo zapomniałam? – szarżuję.

– Aniela – podpowiadają.

– Aniela miała męża Bernarda, przedtem znała jakiegoś Niemca, ale, jak rozumiem, za niego nie wyszła.

– Podobno nie chciała, bo myślała, że zostanie zakonnicą, chociaż jej matka ją namawiała, bo to był bogaty chłopak. Zakonnicą nie mogła zostać, bo była za ładna. Tej starej Schönmythowej nikt nie znał, bo wujek Berni nie pozwalał jej przychodzić i zabronił ciotce chodzić do niej. Mieszkała gdzieś przy szosie obornickiej. Nasza kuzynka chyba nawet nie znała własnej babci.

– Gdyby znała, to może by coś wiedziała.

– To ona nie wie, że jest córką Niemca?

– Teraz już wie, nasza matka twierdziła, że jak umarł wujek Berni, to ciotka Aniela jej powiedziała, w każdym razie mówiła naszej matce, że jej powie.

– A już na pewno takie rzeczy mówi się na łożu śmierci.

– Ciotka Aniela umarła już ładnych parę lat, ale nikt nas nie zawiadomił, nawet nie byłyśmy na pogrzebie, widziałyśmy potem nekrolog, córka też była podpisana, córka z mężem i wnukiem, synowie, synowe i wnuki.

– No więc tu wyszła za mąż.

– Ale ma niemieckie nazwisko. I wymienione były w nekrologu dwa miasta, Warszawa i Monachium. Cała rodzina się rozjechała.

Poczułam zmęczenie nierzeczywistością własnej osoby. Musiałam przemyśleć to w samotności. Przymknęłam oczy. Widziałam, jak dają sobie znaki.

– Jesteś trochę naprana, my też, obie padamy z nóg, miałyśmy dziś niezły zapieprz – powiedziała starsza kuzynka.

Niczego tak nie pragnęłam, jak wyciągnąć się na twardym tapczanie w dawnym małym pokoju matki. Odsłoniłam okno, otworzyłam je. Topole szumiały, gubiąc liście. Neonowe światło księżyca posrebrzyło nagie gałęzie akacji. Połyskują też daszki nad trzema klatkami schodowymi. Wejścia od podwórka. Ile razy gnałam po schodach, uciekając i goniąc! Przelatywałam, jak dziś wicher przelatuje, przez klatki. Przelatuje, wpada przez otwarte drzwi od podwórza, leci po schodach, wylatuje na ulicę. Stoję w oknie, smagana na odlew po twarzy uderzeniami wichru. Policzki mnie palą, tak samo jak uszy. Masz czerwone uszy, ktoś cię obgaduje, mówiła wtedy zawsze matka. Matka jest w dalszym ciągu moją matką. Przynajmniej tyle mi zostało.

– Życie Anieli jest przezroczyste jak umyta szyba – przypominam sobie słowa babki Schönmyth.

Kładę się na tapczanie i płaczę cicho w poduszkę, tak jak kiedyś dawno, tu, w tym mieszkaniu. Rozpaczam, bo po raz drugi umarł mój ojciec, dziś wieczorem umarł duch mojego ojca. Mam teraz tylko matkę i babkę Schönmyth. Nie pozwolę go sobie zabrać. Nie oddam nikomu mojego ojca, biednego małego Berni, który nie urósł, bo zaczął nałogowo palić w wieku dwunastu lat. Pił od trzynastego roku życia. Biedny mały Berni. Moja piękna matka, cnotliwa i niewinna Aniela, wycięła mu taki numer? Trudno mi w to uwierzyć. Przecież nie lubiła „tych rzeczy". Nie miała ikry, była zimna jak ryba. Nie odziedziczyła temperamentu po babce Sabinie. To ja go mam, czuję, chcę, pożądam. Biedny mały Berni. Rozumiem go. Wreszcie odnajdują się brakujące elementy. Zduszony głos ojca, złośliwy, myślałam wtedy. Cierpiący. Zawsze lubiłaś wysokich blondynów w długich skórzanych płaszczach, przystojni niemieccy chłopcy, twój ideał... Nakrywam się kołdrą, bo zrobiło się zimno, ale nie chcę zamknąć okna. Słyszę psa. To jednak nie Molly. Szczeka basem miarowo, szczeka po niemiecku, *hoch*, *hoch*, *hoch*, *hoch*, *hoch*, jakby szczekał za oknem i w mojej głowie. I nagle ktoś na podwórku, jakieś dziecko wykrzykuje, powtarza ciągle od nowa: wpadła bomba do piwnicy, napisała na tablicy es es głupi pies! Zasypiam w chłodzie, powtarzając sobie, że nie wierzę w plemniki ojcostwa. Moim prawdziwym ojcem jest Bernard Wegner, mały Berni, i nie pozwolę go sobie odebrać

MADAME SAMOTNOŚĆ. Już pod koniec naszej rozmowy w kawiarni Kruka Mała Pachnąca powiedziała mi, że kiedyś, ooo, to było bardzo dawno, jeszcze mieszkałaś z rodzicami, nie pamiętam, ile to lat temu, ale zapamiętałam dobrze to przypadkowe spotkanie, wryło mi się w pamięć, spotkałam twoją matkę na ulicy. Szła cała zapłakana, łzy leciały jej po twarzy jak groch, a kiedy zapytałam, czy coś się stało, bo nigdy nie widziałam jej w takim stanie, twoja matka odpowiedziała: nic nic, tylko mój mąż mi ubliżył, tak bardzo mi ubliżył, i poszła szybko dalej, przed siebie, nie mówiąc nic więcej, tylko płacząc rzewnymi łzami; nawet nie zasłaniała twarzy, nie zwracała uwagi na to, co ludzie pomyślą.

Nie do wiary, a jednak uwierzyłam od razu w moment odnotowanej publicznie słabości Anieli Wegner. Trudno mi sobie wyobrazić matkę płaczącą na ulicy. Tę samą matkę, która podczas pogrzebu ojca powiedziała do mnie: tylko żadnych krzyków, głośnych szlochów, żadnego teatru i uważaj, żebyś przypadkiem nie zemdlała, trzymaj się prosto i głęboko oddychaj. Sama płakała cicho, zasłonięta gęstym welonem.

Nie rób z siebie przedstawienia, mówiła z niesmakiem, gdy trzymałam się ławki w kościele podczas mszy żałobnej, by nie zemdleć. Przedstawienie mogli robić z siebie mieszkający pod nami wulgarni sąsiedzi, ludzie krzykiem obwieszczający podwórkowemu światu radość z powodu wygranej na loterii i ból, gdy ich dziecko przejechał samochód.

Mój mąż mi ubliżył, to wszystko, co powiedziała, nic więcej, mimo że mogła się zwierzyć bez obawy, Mała Pachnąca była kobietą dyskretną. Sama wiele przeszła, więc mogła pojąć cierpienie innych i pocieszyć. Zwykle łzy matki kryły się w wieczornej ciszy. Płakała, podsumowując dzień. Robiła rachunek, płaciła łzami. Nigdy nikomu oprócz babki Schönmyth nie opowiadała o ciężkim życiu z ojcem. Była w niej niesamowita, zupełnie samotna siła, która kazała jej cierpieć i znosić to wszystko. W samotności. Może dzieliła samotność z Bogiem i dlatego wcale nie była aż tak samotna, jak mi się teraz wydaje.

Ja jestem twarda. Krzyczę, płaczę. Nie boję się. Nie pozwalam sobie ubliżać, choć cierpię nocami z powodu głupot jak słupek, kostka czy pałeczka sera. Z powodu samotności, równie wielkiej jak samotność mojej matki. Obie jednak, ona i ja, jesteśmy, jak to mawiał ojciec, na swój sposób szczęśliwe.

Nadświadomość, ten duchowy mutant, na nic się nie zdała. Pewnie Bóg, obdarzając nią człowieka, myślał, że zrobi on z niej lepszy użytek niż tylko odnotowywanie zdarzeń. Wielki rozdźwięk między tym, co się wie i myśli, a tym, co się robi, pogłębia się z latami. Dla świętego spokoju wrzuca się rozpacz na dno przepaści. Trudno siebie zrozumieć, za to łatwo rozgrzeszyć. Mówię sobie: ponieważ istnieje śmierć – jesteśmy usprawiedliwieni.

Reżyser wpadł dziś niespodzianie, nie umówiony, bez telefonu, tylko na chwilę, żeby zobaczyć, jak idzie robota. Pilnuje folwarku. Chodzi po swojemu, parę kroków w stronę okna, obrót, powrót do krzesła, na którym siedział, obrót, teraz kilka kroków w kierunku drzwi. Gestykuluje sam do siebie, do swoich myśli, spogląda w lustro, siada na krześle. Wygląda inaczej niż zwykle. Patrzy w moją twarz, tak jak przed chwilą w lustro.

– I co dalej? – pyta.

– Z czym? – odrzucam mu pytanie, choć wiem, co miał na myśli.

– Nie udawaj.

– Pisze się.

– Jak daleko jesteś?

– Ooo, jeszcze hen, w polu.

– Ile czasu potrzebujesz?

– Ze trzy miesiące.

Jęknął. Podparł czoło. Zastanawia się, na co mnie wziąć, jak przekonać. Producent czeka, pieniądze stygną, ekipa się grzeje...

– A u ciebie jak? – pytam, żeby złagodzić wrażenie własnej opieszałości.

– Superekstra, swoje wziąłem. – W jego głosie brzmi ironia.

– Dużo?

– Podwójnie. Muszę kosić, póki mnie chcą – mówi ze znużeniem.

Zaskoczył mnie wyczuwalny lęk, niepokój w jego głosie. Nieznane kontynenty w branży, w której liczy się kciuk w górę, supermina, ekstrasukces.

Każdy oddzielnie zagospodarowuje swoją samotność. Tylko czasem widzisz ją w czyichś oczach, tak jak teraz; mgnienie porozumienia; ułamek sekundy na wymianę niepokoju, jak uścisków dłoni na powitanie. Bez słów. Ty wiesz, ja wiem, nie musimy nic mówić. Zaraz wrócimy do fałszu rzeczywistości, pełnej udanego zadowolenia. Znów stworzymy dwa obce byty. Ludzie sukcesu, salwujemy się ucieczką przed prawdą śmierci, jeśli ją zwęszymy.

– Matka mi umarła – mówi nagle.

Bladoniebieskimi tęczówkami widzi w moich oczach, co myślę. Jego twarz pod charakteryzacją człowieka show-biznesu rozjaśnia się na moment. Nagle możemy wziąć się w ramiona, przytulić na chwilę, nic nie mówić, wszystko rozumieć.

— Jak sobie z tym radzisz? – pytam.

— Totalny odlot, depresja gigant, superdeliryczne chlanie.

— Boisz się?

— Wziąłem swoje, rozumiesz? Sram w portki ze strachu.

— Znam to. Można zdechnąć z upokorzenia.

— Nawet szmal nie pomaga, a zakosiłem strasznie. – Jednak trochę się uśmiecha do tych pieniędzy, trochę łagodzą jego ból, należą do lepszej przyszłości, do czasu, gdy ból minie. Przyschnie ta cała niepotrzebna nikomu afera śmierci.

Milczymy.

— Teraz już mogę zrobić twój film o pamięci. Madame Memory. Widzę baloniki, cukrową watę, pierwszą jazdę na diabelskim młynie z matką. Czy to naprawdę trwa przez tyle lat? Wciąż za nią tęsknisz?

— Czasami wyje we mnie kosmiczny pies, słyszałeś go kiedyś?

— Pies w kosmosie? Dobre, pokażemy to. We mnie na razie trwa przerażająca cisza – mówi, przeczesując nagle postarzałe włosy dłonią.

— Nie słyszysz go? Mały czarny punkt z zadartym łbem, symbol samotności ożywionej przyrody w kosmosie.

— Widzę go, pokażemy samotnego kundla w nieskończonych przestrzeniach.

— W kolorze? – pytam.

– Czarnego w czarnej dziurze.

– Koniecznie z czerwonym zmysłowym języczkiem, wiszącym mu z pyska jak flaga. I żadnej metafory, ten jęzor to po prostu szczęście.

MADAME LOVE. To skomplikowane uczucie jest dla mnie – jak krew – mieszaniną białych ciałek nienawiści z czerwonymi ciałkami miłości w różnych proporcjach.

Znałam miłość do mężczyzny, czyli do mojego męża, z okresowymi emisjami białaczki. Czasami czerwone ciałka zanikały zupełnie i wydawało się, że Madame Love spoczywa na marach, ale podnosiła się jak Łazarz za sprawą cudu i odzyskiwała kolory, krew krążyła żywo i zapominałam, że było inaczej.

Miłość do dziecka to pozbawiona w ogóle białych ciałek ciemnoczerwona krew, jaka nie istnieje w przyrodzie.

Kochałam matkę, w dzieciństwie bardzo i bez zastrzeżeń, zwłaszcza wtedy, gdy zabierała mnie do babki Schönmyth w tajemnicy przed ojcem. Byłam po stronie matki, kiedy ojciec mówił z ironią o jej rodzinie, a także o wysokim blondynie w skórzanym płaszczu. We wczesnej młodości kochałam ją, lecz z oporami, bo zabraniała mi zbyt wielu rzeczy. Miłość do niej nasiliła się, zwłaszcza po jej śmierci, wtedy zniknęły białe plamy, nadszedł czas pamięci. Czas zrozumienia i pojednania.

Kochałam także ojca, mimo zastrzeżeń, jakie do niego żywiłam, mimo że upokarzał matkę. Czułam, że zadręczając ją, sam cierpi, że istnieje jakaś tajemnica ich wzajemnych stosunków, którą mógłby wyjaśnić wysoki blondyn w czarnym skórzanym płaszczu.

Kochałam Pandawida i cierpiałam razem z nim, odkąd dowiedziałam się od ojca, że utracił całą rodzinę, a sam spędził tyle czasu w ciemnej szafie. Rozśmieszał mnie jak nikt, rozśpiewał na całe życie. Był moją pierwszą wielką miłością, całkowicie pozbawioną erotycznego napięcia.

Małego Leonka, odwrotnie niż Pandawida, darzyłam uczuciem wyłącznie erotycznym; pogardzałam nim trochę, uważałam za ograniczonego, ale robiłam wszystko, żeby znaleźć się w pobliżu stołu, gdy ustawił tam swoich żołnierzy. Kiedy dowiedziałam się, że utonął, nie rozpaczałam. Wiedziałam, że jeśli będę miała ochotę, znajdę innego, równie chętnego do zabaw.

Kochałam babkę Schönmyth, za dar prawdziwego życia i pogodnego umierania. Kochałam ją mocno, ponieważ sądziłam, że jestem do niej podobna.

Kochałam paru przyjaciół zatartą przez lata miłością.

Kochanków nie kochałam prawie nigdy.

Prawie nigdy.

Poznałam incydentalne miłości do obcych, cierpiących ludzi, pozbawione zmysłowości, nagłe porażające uczucia, gdy przebywając w szpitalu, chciałam sentymentalnie, ze łzami w oczach, utulić dzieci z ogolonymi głowami. Czasami spotykałam człowieka ukrywającego samotność i obejmowałam go. Tylko w myślach.

Znałam Madame Love w różnych postaciach, lecz nigdy dotąd nie poznałam miłości do ssaka – zwierzęcia, jaką była moja ostatnia miłość. Ciemne oczy zwierzęcia patrzące z twarzy Jego Cielesności, powolne, iście królewskie ruchy, gdy nie trzeba walczyć, nagłe zwierzęce sprężenie się w sobie, napięcie mięśni, kiedy grał w koszykówkę lub w tenisa, widziałam kilka razy mecze z jego udziałem, nagła czujność, oko z tyłu głowy. Nadzwyczajna orientacja w lesie. Szczurza inteligencja w zawiłym, pozbawionym logiki miejskim systemie ulic i krętych uliczek, w ślimakach i tunelach, przejściach podziemnych i skrótach, znajdujących się w całkiem innym miejscu niż na planie.

Podczas jazdy nie opowiadał o tym, że każdego można kupić, ani też o pieniądzu rządzącym światem. Był skupiony na sygnalizacji świetlnej. Gdy zapalało się zielone światło, zawsze ruszał pierwszy. Węszył niczym pies myśliwski za najlepszym możliwym przejazdem. Zachowywał się jak komisarz policji w poszukiwaniu nieznanych, nie oznaczonych jeszcze ulic na nowych osiedlach. Wybierał „optymalną drogę". Optymalna droga należała do najczęściej przez niego używanych zwrotów, ale była naprawdę optymalna.

Jeździłam z nim dużo, był przecież moim kierowcą, przez ten cały czas ani razu nie stracił orientacji, nigdy nie pomylił się w wyborze.

Zdarzyło się to tylko raz. W lesie, na naszym pierwszym spacerze, gdy przycisnął mnie do drzewa.

Mógł się jeszcze wycofać. Spróbował, dostał, czego chciał, mógł podać tyły.

Zamiast tego, gdy mówiłam mu, że nic dobrego z naszej sprawy nie wyniknie, że będą tylko kłopoty, powtarzał za Chandlerem: kłopoty to moja specjalność.

Nigdy nie gubił się tam, gdzie ja ginęłam ciągle.

Miał jeszcze jedną, bardzo rzadką u mężczyzn umiejętność, rodzaj orientacji w ciele kobiety, przynajmniej w moim, ale sądzę, że nie tylko, który pozwalał mu znajdować najwłaściwszy układ, dostarczający najwięcej rozkoszy obu stronom.

Biodra kobiece trzymał z taką samą pewnością jak kierownicę. W końcu był zawodowym szoferem. Przekonałam się jednak, że nie każdy zawodowy kierowca, a nawet kierowca rajdowy, posiada tego rodzaju umiejętności.

Nie pytał, czy mi dobrze, nie było powodu, ponieważ nie popełniał błędów. Był wyjątkiem.

Kiedyś, gdy zapalił papierosa w łóżku, zaciągnął się bardzo głęboko i rzucił zdanie z elementarza miłosnego:

– To jest love.

To jest Bogna.

A to jest kierowca.

Oni robią love.

– Dlaczego nie miłość? – spytałam.

– Bo nie ma w tym żadnego „ś" ani „ć" – odpowiedział.

Kiedyś, gdy moje myśli krążyły wciąż wokół ostatniej naszej miłości, może orgii, bo wciąż wprowadzał nowe sposoby i nowe efekty, usiłowałam z najwyższym trudem skupić się na pracy, ale Jego Cielesność wciąż panował nade mną. Pchał się w moją duchowość, zabijał myśli przy pisaniu. Szerokie plecy zasłaniały ekran komputera i fikcyjny świat powstającej powieści. Grający mięsień ramienia, ukazujący się przy każdym ruchu spod krótkiego rękawa czarnego podkoszulka, powodował, że wstawałam od biurka, zostawiałam szumiący komputer i wychodziłam. Musiałam odetchnąć powietrzem, zmienić klimat albo przynajmniej zjeść trochę owoców i wypić herbatę. Brałam się w garść, czytając to, co napisałam wczoraj, wściekałam się na samą siebie, że nie mogę poradzić sobie z pożądaniem. Próbowałam zgodnie z prostacką, choć skuteczną metodą pijaków, jak również Jego Cielesności, wybić klin klinem. On zawsze po większym pijaństwie wypijał rano „lufę koniaku". Opowiadał mi, że podczas wakacji, gdy przyjeżdżał na wieś i „rżnął wdowę Urszulę Miazgę", myślał o mnie.

Wydawało mu się, że to, co mówi, musi mi się podobać. Podniecałam się, ale wyobrażenie tej sytuacji, a właściwie przypomnienie jej sobie, brzydziło mnie.

Gdy wyjechał i tęskniłam, wzięłam sobie ze złości kogoś innego. Kogoś, kto wiele lat temu pogodził się z myślą platonicznego wielbiciela. Smętny, platoniczny wielbiciel. „Zawsze możesz na mnie liczyć." Gdy stworzyłam „jednoznaczny klimat", osłupienie w jego oczach, spustoszenie w ustalonym porządku było tak wielkie, że zastanawiałam się, czy w ogóle przy tym przeroście idei będzie możliwe postawienie tego, co trzeba, w stan gotowości. Było możliwe, ale okazało się nieskuteczne. Po wyjściu platonicznego wielbiciela, gdy siadłam do pracy, pożądanie powróciło, chyba z jeszcze większą siłą. Tego dnia dowiedziałam się, że – przynajmniej na razie – nie mam czego szukać w nadarzających się okazjach. Nie zwracałam uwagi na innych mężczyzn. Nie podobali mi się, więc nie istniała obawa łańcucha zdrady. Na razie były w nim tylko dwa poważne ogniwa. Jednym była małżeńska złota obrączka; drugim pierścień z turkusem, który dostałam od Jego Cielesności. Wianek stokrotek upleciony dla mnie dziesięć lat temu na łące przez platonicznego jako rzecz nietrwała szybko zwiądł i wyrzuciłam go na śmietnik pamięci.

Jego Cielesność nigdy się nie dowiedział o tym, co zaszło podczas jego nieobecności. Gdy po paru dniach wrócił z podróży z szefem, byłam miękka i łatwa.

Musiałam udawać, że nie myślę o tym, żeby wziął mnie w ramiona. Odwlekanie sprawiało mi trudność, ale zawsze odwlekałam. Przedłużałam czas od jego przyjścia do pierwszych pocałunków.

Najpierw coś zjemy, jestem głodna, nic od rana nie jadłam. Wypijemy herbatę.

Obejmował mnie już przy drzwiach. Byłam gotowa, ale nie mogłam, nie chciałam tej gwałtowności. Ćwiczyłam się w opanowywaniu żądzy. Zwalczaniu zwierzęcia. Musiałam je wytresować, żeby umiało czekać. Człowiek musi panować nad sobą.

Uciekłam do łazienki. Zamknęłam drzwi i popatrzyłam w lustro. Znieruchomiałam, trzymając swoje pożądanie w mięśniach, w oczach, w ustach. Było bardzo widoczne.

– Kobieto, tyś oszalała, to jest nie do ukrycia – powiedziałam sobie, zanurzając twarz w dłoniach napełnionych lodowatą wodą. Wytarłam się ręcznikiem, uspokoiłam drżenie.

– Jesteś zimna, trudno się rozgrzewasz – powiedział Jego Cielesność.

Nigdy nie powiedziałam mu, jak bardzo go pragnę.

„Pragnę cię" mówiłam wyłącznie wtedy, gdy litowałam się nad jakimś pół-czy ćwierćimpotentem, żeby mu pomóc, i żeby podniecić samą siebie słowami.

Gdy naprawdę pragnęłam, łaknęłam, nie mówiłam o tym.

Nie różniłam się w tym od babki Schönmyth. Pamiętam, jak matka skarżyła się jej kiedyś, że Berni wymaga od niej słów. Bernard chce, żebym mówiła mu drugą część zdania, matka mówiła po niemiecku, a ja, *Mutti*, nie wiem, co mam mówić, nie umiem, nie przejdzie mi przez gardło.

Nie wyznaje się miłości, kiedy się ją czuje, mówiła babka Schönmyth.

Należała do starej szkoły. Do pruskiej szkoły. Nie mówić, nie pleść o uczuciach, ani mężowi, ani dzieciom. Nie pamiętam, żebym usłyszała w domu, że ktoś mnie kocha. Nigdy też sama tego nie mówiłam.

Teraz uważa się, że trzeba mówić wprost, nie wystarczy dawać do zrozumienia. Mam z tym ciągle kłopot, tak jak babka i matka. Domyślałam się, o co chodziło ojcu, bo podsłuchałam kiedyś rozmowę ojca z matką, wieczorem, w łóżku.

– Masz lodowate serce, Aniela, nigdy nie powiesz nic serdecznego – mówił.

– Gadanie, Aniela, to szajs, jest dobre dla dzieci, powiedz mu, że słowa w miłości są po to, żeby kłamać. On mówi, że cię kocha, a codziennie prześladuje cię swoją ironią, szak?

POMPADUREK BABKI SCHÖNMYTH. Uszyty ręcznie z aksamitu woreczek, ściągnięty warkoczem z jedwabiu. Po jednej stronie haft przedstawiający różę, całko-

334

wicie podporządkowaną geometrii, o płatkach z krzyżyków wyszywanych jedwabnymi nićmi. Dostałam go po śmierci babki, razem z zegarem i parawanem. Minął niemal cały wiek od jego uszycia, bo babka dostała go od swojej matki. Czas wygasił czerwień i zieleń, upodobnił je do siebie, uszlachetnił kolory perłowych nici. Niewiele zostało rekwizytów.

Pokazuję pompadurek reżyserowi. Staroświeckość zachwyca go. Oczywiście, że zagra, trzeba dobrać do niego aktorkę, która będzie umiała go nosić, mówi, zrozumie, czym była ta przeszłość dla bohaterki. Mówi długo, przerywając kwestie, gdy dzwoni komórka i pager. Coś jednak łapie, wyłącza obie maszyny i zatapia się w myślach, odgrywając gestami wyimaginowane sceny z moją matką i babką.

Kiedyś w letni wieczór do krótkiej czarnej sukienki włożyłam żorżetowy szal. Pompadurek zawiesiłam na nadgarstku. Umówiłam się z Kierowcą na kolację. Gdy mnie zobaczył, spytał, co to takiego, ten muzealny worek. Pompadurek po babce, odpowiedziałam.

– Nie możesz kupić sobie normalnej torebki, jak normalna kobieta? Musisz nosić takie staroświeckie rzeczy? Przecież to wygląda jak worek na kutasa.

– No to pa! Umów się na kolację z normalną kobietą.

Odwróciłam się i pomaszerowałam do domu. Przybiegł za mną po chwili. Tego dnia już nigdzie nie wychodziliśmy, skończyło się wszystko na prześcieradle, bez szala i pompadurka. Leżąc na jego szerokiej, zbyt skąpo owłosionej piersi, powiedziałam mu o braku wrażliwości i plebejskości, o tym, że nie zna się na pięknie, nie rozumie wartości, jaką ma ten stary, haftowany perłowymi nićmi pompadurek. On zaś poskarżył się, że ja wcale od niego nie oczekuję wrażliwości i od samego początku traktuję go jak istotę niższą. Ty sama jesteś bardzo wrażliwa i czuła na swoim punkcie, przejmujesz się też losem żebraków i biednych dzieci, dla obcego człowieka jesteś w stanie zrobić więcej niż dla mnie. Martwisz się ciągle o dziecko i męża, który siedzi miesiącami za granicą, ale ja się nie liczę, mimo że jestem na każde skinienie. Przypomniał nasze pierwsze spotkanie, kiedy podobno zachowywałam się w stosunku do niego jak hrabina przyjmująca do pracy nowego lokaja.

— Boże drogi, przecież wynajęłam cię jako kierowcę.

Na samo wspomnienie zaczęłam się śmiać. On jednak był poważny czy raczej ponury. Nie odzywał się.

— Ta historia z książkami!

— Czy to takie dziwne, że ktoś nie lubi czytać?

— Dla mnie to jest niezrozumiałe, nie możesz się dziwić, że pomyślałam sobie, a zresztą...

— Nie lubię tej zabawy. Zaczęłaś, to skończ. Ja zawsze, jak zaczynam, to kończę.

— Byłeś dla mnie podczłowiekiem.

— Nic dziwnego. Jak mówiłaś? Jak się nazywała twoja matka z domu?

– To nie ma nic do rzeczy.

– Wychodzi z ciebie pieprzone niemieckie pochodzenie. Ojciec Wegner, matka jak jej tam z domu, bo nie pamiętam?

Niepotrzebnie opowiedziałam mu o rodzinie. Odtąd ten argument pojawiał się przy każdej okazji, tłumaczył moje rzeczywiste czy wyimaginowane okrucieństwo. Wypełniałam jakąś ankietę, zajrzał mi przez ramię. Imię: Bogumiła. Nazwisko panieńskie: Wegner. Nazwisko panieńskie matki: Schönmyth. Był ciekaw, czy ta rodzina przyjechała do kraju nie tak dawno, czy mieszkała już od historycznych czasów. Inaczej niż w innych zwiążkach kobiet z młodszymi mężczyznami, on znał mój wiek od początku. Mógłbyś być moim synem, mówiłam z rodzajem dumy.

Zapalił papierosa. Leżał teraz rozluźniony, jakby pozbawiony kości i mięśni; patrzył uporczywie w moją twarz. Spojrzenie, niechętnie natarczywe, szukało we mnie brzydoty. W twarzy jej nie znajdował, parę zmarszczek to dla niego za mało. Przeniósł wzrok na szyję, tu już było gorzej, na piersi, znowu lepiej, więc oczy powędrowały niżej, na okrągły brzuch.

– Powinnaś poćwiczyć, mięśnie brzucha ci wiotczeją.

– Dziękuję, panie trenerze.

– Masz mocne dobre uda, bo tylko uda ćwiczysz, ramiona ci trochę latają. Za mało mnie obejmujesz i za słabo.

Nakryłam się kołdrą po samą brodę.

– Na szczęście nie będę musiała cię oglądać, kiedy będziesz w moim wieku; spasiony grubas.

Patrzyłam z pogardą na jego owal twarzy. Robił się odęty, trochę nalany. Nos duży, ale bezkształtny, bez wyraźnego rysunku. Wydawało mi się, że czoło jest zbyt niskie i oczy osadzone za blisko siebie. Tak jak w podręcznikach antropologii u typów nawiązujących do początków rodzaju ludzkiego. Nie był, niestety, owłosiony jak tamci. To oczywisty błąd. Miał też za szerokie plebejskie dłonie. Szerokie muskularne ramiona i plecy, wąskie biodra, mocno sklepione pośladki, twarde uda. To wszystko było doskonałe. Gdyby wiedział, że nazywam go Jego Cielesność – byłby z tego dumny.

Moja pogarda nie dotyczyła tylko plebejskiego nosa czy owalu twarzy dziedziczonego po wiejskich przodkach. Denerwowała mnie jego głupota. Nie mieliśmy wspólnych korzeni, a więc i punktów odniesienia, żadnych oprócz seksu wspólnych upodobań, właściwie nic nas nie łączyło. Czułam obcość i myślałam, że on żywi wobec mnie podobne uczucia, może oprócz pogardy, bo nawet gdy jego nienawiść była tak silna, że prawie namacalna, gdy zmieniała się jego skóra, twardniała i stygła, nawet wtedy mną nie pogardzał. Byłam samodzielna, niezależna, chociaż miałam męża. Pisałam powieści, przeczytałam – ja pierdolę – wszystkie książki na półkach. Znałam ludzi „ze świecznika"; miał taki sposób mówienia, często używał gotowych zwrotów, jego język składał się z samych wytrychów. Miał świetną pamięć, więc już po paru miesiącach znajdowałam chandleryzmy w jego wypowiedziach. Dziś czuję się jak wyczerpana bateria albo jak amputowana noga, mówił. Potrafił te kawałki twórczo stosować, brzmiały niby jego własne. Wyobrażałam sobie, jakie musiał robić wrażenie w swoim środowisku, na szefie i innych facetach, których nigdy nie widziałam, o których opowiadał mi krótko i skąpo niczym sam Hemingway, drugi autor, jakiego polubił. Wolałam, żeby posiłkował się literaturą, niż żeby używał własnych maksym. Kiedyś, gdy powiedział: każdego można kupić, to tylko kwestia ceny, wstąpiła we mnie furia. Jego system był spójny, tak, tak, nie, nie, to złe, a to dobre. Monolityczny jak paranoja. Odziedziczył przekonanie o licznych spiskach rządzących naszym życiem. Małe spiski były częścią wszechświatowego spisku giganta. Politycy, Żydzi, komuna, wielkie konsorcja, Watykan i Opus Dei, masoni, feministki, mafie tradycyjne i narkotykowe. Był to, można powiedzieć, spisek idealistyczny, ideą było tylko to, co się naprawdę dla niego liczyło: robienie pieniędzy. Już nie posiadanie, lecz kombinowanie. Uczestniczyły w nim wszystkie wymienione wyżej grupy i wiele nie zaklasyfikowanych do nich pojedynczych osób. On sam, jego szef i współpracownicy, nie zostali dopuszczeni do odpowiednich informacji, jednym słowem, nie należeli do spisku, ponieważ zostali, jak mówił, „wykiszkowani", więc musieli radzić sobie sami. Argumenty, jakich używał, odwoływały się do natury ludzkiej, której nie sposób zmienić, on zaś był zbyt szlachetny, żeby postępować tak samo jak ci podli oszuści. Nie był zdolny do drapieżnej podłości. Zwykle rozmowy odbywały się już po wszystkim, kiedy byłam syta i leniwa.

Prawie nie słuchałam, co mówi. Kiedy jednak docierały do mnie takie zdania, traciłam cierpliwość i wyrzucałam go z łóżka, wymyślając mu od czarnej sotni. Nie wiedział, co to znaczy. Tego nie mogłam znieść. Zwłaszcza gdy już dostałam to, czego chciałam.

A jednak po kilku dniach niewidzenia zaczynałam myśleć o nim dobrze. Pracował, oddawał rodzicom część pieniędzy, wciąż kupował prezenty swojemu małemu bratu i mnie. Był uczciwy w interesach. Spiski i przekonanie o niegodziwości ludzkiej przyswoił sobie powierzchownie, od rodziców albo od dziadków, pewnie też od ludzi, z którymi pracował. Szczery w uczuciach, nieporadny w ich wyrażaniu, naiwny jak dziecko, nigdy nie potrafił zdemaskować moich krętactw. Kłamałam, żeby się go pozbyć, gdy już miałam dość. Uważałam, że jest lepszy ode mnie. Dla odmiany malowałam go lukrem, żeby usprawiedliwić tęsknotę za Jego Cielesnością.

Już po paru dniach zaczynałam czuć wyraźny głód seksu. Objawiał się ssaniem w żołądku i mdłościami.

Najdotkliwsze było jednak uczucie pustki w tamtym miejscu. Eufemistyczny wybieg, pruderyjne określenie zamiast dosadności. Sterylność nawet w myślach. Czy też właśnie w myślach, bo łatwiej mi było używać wulgarnych wyrazów, gdy szarżowałam, popisując się w rozmowie. Pustka w tamtym miejscu. Gdy sobie to uświadomiłam, miałam ochotę kupić wibrator, może mogłabym użyć ręki, ogórka, nie wiem, ale nic takiego nie robiłam. Chodziłam po domu podminowana, byłam, jak mówiło się u babki Schönmyth, *geladen*, i wciąż wybuchałam z błahych powodów. Wydawało mi się, że są to odczucia męskie w charakterze, bo przecież kobiety – prócz nimfomanek – nie zachowują się w taki sposób. Moja złość miała głębokie uzasadnienie. Po raz pierwszy ktoś zagroził mojej wolności. I to kto? Podczłowiek. Dotychczas jedynym miejscem, gdzie torturowałam swoją wolność, był mój umysł. Rozum odmawiał posłuszeństwa, miałam nie chciane wizje, natręctwa myśli, których nie mogłam się pozbyć, ale to byłam ja sama i moje własne ograniczenia. Teraz więźniem było krępujące ciało. Więźniem niezależnym od rozkazów strażnika, czyli mózgu. Doznawałam uczucia całkiem fizycznej pustki, która wkrótce zamieniała się w ciężką depresję.

Jednak nawet wówczas nie pomyślałam, że to miłość. Od razu na początku zaklasyfikowałam naszą znajomość jako rozrywkę, podobną do tej, jaką uprawiają mężczyźni, ucząc życia licealistki. W łóżku. Stara historia Pigmaliona zakochanego w posągu, który sam wyrzeźbił. Być może każda miłość wielbi kukłę stworzoną z wyobrażeń o ukochanym przedmiocie.

UKŁAD. Miał wyjechać na parę dni, nie więcej niż pięć, potem mieliśmy się spotkać, żeby w końcu coś ustalić, wóz albo przewóz, będziesz musiała przestać lawirować. To miała być ostateczna rozmowa.

Każde z nas miało się do niej przygotować. Minęło już dziesięć dni; nie miałam od niego żadnej wiadomości. Zrobiło mi się żal. Niepotrzebnie go upokarzałam. Obraziłam go, może dlatego mój telefon milczał. Zatelefonowałam więc po raz drugi, a nawet trzeci.

Wciąż zgłaszała się automatyczna sekretarka z nagranym głosem. Znanym mi dobrze niskim, leniwym głosem, który kiedyś zrobił na mnie duże wrażenie: Tu numer... nie mogę w tej chwili podejść do telefonu, proszę zostawić wiadomość po długim sygnale.

Numer nie może podejść do telefonu? Wyśmiewałam go, że jest numerem, ale nie zmienił nagrania. Miał coraz mniej czasu, firma i spotkania ze mną wypełniały jego czas do ostatniej sekundy.

Chęć wkroczenia w moje życie i ustawienia go zgodnie z wyobrażeniami kierowcy zrobiła się niebezpieczna. Zarabiał coraz więcej, już nie był tylko szoferem szefa. Był udziałowcem w niejasnych interesach firmy. Obracał wielkimi pieniędzmi. Chciał mi wszystko zapewnić. Kupię duży dom, urządzimy kominek, przed nim futra. Żywy ogień? – pytam; a jak? Tylko żywy, będzie strzelał, odpowiada. To jeszcze szczęście, mówię, myślałam, że założysz podświetlone sztuczne węgielki, bo są bardziej praktyczne. Śmieję się z dywanów, które wybierał, gdy udało mu się wciągnąć mnie do sklepu. Łazienka kafelkowana od a do zet, ciemnoczerwone kafle. Dla mnie to jak rzeźnia, dobrze się zmywa, mówię, albo sala tortur, krwi na czerwonym nie widać. Na tle ciemnoczerwonych kafelków dobrze wygląda ciało, mówi mój kochanek. Zmienił się w architekta wnętrz. Pochłania go projektowanie miejsc dla znanych sytuacji.

– A ściany? – pytam.

– Białe. Wszędzie.

Odetchnęłam. Przynajmniej tego nauczył się ode mnie. Ściany muszą być zawsze i wszędzie białe.

Tylko w dużym pokoju jakieś odlotowe fototapety, mówi. Tak, fototapety, najlepiej z safari. Nie rozumie, czemu się śmieję, jestem przecież poważną kobietą, o tyle od niego starszą, a nie umiem zachować powagi w takich sprawach. W dużym pokoju wielkie skórzane kanapy i fotele, do tego niziutki stół. Widział hiszpańskie meble, było tam coś w tym rodzaju, rzeźbiona szafka do telewizora, jak nie oglądasz, zamykasz i masz szafkę. Szafka, do której nie możesz nic wstawić, przestaje być szafką, mówię, ale on nie zwraca uwagi na moje złośliwości. Rzeźbiony bar z czarnego drewna, z wysokimi stołkami. Tylko trochę złoceń, rozumiesz, robione na stare złoto. Człowieku, mówię, opanuj się, bo jeszcze chwila twoich marzeń i odejdę na zawsze, nawet bez poważnej rozmowy.

Dążenie do wyprostowania układu, jak określał to, co miało nas połączyć, nie było mi w tej chwili do niczego potrzebne. Do wyprostowania układu niezbędna jest prawda, powtarzał. Mówiąc o układzie, myślał o składających się nań wielu rozmaitych czynnikach, coś takiego nawet powiedział. Dla mnie nasz układ był czysty i prosty, spełniał się znakomicie na śnieżnobiałym prześcieradle; równie dobrze w samochodzie i w lesie. Mógł istnieć tylko w tym jednym wymiarze. Rozszerzenie go, budowa oddzielnego terytorium, zniszczyłaby wszystko, ale Jego Cielesność nie mógł tego pojąć, był zbyt młody, by myśleć o czasie, tym, co minął, i tym, co nadchodzi. Innym dla niego, innym dla mnie.

Próbowałam dziesiątki razy wytłumaczyć mu to: czy zdajesz sobie sprawę, ile będę miała lat, gdy ty skończysz czterdziestkę? Czy dotarło do ciebie, że nie będziesz miał własnych dzieci? Czy wyobrażasz sobie te długie wieczory ze staruszką? Czy zgadzasz się pełnić rolę pielęgniarza, kiedy wpadnę w depresję albo stracę pamięć i nie będę mogła przypomnieć sobie twojego imienia?

Bez skutku. Moje argumenty odpierał jednym zdaniem: ty jesteś nie do zdarcia. Czasami dodawał: tak jak ta twoja babka, Schön... jak jej tam, ta Niemka. Zobaczysz, że w końcu nawet twoi bracia mnie zaakceptują, mówił. Proszę cię, żebyś nigdy przy mnie nie używał słowa „akceptacja". Zaakceptują! Wegnerowie nikogo takiego jak ty nigdy nie zaakceptują. Ani żywi, ani martwi.

Za wiele opowiadałam mu o rodzinie, wciąż był pod ręką, gdy pisałam Madame Memory, miałam w nim chętnego słuchacza, więc uczepił się tej mitologii jak prawdy objawionej. Nie zdawałam sobie sprawy z tego, ile zapamiętał, ile o mnie wiedział.

Zamierzał spotkać się z „tym mózgowcem", czyli moim mężem, i przedstawić mu swój punkt widzenia, zdaje się, że miało to być coś w rodzaju postępowania sądowego. Mózgowiec oskarżony był o brak czułości, wrażliwości, o to, że nie potrafił zapewnić mi tego, na co zasługuję, odpowiedniej oprawy ani też poczucia bezpieczeństwa. Miał usłyszeć, że cierpi na przerost intelektu nad uczuciem. Jego Cielesność widział, jak cierpię, jakie ciężkie przeżywam stany, gdy on nie telefonuje przez tydzień. Nie mówiąc o tym, że on nigdy by mnie nie zostawił na tak długo, parę dni, owszem, góra miesiąc, ale tyle miesięcy? Bardzo cierpiała, widziałem. To się zmieniło dopiero wtedy, gdy zdecydowała się być ze mną. Miał przygotowany tekst przydługiej wypowiedzi, nieraz nawet odgrywał przede mną ten spektakl.

Pociągała mnie myśl o tej rozmowie. Gdybym mogła podsłuchiwać, tak jak to się dzieje na filmach! Posterunek policji w Nowym Jorku. W jednym pokoju porucznik i detektyw przesłuchują podejrzanego, w drugim komisarz obserwuje wszystko na monitorze albo przez specjalną szybę, a słów oskarżonego słucha przez radio.

Już widzę mojego męża, patrzącego nieprzytomnym wzrokiem na Jego Cielesność. Nie zna w ogóle ludzi tego rodzaju. Patrzy na niego jak na zmutowaną komórkę pod mikroskopem. Dobrze znam ten wzrok, jest w nim zaciekawienie sytuacją, poczucie pewności siebie. On wie, że to, o czym opowiada mój kochanek, jest niemożliwe. Poznaje to po twarzy, po plebejskim nosie, po ciemnych oczach bez błysków, po gotowych zwrotach, jakimi się tamten posługuje, po języku zdradzającym przynależność klasową. Gdyby Jego Cielesność wszedł do gabinetu mojego męża i, patrząc na jego bibliotekę, większą od mojej, powiedział: ja pierdolę, pan to wszystko przeczytał? – mój mąż odpowiedziałby zgodnie z prawdą, wszystko i jeszcze trochę, a on powtórzyłby znów: ja pierdolę, wtedy byłoby jeszcze śmieszniej.

Siadają naprzeciw siebie. Patrzą nieufnie w swoje zamknięte na kłódkę twarze. Wreszcie kochanek zaczyna. Omawia pokrótce nasz układ, mówi, że chce go

347

wyprostować. Do tego zaś potrzebna jest moja wolność. Wydaje mu się, że mój mąż uwięził ją w swoim umyśle i trzyma ją tam o chlebie i wodzie, tak że biedaczka ledwo zipie. Kiedyś czułam coś takiego. Nie mogłam się wyzwolić, dopóki nie spróbowałam przegryźć więzów. Udało się. Nie zauważyłam, że kajdany były upieczone z ciasta. Nie ma po nich śladu.

– Więc twierdzi pan, że... że... że moja żona jest pana ko... ko... kochanką? – zająknął się mój mąż, mimo wszystko trochę zdenerwowany.

Tak. Moja żona jest pana kochanką, a nie: jest pan kochankiem mojej żony, ponieważ Jego Cielesność, nie obchodzi go w żadnym stopniu, tym razem liczę się tylko ja.

Potem pada ojcowskie pytanie: czym się pan zajmuje?

– Jestem kierowcą.

– Kierowcą? – Ta odpowiedź jest zaskakująca. Mąż na moment uwierzył, że nasze zbliżenie było możliwe.

Przez twoją chorobliwą ciekawość dojdzie kiedyś do czegoś naprawdę niebezpiecznego, powtarzał mi wiele razy. Przecież ona (czyli ja) ma skłonność do eksperymentowania. Być może posunęła się tym razem zbyt daleko. Jeszcze pięć minut badawczej rozmowy. Test na inteligencję wypada średnio. Może trochę powyżej średniej, ale to za mało, żeby kogoś traktować poważnie. Trzeba więc ocenić przydatność tego młodego osiłka, bo tak go sobie mój mąż zdefiniował. Świetna budowa ciała, wspaniała muskulatura, wyraźnie rysująca się pod koszulą. Tak, myśli mój mąż, bicepsy rozwinięte bardziej niż umysł. Może więc to jednak prawda, może chciała spróbować czegoś innego? Pytanie, jeśli nawet, to na jak długo? Próbuje się wielu rzeczy, ale na co dzień lubi się jedną.

– Co pan proponuje? – pyta mąż po wysłuchaniu pod swoim adresem zarzutów, których nie komentuje.

– Chcę, żeby przeniosła się do mnie.

– A co ona na to?

I tu mój kochanek jest bezradny. To słaby punkt, co ona na to. Gdyby chodziło o samo przeniesienie, sprawa byłaby prosta, wystarczyłoby zarzucić sobie na plecy i przenieść fikającą nogami, oporną kobietę, która sama nie wie, czego chce, do samochodu, a potem już normalka, wnieść do windy i zawieźć do nowego wielkiego mieszkania. Nieraz przecież tak było, nie chciała, a potem, gdy już położyło się ją na łóżku, to chciała.

– Czy potrafi pan ją utrzymać? – pyta mąż.

– Zarabiam sto razy więcej niż pan – prostuje się z dumą Jego Cielesność.

– Nie pytam o pieniądze – odpowiada mąż z niesmakiem.

Jest teraz pewien, że nie mogę żyć z takim człowiekiem, nawet jeśli coś między nami było, do czegoś doszło podczas jego nieobecności. Nie pytał mnie i nie zapyta. To moja sprawa. Uspokaja się. Jego Cielesność wyjmuje paczkę gitane'ów. Mój mąż czuje, że wygrał, uprzejmie podsuwa popielniczkę.

– Czy rozmawiał pan o tym z moją żoną, czy ona wie, że pan do mnie z tym przyszedł?

– Nie, chcę załatwić sprawę jak mężczyzna z mężczyzną.

– Mylę się, czy pan mi tu odgrywa *macho*? – śmieje się mąż. – Czasy sprzedawania kobiet za ich plecami dawno minęły, przynajmniej w naszym środowisku, może to jeszcze pokutuje w handlu żywym towarem, choć nawet wśród sutenerów nastąpiły zmiany, dzisiaj nic o kobiecie bez kobiety.

Jego Cielesność pali. Swoim zwyczajem wciąga dym z połowy papierosa i trzyma długo w płucach.

– Porozmawiam z żoną, obiecuję. – Mąż wstaje; audiencja skończona.

Rozmowy ze mną także kończył w pół zdania. Schodzimy do piwnic, mówił, i zaczynał czytać gazetę. Poniżej poziomu, powie, gdy będzie mi relacjonował spotkanie z moim kochankiem, a na końcu zapyta: czy naprawdę musiałaś wybrać sobie takiego idiotę?

Mój prześwietlony przez męża kochanek wydmuchuje obłoczki dymu. Papieros go uspokaja.

– Nie powie panu prawdy. Boi się pana.

– Ona się boi? Może chodzi panu o jakąś inną kobietę? Podejrzewam, że musiała tu zajść pomyłka.

– Może to pan nie zna własnej żony? – pyta kochanek.

Dobry strzał. Trafia w dziesiątkę na tarczy niepokoju.

– Mam rozumieć, że pan poznał ją lepiej ode mnie? Ciekawe, o czym ze sobą rozmawiacie. – Mąż unosi brwi, patrzy z uwagą w ciemne oczy zwierzęcia, śmieje się całkiem naturalnie.

– Z seksem nie było najlepiej, co? Była wyposzczona, gdy ją poznałem.

– Trafił pan akurat na rzut nimfomanii, po nim przyjdzie asceza.

Zna mnie jak nikt, myślę z uznaniem.

– No to co, facet, kończą się humory, zaczyna się sprawa, dzielisz się nią fifty fifty, czy chcesz, żebym podzielił sam, wolisz wzdłuż czy w poprzek? Dzieciaka możesz odwiedzać swobodnie, *no problem*. Podasz tylko datę, a ja zajmę się przeprowadzką. No więc jak, umowa stoi? – pyta kochanek. Jest lekko zdenerwowany, wraca więc do swych językowych korzeni.

– Porozmawiam z żoną. Dowie się pan, co postanowiliśmy – mówi mąż wyniośle.

Mam wrażenie, że jest moim ojcem i rozmawia z nieodpowiednim kandydatem na męża dla córki. Przyznaję mu rację, jestem po jego stronie, młody osiłek nie ma szans na obywatelstwo w naszym świecie. Trzeba będzie się pożegnać. Im szybciej, tym lepiej. Niech już wszystko wróci do normy, zostanie, tak jak było.

Niewidzialna dla nich, śmieję się, patrząc przez szybę. Płaczę ze śmiechu. Tarzam się, brzuch zaczyna mnie boleć, jak wtedy w dzieciństwie, gdy dostawałam konwulsji ze śmiechu, nie mogłam przestać, myślałam o najsmutniejszych wydarzeniach, o śmierci Pandawida, o utonięciu małego Leonka, ale nic nie pomagało, cały świat, cały kosmos, wszystko dudniło śmiechem, śmiał się dym z Pandawida i bulgotał śmiechem mały topielec w rzece, śmiały się wszystkie śmierci razem, aż grzechotało.

Już od dawna tak się nie śmiałam. Ocieram łzy. Dowie się pan, co postanowiliśmy. Proszę przyjść w piątek, tego dnia mija urzędowy termin. Otrzyma pan odpowiedź na swoją petycję, pod warunkiem że nie będzie uchybień formalnych. Pieczątka i znaczek skarbowy. Nie mogę, ten formalny ton! Z trudem łapię powietrze, za chwilę dostanę czkawki. Z igraszek przyjdzie do płaczek. Trzeba uważać.

Obaj są w tym samym stopniu śmieszni.

Te pompatyczne określenia, jakich używa mój podczłowiek: życie w kłamstwie nie może dać szczęścia. Trzeba wyprostować układ.

Obaj są nadęci. Jeden przyjmuje postawę zwycięskiego goryla, drugi stoickiego filozofa. Życie w kłamstwie! Żaden nie chce żyć w kłamstwie, ale jeden przed drugim udają, aż piszczy.

Ja prawie zawsze jestem szczęśliwa, żyjąc w kłamstwie. Co dzień przecież okłamuję siebie, że jest okay. Rano, patrząc w lustro, zaczynam dzień od kłamstwa: nie jest źle, znów twarz się trochę wygładziła. W oczach coś się tli, nie jest źle, myślę jak trzeba, pamiętam co trzeba, jest okay; w nocy przed snem mówię sobie: nie umrę, nie zapadnę się w czarną dziurę, ludzie lubią mnie i ja ich lubię, pomogłam dziś temu, temu coś dałam, jest okay. Mam w końcu dobrego męża, udane dziecko, ciepły dom i czułego kochanka. Czego można chcieć więcej? A może zamiast tego potrzebuję prawdy?

Czym jest prawda?

Prawda jest depresją. No więc czasami żyję w prawdzie.

Życie w kłamstwie. Życie w prawdzie. To szale tej samej wagi. Chodzi o to, żeby panowała równowaga. Dla mnie nie ma różnicy między życiem w kłamstwie a życiem w prawdzie, to jest w równym stopniu smętne, w równym stopniu śmieszne i prowadzi do tego samego celu. *Memento mori*. Byleby tylko życie było prawdziwe.

W kłamstwie czy w prawdzie, nie znam nic lepszego niż życie. Tłumaczę mu to, ale nie może pojąć, o co chodzi.

– To znaczy, że mnie też okłamujesz?

– Też?

– Tak jak swojego męża.

– Nie okłamuję go.

– Ale nie mówisz mu, co czujesz.

– A co czuję?

– Przecież chcesz być ze mną – mówi pewnie.

– Kiedy chcę, wtedy jestem.

– Ja chcę, żebyś była ze mną zawsze.

– To twój problem.

Coraz częściej prowadziliśmy takie hollywoodzkie dialogi. Akcja zatrzymuje się na kilkanaście sekund, żeby widzowie mogli pokapować, o co chodzi, żeby kumali, jaki to układ. Lubiłam te jego telewizyjne komentarze. Obejrzeliśmy razem wiele filmów i to nie mogło pozostać bez wpływu na nasze zachowanie.

Gdy któregoś dnia zagroził, że ma zamiar od razu dziś umówić się na rozmowę z „tym mózgowcem", żeby wyprostować nasz układ, spytałam, o co mu chodzi i jak sobie wyobraża nasz przyszły, nasycony prawdą związek.

– Wynajmę duże mieszkanie albo kupię dom, jeśli wolisz, będziesz miała ekstrawarunki do pracy, urządzisz sobie pracownię i bibliotekę. Będziemy spędzali razem cały wolny czas. Będę mniej jeździł, przyrzekam. Będziemy wszystkie noce spędzali razem, mogę przysiąc. Będziemy obok siebie zasypiali i budzili się obok.

– Mam dom, mam pracownię, mam bibliotekę, mam dziecko, o którym zapomniałeś. Nie chcę innego domu, innej pracowni, innej biblioteki, innej sypialni. Zasypiam i budzę się obok mężczyzny. Dlaczego mam to zamieniać?

– Bo ze mną jest ci dobrze, myślę o tobie, zajmuję się tobą, jestem czuły, daję ci seksu tyle, ile możesz znieść, nie wzbudzam w tobie niepokoju. Podziwiam cię.

– To wszystko? – spytałam.

– Musisz przyznać, że w sumie daję ci więcej niż on – odpowiedział.

– Nawet gdybyśmy byli na bezludnej wyspie, nigdy, nigdy. Raz na zawsze daj sobie spokój z meblowaniem mojego życia. Jeżeli masz ochotę na to, co oboje lubimy najbardziej, zadzwoń i powiedz, to najlepsze, co możemy robić. Nie oszukuj się, bo w innych sprawach pasujemy do siebie jak pięść do nosa. Musisz znaleźć sobie żonę, z którą będziesz miał dzieci, nie chcę robić z ciebie życiowego kaleki.

– To mój wybór – mówi.

– I jeszcze jedno, czy zamierzasz przez całe życie być kierowcą tego twojego nababa?

– Jak zbiorę większy kapitał, otworzę własną firmę, przecież jestem już udziałowcem – powiedział, ale dojrzałam upokorzenie w jego oczach. – O co ci chodzi? O co ci chodzi? – nie mógł pojąć.

Zadałam o jedno pytanie za dużo. Sama nie wiem dlaczego. Po co? Żeby go zranić? Już i tak był zraniony. Nakłonić do działania, jeszcze bardziej rozbudzić ambicje? Upokorzyć? Nie lubiłam nikogo upokarzać, nie robiłam tego nawet w stosunku do zarozumiałych idiotów. Mogłam być złośliwa, ale nikogo nie upokarzałam. Własnego kochanka potraktowałam klasowo.

Rozstaliśmy się w gniewie. Wyjechał zły na mnie, może nawet zrozpaczony. Wcale nie miałam ochoty na dramatyczne rozstanie; nie chciałam melodramatu. Najbardziej odpowiadało mi nowoczesne pożegnanie: zostańmy przyjaciółmi, ty się ożenisz, ułożysz sobie życie, ja zostanę przy swoim, a jak nam obojgu się zachce najlepszego, to spotkamy się na białej wykrochmalonej płaszczyźnie.

Telefonowałam już codziennie.

Potem kilka razy dziennie.

Potem do firmy, przedstawiając się jako xyz. Nie mogą udzielać informacji. Nie, już nie pracuje. Czy coś wiadomo?

Na razie jeszcze nic. Trzask odkładanej słuchawki.

Nagle ta wiadomość w gazecie. Jak w tuzinkowym serialu, gdy scenarzysta nie wie, co zrobić z niepotrzebnym bohaterem. Używa wtedy wybiegu, pozbywa się go przypadkiem, ale widzowie czują się oszukani. Chociaż nawet w źle zrobionym odcinku wygląda to lepiej. Wystarczy pokazać rozbity samochód albo spalony wrak po wybuchu, można drastyczniej, bohater leży na kierownicy, strużka krwi wycieka mu z ust czy też widać dziurę od kuli w jego głowie odchylonej do tyłu, jak na dentystycznym fotelu. A tutaj nic nie wiadomo, ani kto, ani co, ani dlaczego. Mała czcionka, kilka zdań w kronice kryminalnej, to jego okropne imię wymienione z inicjałem nazwiska i kropką powtarza się trzy razy. Policja prowadzi śledztwo.

Można się tylko domyślać, co się stało.

Nie robi się takich rzeczy z głównymi bohaterami filmu.

Nie mogę uwierzyć, że to prawda. Sprawdzam więc. Mam swoje sposoby, wielu znajomych „na świeczniku". Chciałeś prawdy, idioto, masz swoją prawdę. Znalazłeś się w nieodpowiednim miejscu, w nieodpowiednim czasie.

Nie byłam nawet na pogrzebie. Nie wiedziałam. Moja osoba wzbudziłaby niepotrzebne zdziwienie, zamieszanie; skąd ta kobieta się tutaj wzięła? Stoi z boku, nie zna nikogo z rodziny.

Obcy ptak w stadzie.

Siedzę w domu nad pustym pudełkiem po gitane'ach. Niedużo łez, ale zawsze.

Wykręcam numer.

Niski, leniwy głos na automatycznej sekretarce, ten sam głos, który robił na mnie kiedyś, wcale nie tak dawno, duże wrażenie. Tu numer... nie mogę w tej chwili podejść do telefonu, proszę zostawić wiadomość po długim sygnale.

Długi, długi sygnał.

– Kochanie, mam dla ciebie dobrą wiadomość, mój układ całkiem się wyprostował. Jestem już po wyroku. Skazana na wierność. Prawie szczęśliwa...

FOTOGRAFIA ZBIOROWA. Rodzina Wegnerów miała pasję dokumentowania zdarzeń, wcześniej nieźle wyreżyserowanych. Wszyscy od najmłodszych do najstarszych, wyłączając jedynie niemowlęta i starców – ale chyba tylko tych z Alzheimerem – byli wyposażeni w aparaty fotograficzne. Przypominam sobie teraz, jak stryj Jędrzej, dotknięty lewostronnym paraliżem, leżąc na łożu śmierci, czyli na wąskim mosiężnym łóżku, które wtedy wydawało mi się zrobione ze złota, z gałkami w kształcie królewskiego jabłka, prawą ręką robił nam zdjęcia.

– Uwaga, ptaszek leci! Żółciutki kanarek z niebieskim dzióbkiem! Uśmiechnąć się szeroko, wszyscy, Bogienka też, coś taka zamroczona? Teraz dobrze, nie ruszać się! Stać! Nie ruszać się! – komenderował.

Uśmiechnęłam się szeroko i szybko jak wąż pokazałam język, wysunęłam go i schowałam, w momencie, w którym stryj Jędrzej robił zdjęcie.

– Widzisz, jak okropnie wyglądasz? Taki twój portret zostanie na zawsze. Będziesz miała nauczkę, żeby nigdy więcej nie robić min, jak cię fotografują – powiedziała później matka, oglądając to zdjęcie.

Żółty kanarek z niebieskim dzióbkiem przeleciał nad mosiężnym łóżkiem jak śmierć, załopotał cicho skrzydłami. Stryj Jędrzej, zmęczony wysiłkiem, przymknął oczy.

Potem poprosił najstarszego wnuka, czyli mojego brata Henryka, żeby pstryknął nas wszystkich wokół niego. Poobsiadaliśmy łóżko jak ciemne ptaki, wszyscy przygotowani na żałobę, bo w tej rodzinie nikt nie robił wtedy ceregieli ze śmiercią naprawdę starych ludzi. Należy im się odpoczynek, mówiły ciotki, dwa tygodnie wcześniej farbując pończochy na czarno.

– Ale, ale, przecież jak Henio pstryka, to nie będzie go na fotografii – powiedział stryj całkiem przytomnie.

Poprosił księdza, wezwanego z ostatnim namaszczeniem, żeby pstryknął wszystkich w komplecie. Kazał sobie włożyć to zdjęcie do kieszeni czarnej marynarki, w której miał zostać pochowany.

Dokądkolwiek wyjechali, trzaskali Wegnerowie mnóstwo zdjęć i slajdów, żeby pokazywać je na plemiennych obżarstwach, jakimi były imieniny, urodziny, chrzciny, wesela i stypy. Mogli tak spędzać długie godziny, nie nudząc się ani przez chwilę. Oglądali żony na piaskach nad oceanami i morzami; wyglądały niczym zdychające wieloryby albo tłuste spocone foki. Grube kuzynki o ciałach różowych jak świnie miały nabrzmiałe piersi, których im zazdrościłam. Nie cierpiałam ich mężów, synów i wujów z minami himalaistów zatykających chorągiewki na szczycie jakiejś nędznej skałki. Później pojawiły się zdjęcia przy samochodach, a potem, gdy nadeszła era wideo, nie można było opędzić się od filmów o dzieciach nad morzem biegających za piłką, jak Charlie Chaplin na niemych komediach. Wszystkie dzieci Wegnerów, nawet pełzające niemowlaki, miały zawsze na sobie gatki. Nagie niemowlę, bez względu na płeć, uchodziło w rodzinie Wegnerów za szczyt złego smaku. Dzięki temu nikt z nas nie miał nigdy zdjęcia na futrze, z wypukłymi jak u pawiana pośladkami, nikt nie siedział goły w fotelu ani też nie straszył na plaży swym dzwoneczkiem, jeśli był chłopcem, albo literą „w", jeżeli urodził się dziewczynką. Litera „w", pomysł małego Leonka. Klekotał śmiechem jak drewniana kołatka. Słyszę ten śmiech, dostawał od niego czkawki. Pisał literę „w", zanim nauczył się innych znaków. Małe „w". Pamiętam, jak szeptał: masz tam literę „w", masz tam literę „w", tak samo jak moje siostry, macie tam wszystkie literę „w". W albumie rodzinnym Wegnerów nie ma zdjęcia małego Leonka. Jego ojciec, jedyny wykształcony brat matki, był tolerowany przez Bernarda Wegnera, nie na tyle jednak, by zostały ślady istnienia jego dzieci na fotografii.

Mój ojciec nie robił wielu zdjęć. Miał bardzo dobry jak na tamte czasy aparat marki Voigtlander, dobry smak i wyczucie artystyczne. Był w rodzinie wyjątkiem. On jedyny potrafił powiedzieć, że na kinderbalu nie ma nic do fotografowania.

Zdjęcie wymagało według ojca odpowiedniej oprawy. Potrzebny był temat i ważna chwila. Dlatego mam zaledwie parę zdjęć z dzieciństwa zrobionych przez niego. Dobrze pamiętam kilkanaście nieruchomych sekund, na jakie z trudem musiałam zastygnąć, podobnie jak w zabawie „skamieniały milcz". Granatowe wstążki we włosach, mundurek, żakiecik z szorstkiego materiału, nazywanego przez matkę „pfeferundsalz". Na odwrocie napisane: Bogusia, pierwszy dzień szkoły. Stoję na progu domu, za chwilę wyruszamy. Oboje rodzice idą razem ze mną. Ubrani elegancko, prawie jak do teatru. Matka stoi z boku i musztruje mnie, uspokój się, przestań robić miny, bądź poważna, jesteś duża, idziesz do szkoły! Ojciec uniósł dłoń: patrz tutaj, nie ruszaj się!

Pamiętam wszystko, drzwi, wizytówkę, podwórko, akacje, jeszcze wówczas nie rachityczne, topole, matkę w granatowym kostiumie i jasnej bluzce, ojca w ciemnoszarym ubraniu. Pamiętam jego uniesioną dłoń, czystą, z wypielęgnowanymi paznokciami. Wyszłam dobrze, zrobiłam minę, nie głupią jednak, lecz poważną, trochę nadętą. Podwórko i ja przed drzwiami. Świat czarno-biały. Taki, jaki wtedy był.

MATKA-POGRZEB. Nigdy nie otwierałam koperty oznaczonej tymi drukowanymi literami.

Zdjęcia są już oczywiście, tak jak ostatnio wszystkie rodzinne fotografie, kolorowe. Bardzo kolorowe. Zielone liście, piękne stare drzewa, żółty piach. Wielka piramida kwiatów. Część żywych dorodnych róż, kalii, storczyków, trochę sztucznych. Gałęzie jedliny służą jako wianki. Czarno-szary tłum stoi w półkolu. Część kobiet ma nakryte głowy. Czarne kapelusze, berety, kilka damskich głów w ciemnych chustach. Mężczyźni w czarnych garniturach, w burych trenczach. Spotkał się świat kolorów życia i śmierci. My wszyscy, nasza rodzina, moi bracia i ja, mamy zmęczone, białe twarze. Moja jest najbledsza, odcina się od narzuconego na ramiona czarnego szala babki Sabiny.

Na jednej z tych fotografii jest ktoś, kto łączy oba światy. Starszy wysoki mężczyzna w długim jasnym prochowcu. Twarz podłużna, nos w niej prosty, długi, wyciąga ją jeszcze bardziej. A może powoduje to smutek? Broda wysunięta do przodu. Usta pełne, kąciki opuszczone, dolna warga wypukła, podobna do mojej, kiedyś mogła być znakiem namiętności. Dobrze ostrzyżony, ma w przeciwieństwie do męskiej części rodziny Wegnerów dużo włosów, choć są siwe z żółtawym odcieniem. Wszyscy wujowie i starsi kuzynowie mają wysokie łyse czoła albo przynajmniej duże zakola. Policzki nieznajomego są dokładnie wygolone, bez śladu zarostu, jakby ogolił się pięć minut przed ujęciem. Nosi dobrze skrojone rzeczy, jest przyzwyczajony do zamożności. Okulary w cienkiej złotej oprawie. Oczy wąskie, zmrużone, jasne, nie widać dokładnie, bo zdjęcie ma format zaledwie pocztówkowy. Stoi z boku, wysunął się nieco przed ciasny pierścień, trzyma bukiet maków. Nie potrafię określić go inaczej niż słowami: obcy ptak w stadzie.

Rzucił maki na trumnę i podszedł do mnie. Długo ściskał moją dłoń w czarnej jedwabnej rękawiczce. Uważnie patrzył mi w twarz, jakby w niej czegoś szukał. Potem objął mnie mocno i pocałował w czoło, tak jak całował mnie mój ojciec, mały Berni, gdy wyjeżdżałam na wakacje do pensjonatu w Puszczykówku.

Znajduję czarny żorżetowy szal. Czerń jest wciąż czernią, a biel rozrzuconych niedbale kostek do gry jest bielą. Pamiętam czarne źrenice oczu w biało upudrowanej twarzy babki. Wyglądały jak dwa czarne punkty na białej kostce do gry. Tylko dwa, niby to nie jest wysoka wygrana, ale jaśnie pani Schönmyth, wiedźma, u której pomniejsze czarownice mogły brać korepetycje, potrafiła zrobić z niej szóstkę.

— Był jeden odpowiedni dla Anieli mężczyzna. Wysoki i bogaty. Całą rodzinę Wegnerów mógł kupić jak nic — odzywa się w mojej pamięci babka Schönmyth.

Zapomniana scena zatonęła w bagnie. Leżała na dnie jeziora, pokryta ogromem wody, przepływały nad nią ryby, przywaliły ją kamienie innych zdarzeń, bardziej znaczących i bardziej dramatycznych niż spokojna śmierć babki Sabiny we własnym łóżku. Leżą tam zwłoki ludzi i szkielety minionych, objedzonych do czysta miłości. Po wierzchu pływa plankton, pokrywająca wszystko teraźniejszość.

Jest już noc. Jestem tak zmęczona, że nie mogę zasnąć. Zaciskam powieki, a gdy je unoszę, widzę pochylone sylwetki.

Widzę matkę i babkę Schönmyth w ciemnych kostiumach i kapeluszach. Jest z nimi Berni w czarnym garniturze. Cieszę się, że przyprowadziły ojca. Mąż obejmuje mnie przez sen. Wszyscy troje patrzą na nas z aprobatą.

— Rodzina jest najważniejsza.

Matka kładzie palec na ustach. Żeby go nie zbudzić? Czy żeby zachować tajemnicę? Nikomu nic, nie powiadaj nikomu, co się dzieje w domu. Babka kiwa na pożegnanie głową. Matka i Berni machają rękami. Wychodzą bezszelestnie, po prostu znikają w lustrze.

— Pamięć należy do kobiet — mówię.

Książki oraz bezpłatny katalog Wydawnictwa W.A.B.
można zamówić pod adresem:
02-386 Warszawa, ul. Usypiskowa 5
oraz pod telefonem 0 801 989 870
handlowy@wab.com.pl
wab.com.pl

Redakcja: Wiesława Karaczewska
Korekta: Jacek Ring
Redakcja techniczna: Anna Gajewska

Projekt okładki i stron tytułowych: Magda Wolna
Fotografia autorki: © Konrad Kloch
Fotografia wykorzystana na I stronie okładki:
© Bettmann/Corbis/FotoChannels

Skład i łamanie: Tekst – Małgorzata Krzywicka
Piaseczno, Żółkiewskiego 7a
Druk i oprawa: WZDZ – Drukarnia LEGA, Opole

Wydawnictwo W.A.B.
02-386 Warszawa, Usypiskowa 5
tel./fax (22) 646 01 74, 646 01 75, 646 05 10, 646 05 11
wab@wab.com.pl
wab.com.pl

ISBN 978-83-7747-778-6